on a scalpé
mon ange gardien

Données de catalogage avant publication (Canada)

Bujold, Réal-Gabriel, 1949-
  On a scalpé mon ange gardien
  (Collection Roman québécois; 95)
  2-7609-3101-3
  I. Titre.   II. Collection.

PS8553.U46052 1985   C843'.54   C85-094228-4
PS9553.U46052 1985
PQ3919.2.B84052 1985

Illustration et maquette de la couverture: Marilyn-Ann Ranco.

ISBN 2-7609-3101-3

© Copyright Ottawa 1985 par Les Éditions Leméac Inc.
Dépôt légal — Bibliothèque nationale du Québec
4ᵉ trimestre 1985

Imprimé au Canada

réal·gabriel bujold

on a scalpé
mon ange gardien

LEMÉAC

Aux Leblanc à Eugène à Jos à Charles,
à la mère de ma femme et grand-mère
de ma fille, Alice Cyr,
à Fernande Cyr, celle dont le sourire
vaut mille... journaux.

PREMIÈRE PARTIE

Cascapédia

Chapitre 1

Quelqu'un se moque de l'oubli. C'est assourdissant. Les cloches carillonnent dans le vent doux de mai. Les cloches de Cascapédia. La Gaspésie peut en prendre pour son rhume. Un pied devant l'autre, dans la clarté du soleil où la farandole éclate. Les têtes de pissenlits surgissent et se dressent fièrement près des pierres tombales.

Wilhemine Balleine née Trottochaud, veuve, marie l'aîné de ses fils, Jacques, par un samedi de grande lumière, en ce 30 mai 1953. Fille d'antan, bohémienne. Les joues fardées, la démarche baleinée, comme son nom, large et pétante de santé.

Je plonge la main bien au fond pour choisir une carte. La carte du mystère.

Le printemps se coupe du reste de la péninsule. L'invitation est lancée, écrite, gravée sur les feuilles des trembles. Elle m'est parvenue par le grésil, durant l'été des sauvages. Véritable lunette d'approche, si grossissante. En Cascapédia, je suis venu aux noces de Jacques Balleine, fils de feu Simon Balleine et de Wilhemine Trottochaud. Un amour dans un coquillage.

Figurez-vous un brin l'aventure cocasse, remplie de couleurs et d'anecdotes. Les Balleine pètent du grand dans le village et Wilhemine est ubiquiste. Mère de sept beaux et gros garçons, propres, sevrés, avec des manières pimpantes, des nez costauds, des épaules effrayantes. Cette mère est une grande dame, qui est là, en orbite, dans la galaxie gaspésienne.

Apparue jadis à dos de cheval, fougueuse, conçue dans ses graisses par l'ancêtre invisible, un Trottochaud. Elle a la peau chlorotique, des fleurs de cimetière sur le front. Femme d'harmonie et d'efficacité, fantasque. Rattachée à la côte par un cordon royal. Femme au long règne, éplucheuse de passions. Wilhemine Balleine, comme les autres Gaspésiennes, a gravé son empreinte dans le roc dur des falaises.

Elle est mère de sept fils uniques.

La petite église de Cascapédia est pleine à craquer. L'harmonium aspire la piété des fidèles. On se mouche, il fait beau à l'extérieur. On se gratte. On se dérhume. Le printemps est sur son air d'aller. Les Gaspésiens aiment s'offrir du beau temps pré-emballé. En mai surtout. Les mouches ne sont pas encore là. On a toutes les raisons de croire que les pissenlits feront du bon vin. Une odeur de foin sec brûlé pénètre dans l'église. Remède miracle à mon mal de tête.

On se mouche. Je me joins au bruit. Je fais route avec le bruit. Une fleur à la boutonnière, un cadeau sous le bras, j'arrive de loin. J'ai marché longtemps. Je me suis arrêté dans plusieurs petites villes du bas du fleuve et de la Gaspésie, Trois-Pistoles, Amqui, Nouvelle. Je suis en route depuis un mois.

Jacques Balleine épouse Laura Caplin, la reine des Micmacs de Ristigouche. Laura Caplin est la fille aînée d'un grand chef indien glorieux, Elzéar Caplin, «Tomahawk Invincible». Une belle Indienne, je l'ai entendu dire. Je ne l'ai pas encore vue. Elle va se présenter dans quelques minutes au bras de son père valeureux.

Wilhemine, ma tante d'adoption, est quelque peu hostile à cette noce sur le plat. Elle ne veut cependant pas soulever l'ire des Micmacs et par conséquent créer un incident diplomatique dans la région. Déjà que les saumons s'en mêlent. Wilhemine a pour son dire qu'il peut être malsain de mélanger les «atomes» indiens (elle veut certainement dire chromosomes) aux «atomes» gaspésiens, acadiens, canadiens, français de lointaine souche...

Le bon air fendu jusqu'aux oreilles. Ça vaut la peine que je me branche. Je veux demeurer quelques semaines dans cette contrée paradisiaque.

La sacristie charme l'œil. Les fleurs embaument la nef. Les dames sont remplies d'astuces qu'elles charrient avec leur magnétisme. Gants blancs, chapeaux mous, fleuris, parfum outrageant. L'art de colorer le quotidien. Une noce au miroir.

Je m'étire les jambes sous le banc d'en avant. Une vieille dame assise à mes côtés et vêtue de crêpe sombre m'épie malicieusement. Un «étranger» dans la place. Croit-elle assister à un enterrement? Les banderoles sont pourtant joyeuses et scintillantes. Petites toux choquantes qui n'en finissent plus. Les mouvements de l'assistance sont plastiques. Des mouvements prisonniers dans des habits du dimanche.

Les Indiens de la Réserve ne ressemblent absolument pas à des Indiens. Ils ont l'air de mannequins empesés dans un décor plaqué. Un décor patché. Un air de loyauté. Les Indiens affilent leurs haches et font la paix avec les bons Visages pâles de Cascapédia.

C'est encore le mois de Marie, le mois le plus beau, le véritable printemps.

Inspiré par un tableau de Charles Huot, un peintre naïf a barbouillé une histoire sainte sur le plafond de l'église. Une idée fixe germée dans la tête d'un curé venu d'un autre diocèse. Un curé avec des visées exemplaires.

La chaleur est intense. Les événements s'entrechoquent, martèlent les rêves. Surprenant en Gaspésie. Des événements pressants, en cascade. Ils m'empêchent de dormir tranquille.

La foule est muette et tellement plastique. Les bancs se remplissent de monde curieux, voyeur. Du monde à plein. La noce se l'arrache.

13

Les plats doivent fumer chez les Balleine. Le liquide de feu doit aussi couler à flot. Ça va barder ce soir! Plus rien n'empêche quoi que ce soit. Wilhemine Balleine a prévu le coup. Elle connaît les Indiens de la Réserve. Il ne faut pas trop modifier leurs habitudes. Des habitudes qui n'attendent que le bon moment pour devenir vilaines.

Une noce micmac dans une église catholique romaine.

Les mariés se font attendre.

Je reconnais Victor Trottochaud. Il est assis dans le deuxième banc, en avant, au bras de sa femme illégale, celle qu'il surnomme sa «frisée» avec une insolence pointue, Angéline Legruiec. Une Gaspésienne à la cote de popularité en hausse continuelle. Officiellement, Angéline Legruiec est la femme du fils de Victor Trottochaud, Philippe. Celui qui justement est assis derrière le couple, dans le troisième banc. Pour faire l'histoire la plus courte et la plus complète possible, disons que Victor Trottochaud concubine avec sa bru, Angéline, une femme exceptionnelle que son fils Philippe a un jour abandonnée.

Depuis ce temps, le veuf Victor s'est engagé sur une bonne pente. Celle de consoler sa bru. Le grand cœur. Car après tout, une bru de bonne famille n'a aucune espèce de parenté avec un beau-père. Aucune. Rien du côté du sang.

Philippe Trottochaud a fait trois enfants à sa femme bannie, Angéline Legruiec. Le père Victor a pris la relève. Il n'a pas perdu de temps. Il a surenchéri avec quatre rejetons culottés qu'il a semés et laissés germer dans le ventre de sa bru, qu'il a glissés dans la fente dans laquelle s'est justement amusé son fils Philippe, son plus vieux du premier lit. Une sainte femme, sa première femme, laide comme les sept péchés capitaux mais sainte. Tandis que sa bru, Angéline, une ingrate, celle du deuxième lit, alcoolique, bannie du ciel aux yeux du peuple...

Une femme touffue tout flamme.

Les invités s'engouffrent dans l'église, se branlent sur les agenouilloirs. Il est tard, dix heures huit.

Wilhemine danse comme un lutin, fulmine, gratte les nuages des yeux, l'horizon, et souffle... L'harmonium a perdu ses lourds moyens. Je me tiens sur un seul pied.

Les petits enfants de Victor Trottochaud, à l'exception du bébé, sont à la maison. Le petit dernier hurle. Hurle encore, dix heures onze, puis se tait. Angéline lui donne le sein, dans l'église, sous l'œil de sainte Anne. De sainte Anne de Cascapédia. Un œil violent.

La chaleur entre en conflit avec les odeurs. Pleine à craquer. Victor Trottochaud ne comprend pas pourquoi son neveu Jacques ne lui a pas demandé de lui servir de témoin. Il a choisi Ernest Balleine, le frère de feu Simon Balleine, son beau-frère. Un adversaire politique.

C'est le mois le plus beau. Protégez-nous, Vierge Marie!

Les longues fenêtres colorées zigzaguent sous les ardeurs du soleil. Un soleil qui s'installe et soulève des faisceaux de poussière. J'en déduis que l'atmosphère surit et qu'avant la fin de la cérémonie, les guêpes auront mis leurs corsets. C'est bien comme ça. Il fait chaud, on crève. L'eau suinte sur mon front. L'église de Cascapédia est un four au printemps. Imaginez maintenant en plein cœur de l'été! La petite église. Il suffit de cinquante personnes et hop!

Les Indiens de la Réserve aussi. Ils sont toujours en retard. Ceux qui sont soudés aux bancs au milieu de la nef regardent dans toutes les directions comme des dindons hargneux. Une équipe spéciale. Les fenêtres zigzaguent (quelle drôle d'idée) et la murale naïve et vaste me terrorise. Se penche sur moi, quelle horreur! un affront à l'artiste, m'écrase, m'aspire, m'englobe. Je deviens Judas, j'explose, je suis tout à la fois une olive dans le jardin des Oliviers et le coq qui a chanté trois fois.

Le ciel se couvre, les fenêtres ne zigzaguent plus. Les fiancés arrivent enfin. Ils sont précédés d'une horde d'indigènes farfelus, peinturlurés, bruyants, optimistes. Ils sautent comme des grenouilles, brandissent la danse de la pluie, véritables démons, guerriers maudits sur le sentier de la noce. Wilhemine les repousse, ne veut pas, s'objecte... On lève une hache, le curé entame son sermon, l'harmonium remplit ses poumons, Wilhemine est vertueuse mais perdue.

Perdue.

«Mon fiston Jacques, la chair de mes audaces, qu'as-tu fait? Qu'est-ce qui t'a pris de vouloir épouser une squaw à tout prix? Tu es comme ton oncle Victor Trottochaud, le sans dessein, qui copule avec sa bru Angéline, la femme de son fils. Jacques Balleine, le sang des Trottochaud prend toute la place dans tes veines. Le sang du vice.»

La frisée de Victor éternue ses trente-quatre ans. Victor l'embrasse. Ils savent tous les deux qu'ils ne se marieront jamais. Elle est déjà mariée à Philippe.

Des plumes sur plein de têtes. Rouges, écarlates, vertes et jaunes, des lignes sur le nez, des totems vivants, ambulants. Un cirque de mai.

Un corridor de sauvages, une haie d'honneur. Des Indiens multicolores. Au bras de son père vaillant, le grand chef micmac Tomahawk Invincible, Laura Caplin est superbe. Elle ronronne comme une chatte ennoblie. Un voile de tulle rose, sublime. Immensément nue sous ce simple costume. Ne trouves-tu pas cette femme audacieuse? Au bras de son père rempli d'emphysème, pendue à son tomahawk?

L'assistance est sidérée. Les déchets s'accrochent à de lugubres monticules de neige durcie dans les coulées. Masses de granit solide. Ils n'en finissent plus de fondre. La douce musique céleste accueille les futurs époux.

La révolte gronde, la danse est macabre. Wilhemine Balleine suit son fils Jacques. Jacques, dans son costume d'Adam, avec nœud papillon, on a jamais vu ça.

Nulle part ailleurs, ni dans les vieux pays, certainement pas, ni chez les protestants, ni dans leurs temples, ni...

Une engeance des sorciers, les damnés sorciers, un couple nu, des singes nus, enflammés, dans la grande allée, à la veille du grand couronnement de la glorieuse Vierge Marie.

L'enfer est à nos portes.

Les flèches et les haches aiguisées des sauvages, des immondes sauvages, n'attendent que le moment propice pour y précipiter les invités. Au sacrement du mariage se greffe celui de la corruption.

Un couple nu. Personne n'y tient vraiment. Il n'y a rien de sensuel dans la balade. Rien de romantique. Wilhemine Balleine est en nage. Elle tient la traîne inutile de sa future bru. Le grand chef Tomahawk Invincible la somme de tout laisser tomber, de lâcher prise, d'abandonner la queue de tulle rose. C'est le grand cri, libre comme l'air, dans un coin de la nef, le vilain grand cri.

Monsieur le curé n'encense plus. Il va s'évanouir, se recroqueville sur lui-même en silence. La foule retient son souffle. Fallait s'y attendre. Le grand chef sort le calumet de paix.

La grande fresque au plafond l'aspire à son tour, fourre dans la bouche de Marie-Madeleine le calumet de paix. La Samaritaine est morte de rire, les pharisiens se décrottent les orteils.

Humide nudité. Elle leur va comme un gant. Cascapédia n'en gardera que mieux le secret. Étrange cérémonie. Victor Trottochaud se met dans la tête d'invectiver son neveu de bêtises parce qu'il ne lui a pas fait l'honneur de lui demander de lui servir de témoin. Tu seras un homme, mon fils. Quand même.

Le cercle des Indiens s'agrandit. La révolte gronde. La mariée s'enfarge dans son voile et tombe, culbute dans les bras du curé qui reçoit comme une vibrante offrande un petit sein croustillant.

Le tonnerre gronde, la pluie s'en mêle soudain. Les saints font la grosse baboune. Wilhemine avait pourtant accroché son chapelet sur la corde à linge.

Les flèches, les arcs, les plumes, l'armure. Va donc t'habiller Tit-Jacques, Seigneur! T'as plus un seul ami! Tu vas couper ton bois tout fin seul!

Il ne fait pas trop sombre dans l'église. Le soleil va réapparaître et parler aux coupables. Le premier mariage enflammé de la sainte religion catholique.

17

Wilhemine est ivre de vapeurs. Et fière en plus. Outrée? Humiliée? Aurait-on pu le croire que... Jamais de la vie. Elle accepte volontiers la volonté de Dieu, celle de voir se pavaner son grand, nu comme un ver, son gringalet de fils, parce qu'il est beau comme un Appolon et qu'il a quelque chose à montrer quand même. Quelque chose dont elle est en partie responsable avec son défunt Simon.

Le grand chef s'installe à la place du curé qui proteste avec véhémence, proteste encore plus, par tous les saints anges gardiens du cimetière, du paradis, de la région... Un mariage païen bon pour l'enfer? Pas question.

La danse des Indiens a fait venir une pluie de flammes et de fleurs. Pentecôte aborigène.

La chaleur du saint enclos est intolérable. Mais les jeunes s'en iront. Admirablement beaux, ils laisseront des bleus aux cœurs des assistants. Un nuage de lassitude s'imprègne dans l'église. On s'habitue déjà à la sveltesse et à l'audace de cette apparition de mai.

Quelques saintes commères grignoteuses de balustrades s'évadent côté fonts baptismaux, s'engouffrent dans les confessionnaux, cassent des vitres colorées...

Les maîtres-chantres entonnent le *wa wish a té vi wa né tah* qui recueille sur-le-champ une ondée de larmes. Elles tombent, ces larmes, dans les tasses à mesurer de l'inassouvissable quête.

On ne se comprend plus. On ne parle pas la même langue. Anglais, micmac, français, chiac, franglais... La tour de Babel. Elle est inachevée et, paraît-il, nous sommes à l'intérieur.

Unis dans l'amour, par l'amour et pour l'amour qu'ils voudront bien, dans la minute, consommer à la face de Dieu et du monde si écervelé.

... sous le regard vicieux de Judas Iscariote qui vient de voler le calumet de paix des lèvres croquables de Marie-Madeleine-son-petit-jupon-de-péchés.

Ma vieille voisine me donne un coup de coude. Inconsciemment, je l'avoue, je suis allé trop loin. On a beau être un étranger dans la place, on laisse une ombre qui traverse les générations. Mon rêve a laissé cette ombre funeste. Et puis, les gens de Cascapédia ne tolèrent pas de dormeux dans leur église étouffante au printemps. Encore moins des ronfleux. C'est ce qui m'a valu le coup de coude.

Un marié solide dans un complet noir vient de passer la bague au doigt de sa Laura Caplin et de lui promettre fidélité. Et elle de le servir jusqu'aux ongles des doigts de pieds.

De calumet de paix nulle part. Ah! si donc ma vieille voisine de banc d'église et moi-même avions pu en faire apparaître un gros! Il aurait pu y avoir une fantastique chicane entre le diable et Marie-Madeleine.

Tomahawk Invincible a l'air d'un mannequin dans une vitrine. Paré, fin prêt pour le purgatoire.

Chapitre 2

Télesphore-Eddy Trottochaud, l'aîné de la deuxième
famille du père Victor, est âgé de dix ans. Cruchon à l'école,
il excelle dans les mille et un métiers, rafistolages, travaux
d'amateur. On le surnomme Teddy. Toujours, du matin
jusqu'au soir, Teddy-le-malintentionné. Il tend des perches
à l'aventure en détestant mademoiselle Savignac, son institutrice qui veut absolument lui faire apprendre des im-
bécillités et lui ancrer dans la tête et les gestes des allures
efféminées de violoniste. Son père est violoneux, à ses heures,
c'est bien assez. Un violoneux est un mâle accompli tandis
qu'un violoniste, une tapette insignifiante. Teddy préfère
accompagner son père à la barrière du parc. Son père Victor,
l'époux d'Angéline Legruiec, à la fois la mère naturelle de
Télesphore-Eddy et sa belle-sœur du premier lit. Facile à
comprendre pour un cerveau de dix ans.

Aujourd'hui, ses parents sont partis aux noces de Jacques
Balleine qui va épouser une Indienne et attraper des poux
par la même occasion.

Dix ans. Sa mère Angéline lui a confié la garde de son
petit frère Marcellin âgé de six ans et de son unique sœur,
Ginette, quatre ans. Télesphore-Eddy dit Teddy n'a pas perdu

de temps . Il est allé confier sa petite sœur à la voisine. Pour plus de sécurité, assurément. Il n'a besoin de personne, Teddy. Peut-être un peu du dernier-né que sa mère a préféré garder auprès d'elle. Il n'a que six mois. Son père reste son pépère. Tous les enfants du deuxième lit appellent papa Victor Trottochaud: pépère Victor. Il a soixante-huit ans le pépère. Angéline en a trente-quatre.

Il veut jouer avec Marcellin, le faire souffrir, lui faire peur, l'effrayer à mort. Le petit Marcellin Trottochaud aime beaucoup son grand frère Teddy. Et sa sœur Ginette et le petit dernier. Il aime aussi ses mononcles et ses matantes qu'il ne voit pas souvent. Les enfants du premier lit de son pépère qui appellent aussi leur maman: maman.

Derrière chez eux serpente la petite Cascapédia, une rivière jaillissante qui coule au gré de sa fantaisie sur d'anciennes terres brûlées, paraît-il. Les glaces ont fondu, ont quitté la sotte paralysie de l'hiver, se sont perdues dans l'ombre du temps qui court. La rivière est gonflée, il est fortement interdit de s'en approcher. Ce serait chercher la mort, la taquiner, l'approcher, lui parler.... Marcellin s'en approche quand même. Il lui chante des paroles d'amour comme aux jours de ses premiers pas. Et la rivière lui parle un langage familier. Paroles suaves, monosyllabes discordantes, poèmes d'un jour. Une rivière compétente dans son lit qui dévoilera ses charmes à la face de l'homme. Saumons et truites y tournoient sous les chatouillements de l'aveuglant soleil qui lui aussi précise ses attentes.

Teddy est à l'intérieur. Il hurle:

— Aïe! Marcellin, viens icitte, vite! vite!

Au deuxième étage (c'est mieux, en Gaspésie, qu'à l'étage où on a toujours l'impression d'être dans la cuisine), Teddy s'est glissé sous un grand drap blanc sur lequel il a peint en rouge un immense squelette sanguinolent. Depuis quelques jours, il invente et fait croire à son jeune frère que la maison est infestée de fantômes maléfiques. Sous les yeux fixes et conquis des oiseaux, du chat et du chien qui en frissonnent d'horreur. Ils se sont plaints à leurs maîtres Trottochaud.

Angéline a administré une suprême mornifle à son grand tarla de Teddy. Elle lui a aussi fait promettre de ne plus effrayer les petits avec de pareilles gamineries.

— Promis, maman d'amour, juré craché!

Il ne cherche que l'occasion:

— Vite, Marcellin, vite, au secours!

Il y a des fantômes dans la maison. Teddy, son grand frère Teddy est aux prises avec de grands bras mous. Des formes affreuses. Marcellin n'a jamais vu les fantômes mais il les entend toutes les nuits. Que peut-il faire, seul, contre des tas de monstres invisibles? Il hésite, craint. Court dans le hangar. Teddy relève le drap par-dessus sa tête. Son petit frère n'arrive pas. Il hurle des «hou! bouh!» rapides et terrifiants. Où est Marcellin?

L'enfant traumatisé est allé dans la grange. Il s'est armé d'une fourche à foin. Il veut attaquer le fantôme, sauver son grand frère Teddy de la mort, quitte à mourir lui-même. En héros. Soudainement aveuglé, naïf...

— 'arrive, Teddy! 'arrive!

Il court, essoufflé, dans la boue glacée, une boue qui a bien du culot et qui s'amalgame aux flaques de neige encore incertaines. Le soleil s'en charge. Juin les assassinera définitivement. Marcellin ne connaît de la nature que ce que ses six ans lui ont apporté jusque-là.

— 'arrive, Teddy! Viens te prendre dans mes bras!

Teddy est aux aguets. Prêt à bondir dans l'escalier, à sauter sur son petit frère, à le brutaliser tout à fait. Il en a pris l'engagement, une sorte de pacte avec le diable. Un petit frère qu'il déteste. Il a hérité de tous les péchés de son père. La faute majeure, le nouveau péché, celui qui n'hésite pas et qui tente tout pour déclasser le péché originel. Un péché d'innocent. Des gens dans le village lui ont dit qu'il était un monstre parce qu'il était né dans le péché, hors de l'église, point de salut... Monsieur le curé le lui a fait sentir lorsqu'il est allé se confesser. Un enfant bâtard, comme un chien, bâtard. Teddy a cru que ça voulait dire bandé. Et c'était vrai qu'il était souvent bandé. C'est péché ça aussi.

Enfant bâtard. La maîtresse, mademoiselle Savignac, lui a expliqué entre deux claques la signification du mot bâtard. Entre deux claques remplies de délicatesse. Quand même, mademoiselle Savignac sait se tenir.

Un monstre pataugeant dans le péché. Il aime ça, adore, jouit de la situation. Il se jure que plus tard, il posera des gestes horribles dont tous les Gaspésiens parleront. Il est passé maître dans l'art de beurrer les poignées de porte avec des matières fécales. Des matières fécales gluantes. La symphonie de la nature a de ces exigences! Teddy fait abracadabra et ouvre son grand sac à malice. Il fait cuire des chats vivants dans les gros fours extérieurs, avec le bon pain, le bon chat puant. Il est au paroxysme de l'euphorie quand il réussit à faire fumer des dizaines de crapauds en même temps. Lorsqu'ils éclatent en stéréophonie.

— Un mental, que je vous dis, mademoiselle Savignac! Indéniablement mental! constate monsieur le curé.

Aujourd'hui, déguisé sous un amas de longs draps blancs tachés de rouge, monstre dans l'âme. Marcellin aura la peur de ses six ans. Une peur maladive.

— Au secours! Marcellin, viens pas… ahhh! ahhhhhhh! sauve-t…. sauve-toi! Ah!

Il feint d'être étouffé, piétiné, massacré par le fantôme. Il s'écrase sur le plancher qui craque de partout dans la maison vide des Trottochaud. Marcellin pleure:

— Non, non, Teddy, meurs pas, Teddy!

— Sau…. sauvvvve…

Plus un son, plus aucune parole, les murs respirent, le crucifix regarde le petit Marcellin. Les pages du calendrier l'attaquent. «Monsieur Players» court après lui. Il lève sa fourche dans les airs, sur le seuil de la porte. Il fixe le haut de l'escalier où vient de mourir, tué par un fantôme, son grand frère Teddy, le Tarzan de son enfance. Mort, Teddy est mort. Il hurle, tremble, crie, morve:

— Va-t'en, fantôme, va-t'en fantôme chauvage! Maman, man…

Apeuré, il n'ose bouger. La scène est tremblante. L'escalier craque de toutes ses marches. Une forme blanche et rouge tournoie dans l'escalier, hideuse, remplie de maléfices.

La rivière est proche. Qu'attend-il pour y plonger? Au milieu des saumons. Les braconniers gaspésiens vont le repêcher quelque part ou encore les gens de Cascapédia vont retrouver son corps étendu sur la plage de la pointe Taylor. «Teddy, Teddy, sauve Marcellin, pepére, priez pour nous, sainte Marie, mère de Dieu, maman, maman...»

Pépère Victor est loin, maman Angéline aussi. Seul avec sa force, sa rage et sa peur. La peur de ses six ans. Les horreurs de ses cauchemars. Méchants loups, épeure-corneilles, diables, serpents et bonhomme Sept-Heures. Ils ne sont rien à côté de ce fantôme vivant, en chair et en drap, qui va le dévorer dans la minute.

— Ouh! ouh!

La fourche. L'arme ultime. Marcellin n'a jamais eu à se servir d'une arme. Jamais. Il n'a même jamais lancé une roche. Il ne sait comment. Il va se sauver, c'est plus sûr, se rendre chez la voisine et retrouver sa petite sœur Ginette, se blottir dans les bras de madame Dumoulong. Elle va lui donner des galettes à la mélasse, la bonne madame Dumoulong.

Et si le fantôme le rattrape! Un fantôme a le souffle long. Pépère lui a déjà conté que les fantômes se déplacent plus vite que le vent, la poudrerie, les étoiles filantes.

Rien à faire. Il est aveuglé par ses larmes. Le fantôme se rapproche, monstrueux, affreusement grossi à travers les larmes comme à travers un miroir déformant, une loupe ensorcelée. Marcellin bondit en gémissant:

— Teddy!

Être brave à six ans, conscient, plein de courage. Il lève sa fourche, serre les dents et crispe ses orteils dans ses petites bottes en caoutchouc, bottes noires avec une ligne rouge à la semelle. Il fonce comme un taureau, les yeux fermés, en hurlant. Il se précipite sur la chose hideuse, puante, le diable sorti de l'enfer. La chose marmonne:

— Aïe! aïe... qu'est-ce que tu fais là? Aïe, Marcellin!

Coup de fourche désespéré. La forme est palpable. Elle fend l'air d'un blasphème défendu par monsieur le curé:

— Tabarnacle!

Le fantôme disparaît. Teddy surgit. Son bras saigne. La fourche a transpercé le biceps de son bras gauche. Il sacre encore plus:

— Petit crisse, viens-tu fou?

— Teddy, Teddy, z'ai tué fantôme, Teddy, tué fantôme avec fourche, Teddy!

Le gamin ne s'est rendu compte de rien. Il a tout simplement tué le fantôme et par le fait même, miraculeusement ressuscité son frère Teddy. Comme dans un grand rêve. Son frère Teddy qui le dévisage en haletant, la figure maintenant remplie de sueurs et surtout de rage.

— Aïe, tit gars, Marcellin, c'était rien qu'une farce! Tu m'as pas cru, hein? Tu m'as fait mal, regarde! Ayoye!

Il regarde son bras qui saigne de moins en moins, mademoiselle Savignac a toujours dit que Teddy n'avait pas de sang dans les veines ou que le sang qui y coulait était tout simplement bon pour les cochons. C'est une grande pédagogue, mademoiselle Savignac. Une éraflure, tout au plus, mais une douleur affreuse, insoutenable. Elle lui transperce le biceps du bras gauche. Et le sang qui s'échappe se mêle au rouge démoniaque du drap blanc.

La fourche est au garde-à-vous. La terreur a disparu. Elle a fait place à cette forme d'affaissement soudain additionné aux autres multiples expériences de l'enfance, un joyau de plus à la collection précieuse du subconscient. Puisque tout se joue avant six ans... Marcellin pourra peut-être quand même s'en rappeler.

Teddy grimpe les marches quatre à quatre. Se débarrasse du drap souillé. Redescend à la vitesse du lièvre traqué. Il se rend à l'évier, prend un plat de granit, le remplit d'eau, lave sa plaie, un chien prisonnier du destin. Marcellin ne profite de rien, ne comprend rien. La vie est cruelle. Le fantôme a disparu. Évaporé. Il s'est fait abracadabra spécialement pour lui.

— Le fantôme est parti, hein, Teddy? Parti? Pas encore
en haut? Pas en haut, hein?

Teddy ne répond pas. Avec ce qui vient d'arriver, il
imagine une fourche dans son cœur. Tué par son jeune frère.
À dix ans, sous ses yeux. Il a joué avec le feu et pour faire
apparaître des larmes dans ses yeux, il éplucherait volontiers
des montagnes d'oignons. Marcellin crie:

— Pus en haut, hein?

Teddy l'attrape par les deux poignets, le secoue, le
tabasse copieusement.

— Arrête de hurler, petit cave! Le fantôme est parti,
ben oui, tu l'as tué!

— Y t'a fait mal au bras, le fantôme. Ton bras, y saigne!

— C'est rien.

Teddy n'a nulle envie de rassurer son petit frère. Il
l'invite simplement à le suivre chez madame Dumoulong.
Besoin soudain de réconfort, de sécurité. Il place une guenille
sous sa manche de chemise et sur sa plaie. Une plaie misérable
et une manche de chemise déchirée par le solide coup de
fourche.

Les enfants longent la rivière. Ils lancent des cailloux
qui font des ronds dans l'eau. Tous les enfants de la campagne
savent comment s'y prendre pour faire les plus fantasma-
goriques ronds dans l'eau du monde entier. Les truites sautent
et giguent. On racontera à Ginette que les truites ont fait
un énorme pont d'une rive à l'autre de la rivière, un pont
sur lequel elle pourra traverser sur les épaules de son grand
frère. Mais il y a déjà un pont.

Pourquoi cette longue cérémonie au village? Ce mariage
honteux d'un Gaspésien avec une sauvagesse. Pourquoi ne
l'a-t-on pas invité, lui, Teddy? Après tout, il a déjà assisté
à une noce. Une douceur à sa mémoire. Une noce où il s'est
battu avec le gros Fred. Il lui a arraché une touffe de cheveux
roux. Il lui a cassé le nez. À huit ans, tout un exploit! Le
père de Fred, un éléphantesque bonhomme au coco flambant
nu, lui a hurlé des bêtises: .

— Petit maudit morveux! Attends voère que je t'attrape.
Attends, sauvage, bâtard!

Son pépère Victor a voulu le défendre, bien entendu. Il a sauté sur l'éléphantesque bonhomme au coco flambant nu et lui a administré le plus resplendissant coup de poing, gros comme un saumon, et lui a également cassé le nez. Deux nez de la même famille dans le même plâtre. Pépère Victor s'est tourné de bord et a donné la plus formidable raclée à son fils, Teddy:

— Tu vas arrêter de me faire honte partout oùsqu'on va, petit serpent! Tu vas apprendre, mon petit gars, que les Trottochaud, de n'importe quel lit qu'y retontissent, sont pas plus mal élevés que les autres!

Une raclée solide et primitive. Angéline a dû intervenir, supplier, se suspendre à son mari:

— Pour l'amour du Bon Dieu, Victor, arrête, tu vas le tuer!

Ses parents ne l'emmènent plus aux noces. Il voudrait s'en ficher. Les arbres lui puent au nez. La musique le déprime, Marcellin l'écœure. Il aime sa petite sœur. Il se sent capable, pour elle, de déplacer des milliards de billots. Elle est si douce, si belle...

Jamais plus la noce, la grande fête remplie d'olives et de fleurs en crémage à gâteau.

Madame Dumoulong les invite à rentrer. Il fait si beau, la fin du mois de Marie, l'hymne aux saumons de la rivière. Madame Dumoulong s'étonne:

— Qu'est-ce qui t'arrive, mon Teddy?

— Rien, je me suis accroché dans une clôture t'à l'heure.

Marcellin ouvre de grands yeux encore effrayés. Il réalise maintenant, véritablement, la blessure au bras de son grand frère, le duel avec le fantôme, il aurait pu mourir:

— Fantôme en haut! Pouf! donné un grand coup... Boum! hein, Teddy, fantôme, hein?

— Oui, oui, laisse faire!

Madame Dumoulong saisit immédiatement le rapport direct entre la fourche et le bras, Teddy et le fantôme, Marcellin et son regard effrayé... Elle connaît Teddy. Elle le connaît très bien. Elle l'invite à s'asseoir, lui donne un grand verre de lait et désinfecte cette plaie maudite.

Chapitre 3

L'harmonium a fini de faire son gros monsieur. Les mariés sont à l'extérieur, en noir et blanc, comme jadis. Les appareils photographiques se jettent sur eux, les dévorent à belles dents, schlickkk! schlackkk! Toute la parenté:

— Tasse-toi un peu, Wilhemine, pis toi, Victor, colle-la un peu ton Angéline, envoye, a fondra pas. Grouillez-vous! R'gardez le kodak!

La photo des traditions. Celle qui couve et qui dort, qui jaunit humblement dans les albums anciens ou sur les majestueux pianos. Toujours la même. Une innocente mariée, un jeune coq, des banderoles éclatantes, des fleurs fraîches... et l'absence de saveur. Il a même été interdit aux Indiens de porter leurs plumes. Image fade. Rien. Ni calumet, ni tomahawk. Fade. Des Micmacs à plumes apprivoisés mais nus sur la photo, ils se confondent aux autres personnages. Sans plumes ni maquillage criard, et sauf quelques traits héréditaires, on ne les distingue point des bons Gaspésiens. Rien n'y paraît. Ni dans les mains, ni dans les poches. Jacques Balleine pourra taire à ses arrière-petits-enfants la présence de gènes micmacs dans leur sang. Quelques longs traits maladifs, une vieille tante éloignée...

Rien dans les mœurs.

Jacques Balleine se gourme. La cravate d'équerre, le chapeau à la main, la tête légèrement penchée à droite. Du côté de sa tendre sauvagesse. Robe rose cousue d'étoiles, longue traîne, fleurs fraîches dans les cheveux. Tomahawk Invincible, son père, est humilié d'avoir dû se départir de son fier panache. Il attaque et s'approche du photographe, lui glisse quelques mots ou baragouinages à l'oreille et remet son majestueux panache à plumes multicolores sur sa tête. Wilhemine lève les bras, lance un regard farouche à Tomahawk Invincible et s'installe pour la photo *version indienne*. Bah! elle la déchirera.

Les automobiles sont métamorphosées. Elles sont devenues des chars allégoriques sous le pinceau et les couleurs amalgamées des Blancs et des Peaux-Rouges. Ces derniers surtout n'ont pas manqué leur coup. Jusqu'aux guirlandes de Noël, queues de renards et de loups-cerviers, des tapis décoratifs argentés en papier de plomb de paquets de cigarettes.

Wilhemine Balleine se répand dans la foule comme une tache d'encre. Elle serre des mains, avale des lèvres et des langues, lave des joues, bouscule le maire et sa mairesse, tape le curé dans le dos comme pour lui faire régurgiter un morceau de carotte coincé quelque part, invite toute la contrée, les goélands, les aveugles, les gueux, les généreux, les écervelés… Rien n'est trop beau pour la noce grandiose de Jacques Balleine, époux devant Dieu et les hommes, roi et maître de sa Laura Caplin, sa squaw bien-aimée, sa sauvagesse dégriffée.

— Une Indienne qui parle quasiment pas le français, sacrifice du Saint-Esprit! gémit Angéline.

— T'as ben menti! A se débrouille pas mal mieux que tu peux croire, mon Angéline, pas mal mieux! rectifie Victor.

Wilhemine envahit le parvis de l'église. Elle a volé, au passage, un flambeau à l'ange protecteur du cimetière. Va falloir venir passer le plumeau sur les vieilles pierres tombales. Elle s'exclame:

— Enfin, un de casé! Mon plus vieux... Pis... pis ben casé! (Elle allait rajouter quelque chose de vilain, se mord la langue trois fois:) Un beau mariage! Que je suis donc fière! Des Indiens de la Ristigouche pis des Gaspésiens de la baie des Chaleurs, nés à même les plages pis le sable, ça peut pas faire autrement que de faire des enfants intelligents. Des enfants de la mer pis de la lune, euh! des saumons pis des morues... Même si ce monde-là baragouine l'anglais plus que l'indien, le micmac que vous disez? Un ben beau mariage!

Et elle lève bien haut le flambeau angélique.

Oncles, tantes, ceux des rangs, cultivateurs, jeunes enfants. À peu près tout le monde à Cascapédia comprend et baragouine l'anglais. On se forcera «l'entendement» pour comprendre le «micmac-mouk anglophône» mâchouillé par les Indiens de la Ristigouche. Encore qu'on ait bien peu de chance de les voir souvent. La visite, une fois de temps en temps. Une chose est certaine, les Micmacs invincibles, Caplin etc. ne comprennent à peu près rien du français chantonné, rythmé, coloré des Gaspésiens de Cascapédia. Un français fredonné depuis les berceaux acadiens.

Je frémis d'aisance et je transpire de nostalgie. L'église où j'ai reçu le sacrement du baptême. Elle est superbe. Son odeur forte d'encens se répand à l'extérieur. Dans mon cerveau. J'hallucine. Le soleil perce les murs. Une religieuse prépare l'autel pour la grand-messe de demain. Une main me touche l'épaule:

— Pis toi, mon beau Léandre? Tu viens à la réception itou! T'as pas fait tout ce trajet pour rien que venir écrire des poèmes sur les paysages de la Gaspésie? Tu viens, vite, on t'attend. Les portraits sont tous rentrés dans les kodaks asteure. Arrive vite, on va aller danser par chez nous!

Wilhemine, celle qui m'a recueilli et élevé à la mort de mes parents. Elle me prend la main. Elle prend la main d'un homme qui a voulu grandir au loin. Un homme de vingt-cinq ans, jailli des entrailles de la Gaspésie, à travers les roseaux et les quenouilles de la petite rivière Cascapédia.

31

— Ma tante!

Je l'appellerai toujours ma tante, celle qui m'a aimé comme son propre garçon. Larmes de circonstance, contentement habituel, l'éternel enfant prodigue. Fils unique j'étais, j'ai rapidement joint les rangs des sept fils de Wilhemine Balleine. Mes parents sont morts. Bien morts. Dans un cruel accident de train. Je suis devenu orphelin. On a même (une vieille tante revêche) collé mes deux valises à la porte du presbytère de Cascapédia. Avec moi collé dessus. Le curé a tout de suite communiqué avec Wilhemine Balleine, madame Simon alors, et lui a demandé de me garder quelques jours, en attendant, il essaierait de trouver quelqu'un, un couple sans enfant. Elle m'a regardé, tâté, fait des guili-guili... (j'avais quand même cinq ans). Elle m'a tout de suite trouvé intelligent et déluré. Et m'a adopté. Elle m'a garroché dans le nid douillet avec deux autres mâles criards et goinfres à souhait. Je me souviens très peu de mes parents. Je sais seulement qu'ils dorment dans le cimetière de Cascapédia. François Ouellet et Madeleine Robinson. Ils dorment pour toujours. Je m'appelais Léandre Ouellet. Simon Balleine n'a pas cru bon de me laisser vagabonder dans la vie avec un nom de parents morts et enterrés. Il m'a tout de suite appelé Léandre Balleine. Ah non! Ma tante Wilhemine n'a pas voulu. Mon oncle Simon avait déjà deux mulots surgis de sa chair, deux petits Balleine (on les appelait souvent, dans le village, les baleineaux). Balleine, Ouellet, Balleine, Ouellet... Ni l'un ni l'autre. La prestance de ma tante Wilhemine a tranché. J'en fus quitte pour Trottochaud. Je me nomme Léandre Trottochaud. En chair et en os. Personne n'a jamais trouvé rien à redire là-dessus, pas même monsieur le curé.

Je n'ai presque pas connu mes parents. Cinq autres petits Balleine sont nés.

Wilhemine me soulève dans les airs comme lorsque j'avais cinq ans et qu'elle me faisait croire qu'elle pouvait voler. Elle me place sous son bras comme un pain français et me fourre dans une camionnette. Elle hurle pendant que je ris :

— Aïe! les Indiens, les Rouges là-bas? Avez-vous vu mon huitième? Léandre? Mon huitième qui est arrivé le troisième? Viens, viens! Si chu contente! T'es venu. Tu nous as pas oubliés. Rivière-du-Loup t'a pas trop changé les idées au moins? Jacques... Mon huitième, euh... my eight...

Ils sont tous mes frères. Mes sept frères. Je suis le huitième. On m'a toujours appelé le Petit Poucet. Mais jamais le Petit Poucet à Ouellet. On aurait dit qu'on avait oublié que j'avais déjà eu de vrais parents.

Mes frères se précipitent sur moi, m'apostrophent, me collent, m'arrachent à la camionnette où ma tante Wilhemine m'a fourré. Je tournoie dans les airs, j'aime ça, je suis heureux. Je suis pincé, basculé, tapé. J'ai droit à deux becs de ma belle-sœur indienne, Laura Caplin Balleine, madame Jacques Balleine doit-on dire. J'aurais aimé avoir une sœur. Elle sera ma sœur. Et dire que je l'ai vue dans son costume d'Ève. Je me secoue. Mon bel habit est froissé, ma cravate de travers.

Mille mains, des gerbes de fleurs... Les machines étincellent au soleil. Les cloches se sont tues.

— Il est temps de partir, tout le monde dans les machines. On se grouille, on se grouille!

Wilhemine fait semblant de pourchasser des poussins. Tout le monde n'a pas son automobile. Même que les Balleine tirent du grand dans le village, Jacques a la sienne, rutilante. Victor est venu en camionnette rouge. Le grand chef Tomahawk Invincible a la sienne aussi, sa camionnette flambant neuve 1953, jaune foncé, avec un Indien chromé sur le capot. Une camionnette qui lui ressemble. À Cascapédia, toutes les voitures motorisées ressemblent à leur propriétaire.

Plusieurs Micmacs sont venus en charrettes, waguines, bogheis. Les chevaux ont le pas du savoir-faire, de l'étiquette. Ils sont décorés de la crinière aux sabots. Pour le fla-fla, les Indiens ne regardent pas à la dépense.

Quelque part sous une grande épinette, le vieux Alfred Cormier des Caps-Noirs chiale encore :

— Ces Indiens-là, ça peuple assez! Impossible, sa vieille, tiens, des escaliers, des escaliers!

Il conduit sa main dans un geste ascendant, un geste pour montrer combien haut pourrait être un escalier plein de Micmacs-la-morve-au-nez. Sa vieille lui bougonne :

— Ferme-toi, mautadit grand fouet! C'est un jour de grand réjouissement. Amenons-nous par chez nous plutôt!

Les Micmacs sont bruyants. Je les ai connus, autrefois, avant mon départ pour Sully. Une douzaine d'années déjà. Je les ai même fréquentés. Je ne connais pas les Caplin. Ils sont de vagues cousins de la Ristigouche. Les Micmacs que je connais habitent la Réserve de Maria. Tellement bruyants. Ils crachent par terre, de fierté, d'une fierté démonstrative. Leur sœur Laura a épousé un Balleine de Cascapédia. Laura, la belle femme.

Jacques est à ses côtés. Je ne sais par quelle magie je me retrouve dans l'automobile Dodge 1953 à côté de ma tante Wilhemine. Un honneur des plus grands. Le cortège s'ébranle, monsieur le curé est sur le parvis de l'église. Wilhemine gesticule :

— Oubliez pas de venir, monsieur le curé, je vous invite. Oubliez pas, là!

Je trimballe un sac de souvenirs gaspésiens que les Indiens déchirent de leurs galipettes. L'auto s'éloigne. Je suis muet à l'intérieur. Wilhemine s'époumone :

— J'vais venir lundi avec toute ma trâlée faire un peu de barda au cimetière. J'vais en profiter pour vous épousseter votre presbytère… (Elle rentre le buste à l'intérieur et se tourne vers moi :) Sa servante vaut pas le cul à Marie-Jeanne!

Monsieur le curé porte sa main à sa bouche pour contenir un léger rot. Il faut se rendre au rang 3. Les Balleine habitent une grande maison à l'ouest de la petite Cascapédia. Victor Trottochaud, le frère de ma tante Wilhemine, demeure de l'autre côté de la rivière. Un pont couvert enjambe la bienheureuse rivière à saumons, le pont Bugeaud.

34

Les eaux sont fortement gonflées. Deux enfants s'amusent de l'autre côté sur la rive. Wilhemine menace:

— Le petit bandit à Victor, mon frère, mon neveu de j'sais plus quel lit. De la graine de bandit, de la poison, vrai comme je te le dis, mon Léandre. De la poison. Ah! Y va arriver un drame dans cette famille-là, j'en ai le pressentiment. Si ça a de l'allure! J'ai jamais pu comprendre ça, moi, Victor qui court oui, oui, court avec sa bru Angéline, une pauvre innocente, l'ex-femme à son propre garçon, mon neveu Philippe. Lui, le pauvre sans allure, y regarde ça avec des yeux compatissants. Y laisse faire ça, que je te dis. C'est vrai qu'y est quasiment toujours parti! Angéline, j'ai pas pu pas l'inviter! Après tout, Victor, c'est le beau-frère de mon défunt Simon! C'est quasiment lui qui leur a servi de père toute leur vie à mes gars... Quatre enfants, à part de la première famille. Ça fait des chaussures à confectionner. Une chance que j'suis charitable pis que je leur en refile une paire une fois de temps en temps. Teddy, le plus vieux, regarde-le! Y cherche juste à faire étriver son petit frère, Marcellin. Ah! Un ange celui-là. Pis la chère petite Ginette, elle invente des jeux, la belle petite poule! Pourvu que le Seigneur tout-puissant envoye pas ses foudres sur eux autres!

Wilhemine trouve quand même le moyen, à travers ses babillages explosifs, de baigner dans les larmes. De vraies larmes touchantes. Tout ce qui la touche de près ou de loin lui tire inévitablement une rivière de larmes dans les yeux. Même les catastrophes les plus lointaines. À plus forte raison quand il s'agit de jeunes enfants. Elle est porteuse de mouchoir à l'œil, morveuse comme un érable au printemps, un cœur sur deux pattes.

Ma tante Wilhemine change de sujet:

— Attention, mon Léandre, v'là le frère! Chut! (Comme si j'avais alimenté sa conversation!) TIENS, mon tit-gars, on est rendus. Tu te reconnais, hein? Ça fait ben huit ans que t'es pas venu? Ça a pas changé gros, un peu de radoubs icitte et là. On a peinturé en blanc avec des jalousies noires. Les arbres ont poussé, hein? Pourquoi que t'es pas venu avant? T'étais en train de nous oublier?

35

De l'autre côté de la rivière, le plus grand des deux enfants lance des pierres qui font des ronds dans l'eau. Teddy. Je me souviens avoir fait le même geste que lui, au même moment, avec la même dextérité. Teddy me dévisage longuement. Je le vois à peine. Je le sens.

Wilhemine m'enlace, entoure mes épaules de son bras fort. Elle sent le muguet. Resplendissante sous son chapeau à larges bords. Vigoureuse du buste. Elle m'apostrophe une ultime fois avec un bec sur la joue:

— Arrive, arrive! Viens voir le festin.

Pour la circonstance, Wilhemine Balleine a fait les choses en grand. La température est excellente. On va faire du spécial, on va dresser les tables en plein soleil, à l'extérieur, sur le parterre. Un pique-nique nuptial. Le bonheur du mariage vaut bien les plus folles dépenses. Le silence est théâtral, mon âme... inassouvie. Un petit vallon, une rivière aux eaux tumultueuses, une odeur de muguet. Tout m'est souvenance de la promesse que j'ai faite, jadis... Le fantôme de mon attachement à cet endroit vient de m'apparaître.

Au loin, les Indiens se tiennent en cercle, gênés. Ils cadrent mal dans ce décor candide. Ils sont dispersés aux quatre vents, loin des leurs, une image, un puzzle sur la pelouse, dans le parterre. Wilhemine leur crie d'approcher, que des Balleine, ça ne mord pas, que la nourriture, c'est pas de l'onguent, qu'on est pas des... sauvages. Elle se mâche le pouce.

Les tulipes sont apparues avec grande subtilité cette année. Elles ont fait leur chemin dans la tiédeur du temps. Bouquets de pissenlits, odeur de foin brûlé qui m'enivre.

Il reste que la boisson ne coulera pas à flots. Certes pas. S'il n'en tient qu'à Wilhemine, la noce passera dans l'histoire comme celle des gosiers secs et déshydratés. Elle connaît les Micmacs. De vrais sauvages en boisson. Mais les Indiens de la Ristigouche, bredouillent, farfouillent... Ils ont déjà commencé à lever le coude. En catimini, dans la boîte de bois de la camionnette jaune foncé. Le gros gin en dessous des sièges. Les nez sont rouges. Wilhemine l'a remarqué.

Elle servira un vin d'honneur, un *Saint-Georges* frappé qu'elle a eu soin de réduire auparavant. Et ce sera tout. Une coupe, pas plus. Elle connaît les sauvages :

— Promenez-vous, promenez-vous! Laura, ma belle bru, viens que je te colle un bec gluant. Musssshhhh! Ma belle fille! Jacques, approche. Laura, as-tu rencontré mon fils adoptif Léandre?

— Non, pas vu, répond Laura, embarrassée.

J'ai droit au bec solennel. Jacques vient nous rejoindre. Il n'a jamais été mon plus grand ami d'enfance. Pour lui, j'étais tout au plus un cousin emprunté pour une «couple de semaines». Je suis venu pour ma tante Wilhemine avant tout. Jacques me donne la main une seconde fois, geste automatique, après celui de l'église. Je m'entends mieux avec son frère Denis.

Laura «devenue» Balleine me sourit.

Est-il possible d'expliquer pareil charme? Une sauvagesse. On les a tellement décrites. A-t-on cependant réussi à grimper jusqu'à la cheville de leur beauté?

Yeux noirs, perles magiques, deux longues nattes. Inaltérable beauté. Jacques me laisse quelques minutes seul en sa compagnie. Je bafouille, la salue à nouveau, lui parle de la pluie et du beau temps. Elle baragouine quelques phrases rougeaudes, timides. Wilhemine vient la chercher, la prend par la main et la promène partout pour la montrer à tous.

Je discute, bois, parle longuement avec mes autres frères, Denis, mon préféré, Jean-Roch, Florian, Bernard, Clément et Robert, le dernier.

Les ombres éternelles des grands bouleaux se projettent dans la petite Cascapédia. Victor Trottochaud s'approche, nostalgique et chaudasse à plein :

— Jésus-de-bénitier, Léandre! Je t'aurais jamais reconnu! C'est ma sœur qui m'a dit que t'étais icitte. Comment ça va?

Je suis un homme-poète et en ce moment, je suis secoué comme un pommier par la main virile de Victor Trottochaud, celui que j'aurais pu appeler mon oncle. Un oncle par habitude que je n'ai d'ailleurs presque pas connu. Je fais partie de l'univers, comme lui. Je l'aime bien, cet homme, je me souviens m'être battu avec son fils, autrefois, une noce comme celle-ci. C'est donc lui l'impur, le pécheur, l'infâme, le misérable, le braconnier, le maquereau à Angéline. C'est donc lui.

— Tu viendras nous visiter de l'autre bord de la rivière après la noce. Es-tu pour longtemps?

— Une couple de semaines.

— La fin de semaine prochaine, oublie pas. Cette semaine, j'suis à Murdochville! Je travaille encore comme gardien du parc.

Faudrait couper le soleil. Il plombe sur nous comme sur des damnés. Une plage de sable où s'étendre. Les discussions bourdonnent, les Indiens sont rouge vin. Rouge tomate, rouge sang. Wilhemine s'en aperçoit. Elle annonce:

— Y en a-ti que veulent voir la dinde avant qu'on la «dépece»?

Le dîner de noce sera bientôt servi. À l'extérieur. Ça sent, ça embaume la volaille et la farce.

Tout le monde déambule devant le fourneau chauffé à blanc dans la cuisine où Wilhemine, droite comme un soldat de plomb et fière comme un p'tit ministre de village, chante clair. Une cigale à l'automne. Elle a invité ses convives à venir admirer la belle dinde juteuse. On se presse contre la porte, on chasse les rares mouches réveillées de leur torpeur dans cette cuisine surchauffée. Véritable pèlerinage en adoration à la dinde. Un petit salut devant la sainte Volaille, un hoquet, un pet... Les quarante heures peuvent aller se rhabiller.

— Ah! qu'elle est belle ta dinde, Wil'mine, pis qu'elle sent donc bon!

Le salut du saint sacrement.

Les dindes de ce type sont rares en Cascapédia. Pour les Indiens surtout qui n'en voient jamais. Habitués à manger de la perdrix des forêts.

Tomahawk Invincible se recueille quelques minutes, enlève son chapeau, médite, soupire enfin... et donne la main à Wilhemine qui ne l'a jamais trouvé si charmant. Madame Tomahawk, bien sûr, passe l'éponge pour aujourd'hui. L'Indien parle:

— Oh! Bonne dame, je vous félicite de tous vos bons soins. Que la volaille repose en paix, le derrière en l'air! C'est un bon signe, un heureux présage, le manitou va veiller sur nos enfants...

Wilhemine est charmée. Ce qu'il se débrouille bien en français ce grand chef micmac!

Et à son tour, elle trempe dans son jus.

Chapitre 4

Le petit hasard de la fête me nuit, me dérange. Mais il semble évident. Il est là pour rester dans les mœurs et les coutumes gaspésiennes. Il embarrasse aussi les tendres et les gueux.

Victor en a bien assez de cette noce. Il sent que la chicane va prendre, que les roches bien sûr vont revoler, que les fêtards vont tendre le poing et qu'une fois la dinde engloutie, les flèches vont faire feu de tout bois. Il faut qu'il parte de toute manière.

Chapelets de gros becs mouillés, le petit morveux braillard accroché aux sentinelles de sa frisée, il va partir. Les sauvages l'aimaient bien ce petit. Ils lui ont appris à faire des grimaces belliqueuses et des galipettes déroutantes.

La frisée dans le camion. Victor se fait soudainement attendre. Il salue sa sœur, Wilhemine, son neveu rempli d'élégance, tout plein de ce charme tiré des «films parlants», une belle petite femme minaudière qu'il déshabille d'un regard de connaisseur et qu'il psychanalyse d'un sourire envahissant. De la chair fraîche pour plus tard, pour le jour de ses quatre-ving-dix ans.

41

Le klaxon hurle... Angéline s'impatiente, les cris du bébé sautent par-dessus bord et envahissent la fête. Victor se décide enfin, sacre son camp, Laura Caplin Balleine va s'ennuyer de cet être rieur.

La noce respire.

Les Trottochaud dans la camionnette n'ont qu'à traverser le pont Bugeaud, un pont couvert comme il ne s'en fait plus. Ils vont atteindre leur modeste demeure.

Victor doit prendre le chemin de la barrière du parc de la Gaspésie dès le lendemain. Il n'a pas le choix. Gardien depuis des années en cet endroit féerique, contremaître des travaux et superviseur des déplacements, il doit être à son poste dès six heures du matin. Angéline l'a déjà accompagné à quelques reprises; son fils Philippe, pour sa part, travaille avec lui dans le parc. Il est homme à tout faire, journalier, le bras droit du chef incontesté, Victor Trottochaud. On les surnomme les deux *grizzlis de la brousse*.

Victor veille au grain. Il effectue sa patrouille deux fois par jour, ramasse des provisions, coupe du bois de chauffage, en met de côté pour sa famille, empile des blocs de glace géants dans des hangars remplis de bran de scie, surveille les braconniers, discute avec les prospecteurs de mines. Il vit dans la plénitude de la nature, quelque part entre le lac Madeleine et le lac York. La belle et tendre vie des bois. Philippe voit à toutes les autres corvées, à l'entretien du camp, à la cookerie. Les fins d'après-midi les surprennent souvent à taquiner les saumons de juin, à les attaquer majestueusement, avec art... à faire mouche à tout coup.

En attendant, à Cascapédia, la journée reste entière. Tiens, déjà les mouches. Une, deux... si tôt. Bravo! ce sera un été de chaleur.

Une bûche dans le poêle. La noce s'est chargée de leur remplir l'estomac. Le bébé dort dans sa couchette. Les enfants sont chez madame Dumoulong, la voisine. Angéline s'allonge sur le grand divan. Victor se déculotte, la lèche partout (une coutume de sauvage), elle est salée. Elle écarte les jambes, rit de toutes ses dents :

— Pas besoin de faire comme ton jeune neveu va faire à soir, Victor. Pas nécessaire de t'enfarger dans les maniéres pour s'entortiller dans le plaisir! Viens, c'est un bon temps...

Érection digne d'un jeune homme. Il fouille dans son pantalon déculotté, sort l'engin, le présente à sa douce frisée qui s'incline et qui se dit qu'il vaut mieux adorer un dindon de ce type qu'une vulgaire dinde de fourneau.

Elle étend le bras et attrape sur une petite table sa bouteille de gros gin. Qui lui tape et retape ses forces érotiques. Prête pour l'amour, elle engloutit des gorgées de liquide de feu pendant que son Victor la darde en se faisant aller dans tous les sens, en l'air, en bas, par-dessus, par-dessous... à soixante-huit ans bien sonnés.

Angéline lâche un pet, un vent, un bruit bref. Infâme petit chuintement, incontrôlable et fâcheuse habitude du maudit. Victor débande sur-le-champ, prestissimo... Elle regrette. Elle sent la débandade, l'impossible se présente, la capitulation s'en vient. Maudite boisson. Elle était pourtant si heureuse. Le dindon la farcissait si bien... Pourquoi ne pas s'être retenue? Elle le sait pourtant. En ces moments délicats, il serait fichtrement pratique pour l'être humain, l'homme dans sa plénitude, la femme aussi bien sûr, d'être muni d'un avale-pet automatique qui récupérerait le bruit avant sa diffusion, une sorte «d'étrangloir» qui assourdirait le retentissant bourdonnement.

Elle est honteuse. Rien à faire. À soixante-huit ans, il suffit de bien peu de choses. Elle a beau, elle a beau... user de ses charmes, multiplier les pirouettes, faire des cabrioles. Rien à faire. Elle s'accroche à ses angoisses. Il lui miaule :

— Cafiére de cafiére! qu'est-ce que t'as pensé?

— J'ai pas eu le temps de penser, tu penses ben!

— T'aurais dû penser, sa vieille!

— C'était juste une petite puïche...

— Puïche tant que tu voudras! La mardite dinde d'après-midi itou. Pis lâche donc ta bouteille un peu. Une chose à la fois!

Il abandonne l'entreprise qui était pourtant si bien amorcée, relève ses culottes, ajuste ses bretelles et replace le dindon dans son nichoir. De toute façon, les enfants arrivent en gesticulant. Victor chuchote:

— Hurrah! sa bru, relève! Crains pas, crains pas... (Il lui touche les seins.) Ce que le pepére a pas pu finir, le bébé va le faire... Hurrah!

Elle rit de toutes ses blanches dents de Gaspésienne heureuse. Un soleil vivant. Une belle femme, pétante de santé, qui lui brûle les passions intérieures. Au camp, durant la semaine, il est obligé de se laver à l'eau froide pour ne pas trop laisser la nature l'envahir, le prendre. Et puis, il récite ses deux chapelets par jour. C'est extra pour l'abstinence.

— Relève, sa bru!

Il n'a jamais pu comprendre son fils Philippe qui lui permet de vivre ainsi avec sa femme.

Manque de fougue, de virilité? Naïveté? Charité chrétienne?

Teddy fonce sur la table, bouscule sa mère, accroche la fougère, attaque la chaise berçante... Victor lui administre une mornifle sur la margoulette, au bon endroit:

— Calme-toi donc, espèce de déchaîné! Tu vas faire mourir ta mère. Envoye, cafiére, avant qu'y fasse trop cru à soir, va me rentrer sept huit brassées de bois... Hurrah!

Ginette et Marcellin entrent à leur tour en roucoulant. La fillette va tout de suite retrouver sa mère, l'embrasse. Elle est chatte, celle-là. Elle console son petit frère. Marcellin est encore sous l'effet du grand choc. Tout à l'heure, au même endroit, alors que ses parents étaient partis à la noce, il a culbuté un fantôme galeux. Ici même, dans la maison... Doit-il en parler à son pépère, son père qu'il aime appeler pepére? Philippe, son demi-frère, est son oncle et Angéline, sa mère. C'est bien comme ça et à six ans, on n'y trouve rien à redire. Personne n'y trouve d'ailleurs rien à redire.

À part les sœurs, les voisins, monsieur le curé, la maîtresse d'école, les cousins et les cousines, la vieille tante Claudia que tout le monde appelle la Perchaude, les autres, tous les autres... Ils peuvent toujours parler!

La petite Cascapédia coule à gros bouillons. Teddy s'y attarde. Le bonhomme Victor lui lâche un cri:

— Je t'ai dit de te grouiller! Attends pas que j'aille me couper une branche!

— Aïe, pepére, j'peux-tu aller avec vous au parc demain?

— T'as de l'école demain, mon gars. L'année achève, si tu veux faire quelque chose de ben dans la vie, penses-y! Pis tu vas avoir tout' l'été pour venir avec moi...

— Envoyez, pepére! Je le sais que je passerai pas mes examens, mademoiselle Savignac me l'a dit, la vache!

— Du respect, mon petit gars, du respect! Je te répète que tu vas venir avec moi cet été, tout le temps que tu voudras. Y s'agit juste d'attendre, cafiére, c'est pas sorcier! Pis dans la forêt, y a encore pas mal de neige.

Teddy lance des morceaux de bois dans la rivière. Il voudrait y lancer sa rage, mademoiselle Savignac, son petit frère, la neige qui colle au printemps de la forêt.

Angéline s'hypnotise dans un souper qu'elle improvise à partir de restes de baloney, de patates rôties auxquelles elle ajoute de la mélasse... Elle fait sauter une demi-douzaine de crêpes. Victor s'éloigne. La dinde lui est restée sur l'estomac et il a toutes les peines du monde à supporter l'odeur de la rôtisserie. Même que les rondeurs de sa nièce micmac, il ne les a pas encore tout à fait digérées. La belle Laura, une Indienne à la peau de soie. Une soie qui colle à sa sensualité comme à un fer à repasser, une écharpe de soie qui s'accroche et court et colle dans une ribambelle sans fin. Il a le fer solide et chaud. Et dur. Aucun besoin de le laisser longuement se réchauffer sur le poêle. Il allume sa pipe. La fille Caplin, madame Balleine, la fille de Tomahawk Invincible, son vieil ennemi de pêche, le braconnier numéro un des rivières à saumons, un ennemi pour la forme et qu'il connaît bien. Pour l'étiquette. Elzéar Caplin dit Tomahawk Invincible,

45

Ulfranc Maldemay, le fils de la Perchaude, et Victor Trottochaud ont été vus plus souvent qu'à leur tour dans les grills de toute la région, les hôtels mal famés, bras dessus, bras dessous. Ennemis jurés, prêts à se tuer la semaine, amis comme les doigts de la main pour les grandes occasions. Victor a déjà su refiler les plus mystérieux, les plus extraordinaires spots au vieil Indien qui en échange l'a inondé de ses beaux saumons.

On les a déjà vus s'entre-déchirer, se frapper, s'invectiver de bêtises dans un baragouinage « franglaimac ». Bêtises audacieuses, compromettantes, de quoi faire damner un pape. Ah! comme la jeune Laura Caplin lui réchauffait donc les sangs, alors, et encore aujourd'hui! La voilà maintenant épouse devant Dieu de son neveu Jacques, le fils de sa furie de sœur. Un viol inqualifiable, un kidnapping indécent... S'il avait pu la toucher avant, la déflorer peut-être, elle aurait été sienne dans la complicité du concubinage.

La petite Ginette berce son petit frère. Elle lui chante la poulette grise qui a pondu dans l'église et dans le presbytère. Marcellin fouille dans l'armoire:

— Descends de là, tu vas te faire soûlance!

La bouteille de gros gin est déjà vide. Angéline en a même versé quelques gouttes dans la fricassée. Philippe va lui en rapporter d'autre. Son mari Philippe, le bon garçon, le père de sa première famille, les trois plus vieux qui ne demeurent plus dans le village mais qui reviennent à l'occasion quand ils n'ont plus rien, qu'ils sont sans le sou, nus, assoiffés...

À trente-quatre ans, elle élève sa deuxième famille, Télesphore-Eddy, Marcellin, Ginette et Jean-Guillaume, le bébé.

Philippe va lui apporter son gros gin. C'est en quelque sorte sa pension alimentaire quotidienne. Victor n'a surtout rien à redire là-dessus. C'est comme ça et ça doit rester comme ça. Philippe a quand même le droit d'apporter des fleurs, s'il le veut, à son ex-et-encore-légitime-épouse-malgré-tout! C'est entendu comme ça. On aurait dû signer des papiers.

Le soupirail de la cave se soulève. Teddy plonge sur la terre humide et froide. Angéline sa mère a une satanée cachette. Deux bouteilles de gros gin ont été enterrées par elle comme deux gros os par un chien. Elle a sûrement oublié, oublié. Elle était paquetée, ronde comme un œuf. Teddy les a trouvées. Plus de force dans les reins après avoir rentré deux brassées de bois vert. Il s'écrase sur le sol comme le chien prêt à sucer son os. Au milieu des souris. Une longue plainte de chien fou. Elle vient du centre de la terre. Teddy aime imaginer des filles nues et gluantes. Le grand Bérard de l'autre côté de la rivière, le vicieux à la face pleine de boutons, lui a souvent parlé des fesses des Indiennes. Et pour matcher avec les fesses des Indiennes, il y a l'instrument des garçons. Teddy glisse sa main dans sa culotte. Et l'instrument durcit comme le jour où le grand Bérard s'est amusé avec. Durcit. Le gros gin laisse couler sa bave dans le cou de Teddy, puis sur sa poitrine, poitrine blême, le long de sa blessure sur son bras, les fesses des filles le hantent, les gestes du grand Bérard. Se venger de Marcellin, le petit salaud, qui lui a fait cette blessure au bras. Le transpercer d'une flèche micmac. Le grand Bérard lui a dit que les Indiennes faisaient ça avec leur bouche. Et il a montré à Teddy comment les Indiennes, les salopes, faisaient ça. Pépère ne veut pas l'emmener avec lui au parc de la Gaspésie. Il se jettera dans la rivière où il noiera tous les saumons de la terre. Le grand Bérard n'a pourtant rien d'une fesse de squaw. Teddy suce longuement le goulot de la bouteille. Parmi les saumons, les truites... Jeter sa fougue dans la rivière. Mademoiselle Savignac, la sorcière, l'institutrice, va encore trouver mille occasions pour lui lancer son innocence à la face. Elle va le battre assurément, le martyriser, l'humilier devant les autres. Et quand elle sortira la maudite strappe pour le torturer, il va déposer un cheveu dans sa main, le coup sur le cheveu va laisser une coupure sanglante et mademoiselle Savignac va encore avoir peur. Ça poigne à tout coup. C'est elle, l'innocente. Un filet, un doux sillon de sang frais. Il a la main fragile, ce petit Trottochaud. Elle va choisir alors de l'installer dans le corridor. Les mouvements de sa main se moulent à ceux de la squaw qui avale son instrument, à ceux de ses hanches brûlantes. Il aura une jouissance stérile et sèche. Simple grimace. Comme la fois où le grand Bérard lui a parlé des Indiennes vicieuses. Il entame la deuxième bouteille. Même s'il ne peut plus se tenir sur ses jambes, que le grand Bérard a terminé ses cochonneries et que les Indiennes sont disparues dans un nuage, c'est le bonheur parfait. Un sol humide, une bouteille de gin, un instrument de Trottochaud, des visions en masse... Les enfants de Fatima ont-ils pu halluciner comme lui?

Pépère crie à pleins poumons. Angéline le cherche. Pépère le retrouve, rond comme un œuf, saoul raide sur le sol humide de la cave, la braguette ouverte, l'œil hagard, la langue tirée, deux bouteilles vides à ses côtés.

— Maudit cafiére de petit salaud! Engeance de démon! Samedi soir, saoul raide! Qu'est-ce qu'on va fére avec toé, Teddy?

Victor Trottochaud secoue son fils issu d'une relation de deuxième lit comme une paillasse remplie de poussière. Il semble vouloir extirper de son corps le vice du mal grandissant, héréditaire, et l'enterrer sous la terre humide qui pue le gros gin. Il prend son fils dans ses bras. Il va ressembler à sa mère pour boire. Cette femme qu'il a plus souvent qu'à son tour allongée sur le lit, sur un grabat d'incertitude. Sa femme, femme de son fils, vierge offerte un jour à son aîné, son fils. Le Bon Dieu le punit. Il vit dans le péché trois cent soixante-cinq jours par année avec cette femme maudite et alcoolique en plus. Cette femme douce aussi avec qui c'est toujours Noël et le Mardi gras. Il n'aurait pas dû aller au mariage de son neveu. La vue de Tomahawk Invincible l'a troublé. Le sauvage est à la source de ses malheurs. Tomahawk Invincible est le descendant en ligne droite et en chair et en os, incarnation diabolique sur terre, d'un sorcier puant. Il lui a certainement jeté un sort. Dans le bois, dans le mai des bois. Ça n'aurait rien de surprenant. Rien d'accidentel. Apparition soudaine, surgie sous l'aile des saisons.

La poésie éclate. Elle se veut l'agonie des choses. La faute revendique ses victimes. Il doit y avoir des victimes.

Et j'espère le grand moment.

— Angéline, cher, hurrah! Cafiére, apporte vite de l'eau, vite! Asperge ton grand fainéant de gars. Notre gars. Y vaut pas cher la piastre. Même les ménés dans la rivière valent pas mal plus que lui à l'heure qu'y est!

Marcellin et Ginette ouvrent de grands yeux apeurés. Le fantôme «chauvage» a frappé leur grand frère Teddy. Pour la deuxième fois dans la même journée. Il lui a donné des «mille» de coups de poing. Ginette se sauve en pleurant, Marcellin ne bouge pas, hébété, transformé...

Eau froide, eau bénite, eau de la rivière. Angéline se tord les mains. Voilà l'exemple qu'elle donne à son grand garçon. Aucune larme ne mouille cependant ses paupières. Des pleurs d'ivrogne tout fin prêt à recommencer malgré le ferme propos.

Philippe s'arrête en chemin:

— Y est paqueté, le tit-frére. Faudrait que tu caches ta boisson, Angéline, ça va finir par être dangereux. Rappelle-toi!

Le père Victor ne dit rien. Il est là, impuissant, second violon. Philippe mène la barque d'une main de capitaine, de loup de mer assuré. Il supervise la vie du couple, son père et sa femme. Et Victor sait que Philippe aime encore son Angéline.

Second violon qui fausse.

Chapitre 5

Sept heures trente. J'ai mis du fard aux joues de mes aïeux. Il fait clair. La fête continue. Moitié Micmacs, moitié Gaspésiens, moitié hommes, moitié femmes. Les tounes de violons se succèdent, les guitares grésillent, les émotions flottent dans l'air.

Wilhemine a une patte qui en étonne plus d'un. Elle fait danser ses grands, les fait swigner la baquèse dans la cuisine. Son frère Victor est parti avec sa gonzesse de malheur, la femme-de-petite-vertu. La dinde est depuis longtemps rotée. Wilhemine a bien tenté de mettre un holà aux beuveries des cannibales de la Ristigouche. Elle a dû battre en retraite. De chauds regards bigleux l'en ont dissuadée.

Les voisins, amis, gens des alentours viennent grossir la noce comme c'est la coutume en Gaspésie. Le ciel est chaud et suffocant, humide tout à coup. La danse se transporte à l'extérieur. Les vieux Gaspésiens rhumatismeux profitent des coins de tables pour prendre une couple de parties de «cinq cents».

Je flotte sur un nuage de sensations diverses, sur un cumulus de flatteries. Mais les cousines sont rares. Quelques Indiennes appétissantes gardent leur candeur bien au chaud derrière le poêle encore allumé. On suffoque de plus en plus à l'intérieur. Les vieux joueurs de cartes et les Indiennes appétissantes semblent au septième ciel. Pareille chaleur. Je n'ose les convoiter, les squaws superbes, la peur de recevoir une flèche est ancrée dans ma mémoire depuis ma tendre enfance. Une peur morbide. Les Jean de Brébeuf et Gabriel Lalemant n'ont-ils pas été des preuves éblouissantes de la barbarie des sauvages? Peur d'être dévoré vivant, roulé dans la braise, scalpé…

«Pour toi maman, ce petit mot…»

Laura Caplin est la plus mystique. Mon cousin Jacques a eu de la chance de la rencontrer. Une chance inouïe de la connaître, de faire route avec elle et de l'entraîner dans la valse de la vie. Mystique et sensuelle.

J'entre dans la danse, un cotillon désagréable, des gestes brusques, des vagues de coliques, charivaris, hurlements diaboliques, marche-sur-le-gros-orteil-de-Laura-la-malheureuse, ses yeux sont purs, je ne peux m'en détacher, des yeux gaspésiens. Jacques est candide. Wilhemine s'envole, écrase des paires de pieds:

— Arrêtez-vous pas en plein milieu du set de même! Ouf! qu'on a chaud, Tit-Toine, Jésus-de-bénitier!

Elle supervise à la fois les archets des violons, le ciel chaud et les maringouins qui soudainement se sont donnés le mot pour envahir la piste. L'air divinement salin de la côte gaspésienne conserve dans un engourdissement qui rassure les mouches noires, idiotes et malpropres.

Au repas gargantuesque du midi a succédé un souper léger. Les Balleine, fils et mère, déclarent à qui veut l'entendre que Wilhemine n'est pas séraphine et qu'elle sait faire les choses en grand; il y aura donc collation pour toute la communauté.

Je monte dans ma chambre un instant. Les miroirs éclaboussent le grand désespoir de ma solitude. Serviettes, débarbouillettes et taies d'oreillers sont immaculées. La lumière se balance au-dessus du lit. Je m'allonge. J'enlève ma cravate à deux cornes et la dépose près de moi. J'ai les cheveux huileux. J'ai voulu suivre la mode même si je déteste les cravates et les produits cosmétiques à bon marché. J'ai voulu faire comme mes cousins. Les ressorts me transpercent les côtes. Je repose dans un lit creusé par les ébats du devoir conjugal de quelque ancêtre laboureur, dans un nid rempli de lointaines odeurs.

Il y aura collation pour tout le monde. Une vierge entourée de fleurs en plastique, des dizaines d'images pieuses ornent les murs vernis de ma chambre. Je me prosterne à vos pieds. Quand j'étais jeune et que ma tante Wilhemine récitait cette prière: «Je me prosterne à vos pieds», je comprenais tout simplement: «J'aime pas Stan à vos pieds». Qu'avait-il donc fait, le Stan Leblanc que je connaissais, pour que ma tante Wilhemine le détestât ainsi?

Plein d'images partout. Comme dans toute bonne chambre de campagne. J'ai perdu mon père et ma mère. Fils unique, ils m'ont toujours manqué. Ma tante Wilhemine, mon oncle Simon et mes cousins ont bien tenté de me donner l'amour absent, de me considérer comme le huitième fils, leur fils. Ils n'ont aucune espèce de parenté avec moi. Je les ai aimés par devoir. Je les aime par choix. Par obligation, par envie, parce qu'ils m'ont choisi et élevé. Je suis leur fils, leur étranger, leur neveu, leur petit gars, avec souvent beaucoup plus d'amplitude, beaucoup plus d'importance que bien d'autres membres de leur famille, oncles, tantes, cousins éloignés.

J'allume une lampe à l'huile. Un papillon timide se brûle les ailes à sa chaleur. Il se consume dans le crematorium de verre. L'oncle Victor Trottochaud est bien chanceux de pouvoir faire l'amour avec sa bru, sa jeune bru. Chanceux. Je m'appelle Léandre Trottochaud. Trottochaud. Je suis un Trottochaud.

Chanceux.

Ma tante Wilhemine m'a trouvé. Elle a découvert mon nid secret. Elle saute sur le lit et sur moi, me chatouille comme elle l'a toujours fait, sans pudeur, avec plein de désinvolture, en des endroits suspects et interdits. Je me suis d'ailleurs toujours demandé si elle le faisait par exprès ou si elle s'exécutait avec cette sorte de candeur naïve que l'on ne retrouve qu'en campagne chez les gens de bonne famille. Je la soupçonne de faire exprès. Sa tante Claudia, qui vit à Sainte-Florence et qui a quatre-vingt-douze ans bien sonnés, est pire qu'elle et à voir l'oncle Victor Trottochaud, on aurait tout lieu de croire que...

— Hein, mon Léandre, tu vas pas te coucher pour la nuitte toujours ben? La fête fait juste de commencer...

— Non, non, un peu de fatigue, des souvenirs, j'avais envie de voir ma chambre.

— Jean-Roch te l'a laissée, y est ben d'adon pis asteure que Jacques va prendre racine dans sa maison à lui, ben Jean-Roch est ben capable de coucher dans la même chambre que Denis. Tu te sens ben?

— Oh! oui.

— Mon Léandre, mon beau Léandre.

Elle m'a toujours trouvé plus beau que les siens. C'est rare chez une mère adoptive.

— Allez, descends! On aura toute la semaine pour se raconter des affaires. À soir, c'est la fête de mon plus vieux, Jacques, le fils à Simon, mon défunt, son vrai fils, tout le portrait de son père. On aura tout le temps!

Je suis ma tante. Elle me tient en laisse, me jette dans les bras d'une mince squaw, éclate de rire, se transporte d'une table à cartes à une assiettée de sucre à la crème, transpire. Elle accorde ma vie et ma soirée à la cadence des pas feutrés sur la pelouse, au rythme des cuillers. Je lui demande :

— Justement, ma tante, la vieille Claudia est pas descendue pour le mariage?

— Y est encore bien que trop de bonne heure! Attends une menute, tu vas voir qu'elle va venir passer l'été comme c'est son accoutumance. Je te gage cinq cennes qu'elle va nous mourir sur les bras une bonne journée pis c'est nous autres, icitte en bas, qu'on va être obligés de l'ensevelir.

Des Indiens se tapochent. Wilhemine intervient. On lui obéit au doigt et à l'œil. On fait mieux de lui obéir. Wilhemine, le mastodonte lumineux de Cascapédia, est la femme à tout faire de toutes les organisations. Sans elle, Cascapédia n'aurait pas le cachet typique qui fait sa réputation. Wilhemine est la rate du village. Elle dilate les âmes, entretient à elle seule la flamme des potinages, attise le moral des déprimés et s'assure que l'église est remplie aux messes dominicales. Dame de fermières, enfant de Marie, ménagère chez elle, ménagère du curé, institutrice à ses heures, taxi-girl, mère avant tout, elle est la bonne humeur du quotidien. Mais gare aux tapochages, aux gros mots, aux gestes déplacés...

Les Indiens de la Ristigouche commencent à quitter. Wilhemine les embrasse, les salue, leur fait quasiment des miracles ou tout au moins un peu de magie dans la face, les éblouit. On n'a jamais vu un mariage gaspésien se terminer ainsi dans la paix et dans la sérénité. À plus forte raison un mariage micmac-gaspésien. Jamais. Il va sûrement se passer quelque chose. Il doit se passer quelque chose. C'est toute la réputation de la région qui est en jeu. Mais rien, rien, et les Indiens qui s'enfuient, battent en retraite, capitulent. Incroyable.

Les belles Indiennes suivent les hommes. Dommage. J'aurais dû me réveiller avant. Elles partent toutes, sauf une, Laura. Laura Balleine maintenant. Son frère Gaspard demeure aussi.

Je passe ma langue sur mes lèvres. Une sève printanière me galope dans les veines, des milliards d'aiguillettes me transpercent, des petits diables cochons me fouettent... Les petits diables et aussi les chacals de mai.

La danse, malgré la chaleur de plus en plus écrasante et les maringouins déplaisants, se transporte à l'intérieur. Gaspard Caplin se joint timidement aux Gaspésiens flagorneurs. Tomahawk Invincible lui a sûrement confié la mission de veiller sur sa fille encore vierge jusqu'à la fin de la danse, à tout le moins. Mais Gaspard Caplin semble plutôt avoir l'œil accroché sur la cousine Arthémise Balleine, une jeune vieille fille assoiffée.

Les lilas sont verts mais les fleurs n'apparaîtront qu'à la fin de juin. En Gaspésie, l'été est paresseux. Il se lève tard, prépare son déjeuner à la dernière minute et cause bien des tracas aux propriétaires terriens, aux cultivateurs vaillants, aux pêcheurs fébriles. C'est une chance incroyable, à Percé, à près de cent milles de Cascapédia, de faire une récolte de blé d'Inde ou de tomates tard en septembre. Il faut vraiment que le beau temps soit de la partie.

Les dernières effusions de la noce transportent les fêtards au pinacle de la récréation. Wilhemine ne s'est pas aperçue que ses fistons sont des plus pompettes... Entrées, sorties, échanges virils, poignées de main, Tomahawk a quitté trop vite, trop tôt, le vlimeux! L'Invincible.

L'envers de la fête s'exécute.

Laura est allée se coucher. Le repos passager avant la longue aventure à deux. *Ne me quitte jamais, princesse, je t'inventerai des paroles sages, des poèmes pétillants, te ferai rire comme aux plus beaux jours dans ta bourgade. Tu ne peux encore soupçonner jusqu'à quel point.*

La table est pleine à ras bord. Tout autour, les invités surgissent de leurs brumes comme d'un volcan féroce.

La nuit flamboie. Le rouge, en arrière-plan, est un bon présage. La fumée pleure dans les champs, des lignes verticales ici et là, ce sont les abattis. Ils dansent et sourient un peu partout. Les cartes, sur la table, s'en donnent à cœur joie. Le valet rit, la dame de cœur a une boule dans la gorge et le roi de pique s'inspire fièrement de la fête.

C'est au tour des histoires, des commentaires crus, des passes cochonnes, des gestes et des imitations osées, des blagues numérotées. C'est le temps des furets, des chauves-souris.

Souris-chauves, souris folles!

Jacques a enlevé son veston et sa cravate. Il a roulé ses manches, fait revoler ses bandes élastiques et tire du poignet avec Gaspard Caplin, son beau-frère depuis le matin. Costaud, fort, un cheval. Il va abolir la fausse réputation qu'ont les Gaspésiens auprès des autochtones, et leur redonner la fierté de leurs muscles. C'est un choix, une décision à prendre. À la seule force de leurs poignets. L'événement coïncide avec l'arrivée du temps mort de la soirée. Heureusement, nerveusement aussi. Ils s'exécutent. Gaspard Caplin est rouge comme une tomate, un casque de pompier, la vieille Dodge du marchand général, un rouge gonflé, comme ses joues. Des sueurs dans le toupette. Elles lui coulent dans les yeux, l'aveuglent. Jacques est le héros du jour. Il doit le demeurer jusqu'au bout. La main du Micmac effleure la chandelle allumée. Jusqu'au bout. Le héros de la fête va l'humilier devant tous les gens de Cascapédia. Jacques sent ses forces décupler. Héros, héros. Assumer ce nouveau rôle. Il s'est marié dans la matinée, à l'église, il va bientôt conquérir l'hymen de Laura, la merveilleuse, et combattre son frère imbécile, là, le battre, le piétiner. Une lueur bestiale dans le regard de l'Indien, une main brûlée, l'exploit. Jean de Brébeuf et Gabriel Lalemant sont vengés. Une tape amicale sur l'épaule, l'Indien réagit promptement, se lève, flatte sa main roussie. Jamais, jamais. Tous les Micmacs seront d'accord avec Gaspard Caplin. Jacques Balleine ne fera jamais partie des leurs. Mais tous les Micmacs de la Ristigouche, heureusement, ne l'ont pas vu subir la navrante défaite, sauf quelques retardataires curieux, un peu ivres, qui déjà braquent sur l'assistance des regards louches.

— Il ne sera jamais des nôtres, jamais!

Wilhemine a photographié durant toute la soirée, trois «douze poses». Elle a même réservé un film complet pour la victoire de son fils et la déconfiture de l'Indien. Un film en couleurs. Avec celui de la cérémonie à l'église. Ça va lui coûter une fortune, assurément. Elle entonne:

— «C'est le grand jour...»

Elle ne peut ni ne doit se dérober à son devoir. Elle devra faire face à la continuité de la vie, à d'autres tâches écrasantes, veuve. Elle va vieillir, accumuler de la fatigue, piocher, essoucher, combattre...

Son plus vieux est maintenant marié. Dorénavant, elle devra compter sans cette paire de bras indispensables.

Une grande soirée de mai.

Le temps des furets. Le moral est galopin, la fête continue. Les chauves-souris frôlent la véranda.

Justement, Arthémise, la cousine-vieille-fille-émancipée « zieutée » la minute d'avant par Gaspard le Micmac qui s'est enfui quand il a eu le poignet cassé sur la chandelle brûlante, Arthémise l'infatigable rêvasse dans un livre minuscule.

Justement... Une chauve-souris s'est infiltrée par un quelconque tuyau et s'est furtivement glissée dans la cuisine d'été, se déplaçant partout, de la cave au grenier, dans le salon, les chambres, sous les merveilleux cris d'horreur des gentes dames qui sitôt qu'elles l'ont aperçue, ont immédiatement grimpé sur les chaises et les armoires. Wilhemine en moins, bien sûr. Elle en a vu d'autres. Elle se contente simplement de se glisser une nappe sur la tête. Les chauves-souris, ça colle dans les cheveux. Elle trouve le moyen de dire :

— Gang de petites constitutions... Arnold, dans le coin, apporte la tapette à mouches, Jésus-de-bénitier. Grouille... (Elle se pointe la narine sous son parasouris.) Descendez de là, bande de folles ! Vous vous apercevez pas qu'y a plus de danger en haut que la souris-chauve vous poigne dans les cheveux ?

Nouveaux merveilleux petits cris d'horreur. Les voilà toutes à quatre pattes, la tête entre les mains, à jouer à l'autruche nigaude.

Le gros bon sens. Et il a fallu que la sereine Arthémise ne s'aperçoive de rien et soit justement assise à la mauvaise place, dans le champ de tir. Sans cérémonie. Wilhemine aurait pu rater la mouche géante sous sa nappe immaculée. Mais non. Après les sparages infructueux du beau Arnold, elle lui a enlevé la tapette à mouches des mains et s'est mise à frapper, frapper, donner des coups dans les airs, flish ! flash ! Bang...

Elle l'a tapée, la chauve-souris, la bête immonde, l'a tuée raide... à la mauvaise et méchante place. Arthémise, encore frissonnante et charmée par le regard vicieux de Gaspard, et perdue dans sa romance littéraire, reçoit la bête morte dans son poitrail, dans son décolleté, entre ses seins croustillants :

— Auiiiiiihhhh! Au secours! Aïe!

Elle éclate de mille cris, secoue ses charmes et ses fesses, se départit de sa littérature qui renverse une tasse de café, lève les bras, accroche l'horloge grand-père au passage... Drôle, bien drôle de spectacle qui réveille Laura Caplin. Des femmes baisent le plancher, la cousine Arthémise ronge le plafond et les hommes, pour sûr, se comptent chanceux de n'avoir pas eu à combattre la bête. Wilhemine folâtre pendant que sur la table, s'ébroue une femme au bord de l'apoplexie :

— Calme-toi, Arthémise, une si petite bibite!

Mais Arthémise n'a plus besoin de se calmer. Elle vient de s'affaler dans la partie de «cinq cents» sans atouts. À la grande surprise des vieux qui l'accueillent dans leurs gageures avec des faces de zèbres débariolés. La femme flétrie s'est évanouie, la bête entre ses deux boules de charme. Wilhemine ne fait ni un ni deux. Elle dégrafe la robe et le soutien-gorge, enlève la bestiole qu'elle lance avec un haut-le-cœur de toutes ses forces par la fenêtre et administre huit bonnes taloches à la mollassonne étendue sur la table. Jean-Roch, le fils débrouillard, a même cru bon d'apporter un verre d'eau qu'il lui a lancé dans la face. Une flaque a noyé le valet de trèfle, la dame de cœur et l'ardeur des vieux. Wilhemine la secoue :

— Qu'est-ce que tu brettes dans le jeu de cartes, Arthémise, asteure que c'est la noce de mon fils, le mariage de mon garçon? Pis vous autres, à terre, relevez-vous, m'as dire comme on dit, y a pas de salut du saint sacrement qui peut arriver avec ça... Envoye, Arthémise, arrive!

Un vieillard poigne le fou rire et crache malgré lui. Arthémise, par un mauvais hasard et dans son étourderie, a oublié de relever sa robe et d'agrafer son soutien-gorge.

Elle laisse tout tomber sous les yeux sidérés de l'assistance. Le vieux cracheux sent sa santé lui revenir, son thermomètre grimper.

Gaspard est parti trop vite. Il n'aura pas eu le loisir d'être convié à la ravissante offrande. Maudit jeu de poignets, itou.

Je suis friand de ces scènes cocasses, de ces événements qu'on aime se rappeler plusieurs années plus tard avec toujours les mêmes rires, de beaux souvenirs au bon petit goût fumé. Arthémise est mal tombée dans cette galerie de voyeurs improvisés. Tout le monde peut se concentrer, se recueillir quelques instants sur cette généreuse poitrine, sur un sein gauche surtout, fort et vaillant, un panache de grand apparat, focus sur le saint Téton, tatoué, gravé, une merveille du monde, Tomahawk Invincible :

— La torieuse, v'là qu'elle s'est fait tatouer un Indien du beau maudit sur le jos!

— C'est pas un tatou, c'est une tache de naissance...

— Ou bedon que c'est le Gaspard qui y serait tombé dans la brassière ailleurs que d'y tomber dans l'œil!

— C'est un tatou que j'te dis...

— C'est Gaspard!

Arthémise, de toute façon, camoufle la preuve à la vitesse d'une chauve-souris. Elle est perdue dans les rires, les pipes dans les culottes, à travers les zèbres débariolés, et prend des allures louches. Elle se met soudainement à pleurnicher, humiliée, souillée, foulée aux pieds des voyeurs imbéciles, piétinée comme une sardine sur le quai.

C'est Laura, la nouvelle mariée, qui vient consoler la pauvre affligée. Puis, c'est le silence soudain.

Chapitre 6

Les hommes, en potinant, partent en direction du parc de la Gaspésie. Victor et son fils Philippe. La route est sinueuse. Elle se faufile entre les montagnes des Shicks-Shocks le long de la grande Cascapédia. Des pêcheurs attendent avec une patience angélique le jour de la fraie des gros saumons. Lorsqu'ils remontent la rivière, rien de plus beau.

Le soleil est mordant. Le mont Jacques-Cartier est encore tout blanc avec ses neiges éternelles et ses edelweiss échappés aux dernières glaciations. Il trône, majestueux, au milieu de son royaume bien-aimé, la Gaspésie, parmi ses frères consacrés, les mont Albert, mont Blanc et les autres.

La camionnette zigzague dans la brousse gaspésienne, les essieux dans la boue, avant de s'engager sur la route de Murdochville. À environ une trentaine de milles du golfe Saint-Laurent, il y a une fourche qu'il faut emprunter pour déboucher au royaume du minerai de cuivre, Murdochville. La Noranda Mines y exploite un gisement fabuleux, en plein cœur des forêts. La ville a poussé comme un champignon industriel. Ville d'avenir, tout le monde le dit, *at saecula saeculorum*.

Les Trottochaud ont souvent affaire aux éclaireurs, mineurs, foreurs et prospecteurs de terrain... De plus, Victor est garde-chasse pour le ministère des Terres et Forêts. Costume officiel, attirail imposant etc. Mais sa toute première tâche est de surveiller la barrière du parc et d'y interdire maraudeurs et braconniers qui pullulent dans la région.

Philippe, malgré l'aventure de sa femme Angéline, est toujours le meilleur ami de son père. Il regarde la montagne enneigée. Elle est assise dans le lit des siècles. Comme la montagne de ses phantasmes et de ses rêves d'enfant. Une montagne de verre au sommet de laquelle dort un coffre rempli de pierres précieuses et qu'un prince charmant doit escalader afin de conquérir le cœur de sa belle. Exploit fabuleux. Philippe est le prince charmant. Il sent un frisson lui transpercer l'épiderme, les os, les muscles. Il frémit, tente désespérément de s'accrocher aux flancs de glace, quarante-cinq degrés de sueurs et d'existence, de frissons, avant de gagner le cœur de celle qui fera son bonheur. Frissons maudits, gémissements, comme lorsque l'institutrice égratigne de ses longs ongles pointus un tableau noir cruel, ou comme encore ce plat de granit blanc qui glisse dans le fond d'un évier.

Le confortable camp de bois rond apparaît au détour d'un marais. Rouge vin. Lundi matin. La fièvre a envahi le corps de Victor. Il songe à son fils Teddy. Il n'aura rien d'un solide travailleur comme Philippe. Les lits viennent tout compliquer. Apparaissent des nuages et des mirages, des lits, des lits, le père et le fils pris comme dans une toile d'araignée.

On décharge la camionnette, les couvertures, mille outils et instruments, fusils, canifs, bouteilles mystérieuses, lourdes toiles moisies... Voilà plus de quinze ans que Victor exerce ce métier. Philippe est venu l'y joindre il y a maintenant six ans.

Il est encore très tôt le matin.

Plusieurs Américains fourmillent dans la région.

C'est chaud à l'extérieur mais frisquet dans la cabane. Philippe remplit le poêle de bois sec et réussit une flambée dont il est seul à posséder le secret. Il a la «twist» de la coupe de bois soudée aux biceps. Fils herculéen et qui n'a pas froid aux yeux.

— Philippe, va falloir rajouter du bran de scie dans la cabane à glace! Je sais pas ce qui s'est passé mais on dirait que les blocs de glace fondent plus vite que les autres années. Y fait pourtant pas plus chaud, ça serait plutôt le contraire!

Victor, lorsqu'il est à son poste, ne se permet aucun moment de repos, sauf la nuit. Il est de ceux que la vie a plantés dans la nature avec la rage au cœur. Pas question de chômer, jamais. À peine le temps de tirer quelques «poffes» à sa pipe, d'avaler un repas en vitesse, et encore. Il patauge dans les tâches les plus urgentes d'abord puis dans le train-train quotidien. Il fait montre, malgré son âge, d'une énergie à rendre jaloux un Jos Montferrand. On le garde à son poste parce qu'il a une longue expérience mais surtout à cause d'une compétence surprenante et cette façon particulière qu'il a de communiquer avec n'importe qui sans trop lever les poings. Ça arrive, bien sûr, à l'occasion; serait-ce normal si ça n'arrivait jamais?

Il enfile son costume de garde-chasse. Double métier, double misère. Mais misère douce quand même. Pas trop magané, l'homme. Les lundis matin sont les preuves éclatantes que la vie dans ce bas monde n'est pas faite pour piétiner sur place. Foi de Victor Trottochaud. Il sait très bien qu'un jour, cette vie, elle va déraper et prendre le fosset. Mais le plus tard possible, il le souhaite. Malgré tout, lundi matin, il songe à sa fin de semaine, aux charmes appétissants de sa frisée. Il bénit le ciel et son fils Philippe bien sûr de lui avoir envoyé ce coussin de soie au crépuscule de sa vie. Pouvoir faire l'amour de tout son saoul avec une femme tout en chair, il n'en désirait pas tant pour ses vieux jours. C'est pourquoi il se pourlèche les babines. Hurrah! Le quotidien, les dossiers...

Une surveillance accrue est exigée surtout que depuis quelques semaines, des Américains arrivent en masse pour la chasse à l'ours.

Le vieux braconnier Berthelot vient faire son tour et prendre sa tasse de thé. Le soleil est déjà haut, perdu dans les sillons des nuages; il mène du bout de sa baguette une nature optimiste. Narcisse Berthelot a soixante-quinze ans, toutes ses dents. Il chasse et pêche depuis l'âge de douze ans, beau temps, mauvais temps, fêtes fériées ou pas. Sa tasse de thé à la barrière du parc est aussi sacrée que la capture de ses dix saumons en juin. Aussi sacrée.

— Les Américains viennent en masse cette année, mon Victor. J'en ai guidé une couple la semaine passée. Y paraît qu'y va en venir une peste la semaine qui vient!

— Ben tant mieux, mon Narcisse, tant mieux! Ça prouve que notre Gaspésie est un coin merveilleux si les «sports» américains s'y intéressent. Si on peut attirer du tourisme! Une richesse, le tourisme, Narcisse, une richesse...

— Dis plutôt que c'est les saumons pis une couple de chevreuils en cachette, en plus des ours... Lâche-moé le tourisme, toé...

— Aïe, aïe! Narcisse, tu sais ben qu'y a pas un chevreuil qui sort du parc avec moé, o.k! Narcisse, pas un chevreuil! Un garde-chasse comme moé, y s'en fait pus, Narcisse!

Le vieux Berthelot crache à ses pieds:

— Tu peux pas tout voir, Victor, pas tout! Fais-toé-s-en pas, quand que t'as le dos tourné ou bedon que t'es à Murdochville, les chasseurs en profitent. T'as attrapé le bon-homme Brown la semaine passée pis les deux Smith la semaine d'avant, reste à savoir... C'te monde-là qui est capable de se payer des parties de chasse avec leurs bidous, sont ben capables d'envoyer des éclaireurs pour voir oùsque tu te trouves. Y en a deux qui ont tué un pauvre petit chevreu' samedi passé qu'on a su pis y l'ont débité sur place pis quasiment tout mangé le même repas. Y ont jeté tout le reste aux ours, de la bonne viande. Du vrai gaspil. Si ça fait pas pitié!

Victor se dérhume. Une certaine complicité s'échappe de son regard. Combien de fois a-t-il fermé les yeux sur les prises de son vieil ami Narcisse? Il ne saurait le dire vraiment.

Dans ces moments-là, Narcisse sent la soupe chaude et se verse une deuxième tasse de thé, comme pour s'abriter sous une vieille branche d'amitié ressuscitée.

— Ton gars est pas là?

— Une petite job dans la cabane à glace. On dirait qu'a fond plus vite c't'année... Cafiére! Y va revenir t'à l'heure.

La porte s'ouvre à nouveau. Un homme costaud aux yeux d'une douceur hallucinante vient déposer un grand sac sur la table. Il s'exprime en anglais mais baragouine, à l'occasion, quelques mots en français. Avec Victor et Narcisse, il se laisse aller dans son français haché:

— Voilà ce que vous m'avez demandé, M. Trottochaud!

— Merci ben, mon homme, t'es ben smart!

L'homme prospecte pour la compagnie Noranda Mines. Il se met à la recherche de concessions minières, des «claims», et piquette des terrains où se trouvent des filons d'une grande richesse, où fourmillent des tonnes de cuivre.

Plus souvent qu'à son tour, son métier l'amène à soutenir les efforts de son ami Victor. Armé jusqu'aux dents devant les éventuelles menaces de la forêt, les ours en particulier.

Le petit train va vite entre les montagnes et cela même si le Canadien National ne s'est jamais rendu plus loin que Gaspé. Les montagnes des Shicks-Shocks sont trop merveilleuses. Les idées de Victor, c'est toujours pareil, lui trottent dans la tête et viennent caresser la nostalgie, lui donnent à peine le temps de souffler. Pourquoi? Les montagnes, infranchissables, inaltérables, musclées. S'useront-elles un jour, disparaîtront-elles quelque part avant que la terre entière ne soit gobée par le soleil? Victor se gratte le cuir chevelu. Une plaque dénudée sur la montagne lui rappelle son petit Marcellin, cette plaque qu'il a à la base des cheveux, une tarte comme on dit. Une infirmité heureusement camouflée par ses cheveux qui ont poussé. On a longtemps eu peur. On a cru aux radiations de la bombe atomique d'Hiroshima, mais la cousine Wilhemine a fait taire tous les ragots. Des radiations, ça ne traverse pas les océans. Toujours est-il que Marcellin a, dans le cou, une plaque affreuse qui ressemble à une tarte aux fraises. Mais Angéline tient mordicus à la bombe atomique. Ça s'est déjà vu, des années plus tard... Victor croit plutôt que c'est le ciel qui n'a pas tardé à larguer ses foudres, à se venger. Angéline et Victor ne sont absolument pas en règle avec l'Église et même si le curé passe l'éponge, difficilement peut-être, il n'est pas dit que Dieu fasse de même.

Pourquoi tout à coup ses idées sont-elles orientées vers Cascapédia, sa famille, les siens? Le grand chef Tomahawk Invincible a probablement déjà couronné le dieu de la sorcellerie. Il se peut que les oiseaux des vieux pays aient attrapé ces radiations et soient venus les chier sur la tête du petit à sa naissance. Visage pâle et défait. La grande théorie du grand chef micmac.

Victor est soudainement noyé dans ses rêveries, lui qui n'arrête, ne chôme jamais. Le vieux Berthelot est là, l'homme aussi. Il sent les effluves de ses exploits. Vigilance. Tomahawk Invincible est maudit de la face. Il a promis qu'il viendrait à Murdochville, aux alentours de Murdochville, pour capturer des animaux sauvages dans la nature, dans le parc, sous le nez de Victor. Il l'a promis. Des sauvages inassouvis. Ils en veulent toujours trop, ne sont jamais contents. Flèches, arcs, arbalètes, dans la clarté du matin. Mais Victor sait se lever de bonne heure. Il a ses espions, ses rapporteurs officiels, postés ici et là. Il saura bien, en temps et lieu, attraper ces braconniers sauvages. Si Tomahawk Invincible s'est vanté de venir rôder autour de Murdochville, c'est qu'il va le faire, un bon matin, assurément. Quant aux saumons, on n'en parle pas, ils sont tolérés. Après tout, ils étaient là bien avant.

Dans la cuisine du petit camp à la barrière du parc de la Gaspésie, trois hommes sont là, assis, un vieillard qui placote des sottises qui se perdent dans la nuit des temps, un prospecteur prospère et un garde-chasse perdu dans ses rêvasseries. Il y a des jours, comme ça, où l'émoi fait place au vague à l'âme. Comme ça. Mais rarement un lundi en pleine journée, quand même, quelque chose lui dit...

Des jours où il pleut dans son âme.

Tomahawk Invincible, la glacière, la noce passée, son fils Teddy surtout... Teddy. Une semaine, petit lundi, lundi bizarre. Le dire à quelqu'un, à la rivière, Angéline. Sa deuxième famille. Sur la passerelle...

Philippe revient. Il se retire dans un coin où il discute fébrilement avec le prospecteur, des mots, des phrases, une certaine frénésie, baragouinage, des propos désordonnés mais amicaux. Puis dans un anglais impeccable. Philippe parle très bien anglais. Victor se débrouille, pour sa part, assez bien dans cette langue qu'il sent étrangère même s'il vit entouré de loyalistes et de descendants d'Irlandais. Victor écoute Philippe. C'est une beauté de l'écouter.

Le vieux Narcisse somnole, on dirait. En plein midi. L'anglais s'allume une cigarette, juche ses deux grosses bottes pleines de boue séchée sur une caisse de bois et écoute les dires frileux d'un petit lundi coquin raconté par Philippe.

Victor prend la camionnette et s'évade, va faire une tournée. Il termine mal ce printemps 1953. Près du camp 32, il longe un petit ruisseau, une musique classique (de celles qu'il n'écoute jamais) s'infiltre dans son cerveau impressionné.

Il n'a que le temps de se retourner. Un énorme ours noir se dresse devant lui, affamé, indécent, une bête à faire frémir le gardien de parc le plus hardi. Cet ours a l'air hostile; il danse sur place comme un gamin qui a envie de pisser. Victor pointe son arme. La bête est affolée. Quelqu'un le tuera de toute manière, pourquoi pas lui?

Il réussit à contourner la camionnette et à se glisser à l'intérieur par la porte du passager. Soulagé.

La bête affamée tournoie sur elle-même, secoue le véhicule, sent les pneus, l'urine du chien Major. Victor démarre en trombe. La bête prend ses pattes à son cou, voltige, plane, s'exécute follement. Une toupie obscure dans la forêt hospitalière. On a beau protéger la flore et la faune du parc de la Gaspésie, un ours noir demeure une bête ridicule et sournoise qui peut vous décortiquer et vous grignoter à la vitesse de l'éclair. Autopsie garantie.

Le ciel est sombre tout à coup. Quelques nuages assoiffés se bousculent maladroitement et obscurcissent un décor de rêve. Victor revient au camp. Cet ours l'a fait frémir, l'a influencé, à son âge. Il n'a plus les nerfs aussi solides. Un coup de vieux, se dit-il. L'ombre du destin par-dessus son épaule. Et il lui semble qu'il se serait laissé manger par la bête.

Cauchemar lancinant. Beau métier dans la nature. Libre comme l'air. Se faire avaler tout rond par un ours noir. Bravo! Que tous les Américains du monde entier se donnent le mot et les tuent tous.

Victor n'est plus jeune. Cette année, il se reposera un peu plus... Il ne prendra aucun risque. Il laissera les lourdes responsabilités à son fils Philippe et il se contentera de remplir les dossiers et de jaser les pieds bien au chaud. Une bonne job du gouvernement. Il se laisse aller et raconte à ses trois compagnons sa rencontre avec l'ours.

— Ayez pas crainte! Y m'a regardé dans les yeux pis j'y ai fait «beuh»... Ben moins dangereux, une bête de même, qu'un Amâracain... (Il ajoute dans un anglais tordu:) C'est plus facile à comprendre une langue d'ours qu'une parlote d'anglais!

Il donne une tape dans le dos du vieux Berthelot et lance un clin d'œil au prospecteur:

— Arrive, Narcisse, t'assire à côté de moé, me ramener de mes émotions. Arrête, Major, de «gruger» les bottes de monsieur... Major!

Major est un gros chien colley si utile en Gaspésie.

Le prospecteur se lève, flatte la tête du chien et enfile ses bottes. Il s'étire, regarde sa montre de poche... Il doit partir. Son travail va reprendre pour l'après-midi. Il remercie de tous côtés, jongle avec deux assiettes et promet de revenir à la fin de l'après-midi.

Un regard hallucinant venu de loin, loin... directement d'un ancêtre honnête.

Wilbert Cullens vient de franchir le seuil de la porte du camp rouge du parc de la Gaspésie.

Et avec lui un avenir sans fin.

Chapitre 7

Le décor auréolé de soleil.

Wilhemine et sa demi-douzaine de garçons ont envahi le cimetière de Cascapédia. Y ont coincé leur cœur, le derrière au soleil, rayonnant, les attitudes gavées de santé. Elle aurait dû prévoir et leur faire porter des casques de sécurité. Les anges tombent du ciel.

Wilhemine, la contremaîtresse de pompes funèbres, supervise les activités d'un matin frais mais délicieux en Gaspésie.

Elle a entrepris de rafraîchir les croix et pierres tombales de ses ancêtres Trottochaud, Balleine et les autres, la généalogie complète ascendante de ses aïeux dormant profondément, et jusqu'à ce que jugement dernier s'en suive, six pieds sous terre.

Elle trempe son minuscule pinceau dans un pot de peinture noire épaisse et retrace les lettres éteintes sur les pierres défraîchies et pleines de mousse grisâtre et de vert-de-gris collé partout. Elle s'époumone, hurle à ses gros gars :
— Brossez ben les meméres !

Les six garçons, torses nus afin de goûter à la fraîcheur de la brise et à l'audace du soleil, armés de grosses brosses à poil raide, attaquent les impuretés qui collent au granit dépoli des trophées de vie. Ces longues pierres blanches et grises qui laissent sur la terre une empreinte de souvenir, qui marquent aux yeux de l'homme la cadence de la fragilité de l'être, qui rendent un ultime hommage aux labeurs de nos créateurs, ceux qui sont venus avant nous.

J'entre à pas feutrés dans le cimetière où reposent, l'un à côté de l'autre, mon père et ma mère. Le ciel est rempli de félicité, les nuages sont rosés, un soleil finfinaud habillé de pastel se glisse à peine à travers un filtre de grâce. J'entends des farces grasses, épaisses, des rires juteux, des tapes dans le dos:

— Aïe, toé, Florian, brosse memére Alex comme il faut!

Elle a distribué, la Wilhemine, des pinceaux à ses grimaçants de fils, les plus instruits, et leur ordonne de se mettre à la tâche. Aux autres, elle hurle encore de débarbouiller proprement les pierres sous lesquelles reposent depuis des décennies, voire des siècles, des pépères et des mémères autrefois girouettes de leur époque.

Les fils transpirent. Wilhemine est revêtue d'une robe à crinoline rose avec boléro bleu pastel, bas verts et turban brun sur la tête pour protéger ses bigoudis. Elle ramage, se pavane en roucoulant. Elle est venue faire une saucette de rafraîchissement entre deux brassées de lavage, après une longue fin de semaine houleuse où elle a été un modèle de bonnes manières et d'élégance. On ne marie pas son plus vieux à tous les jours, ça se comprend... Nul besoin donc de dépoussiérer les haillons et de sauter sur son trente-six pour refaire une beauté à quelques mémères depuis longtemps squelettiques. Elles auraient d'ailleurs certainement compris, les mémères d'autrefois. Ouvrières, abeilles infatigables, elles ont fouetté le quotidien d'une étoile à l'autre, d'une misère à l'autre, d'un bonheur... Elles peuvent bien se reposer maintenant et ombrager de leur sérénité une baie des Chaleurs blafarde. Wilhemine ne les a pas oubliées. Elle m'aperçoit tout à coup:

— Léandre, mon garçon, ah ben! t'es allé te recueillir sur la tombe de tes parents! Pauvres eux autres, si jeunes! (Elle a bien sûr de vraies larmes dans les yeux:) Approche, approche... tu vas nous aider à renipper quelques vieilles pierres. Memére Alex, pepére Trottochaud, l'autre pepére Trottochaud, memére Balleine, pis ben d'autres. On a du travail à faire...

Elle me glisse un pinceau court entre les doigts et m'invite à rafraîchir une mémère usée. Je m'écrase sur mes talons et je trace en noir sur un granit incertain des lettres malhabiles. La peinture s'applique mal, elle glisse partout, je tente de l'essuyer avec le revers de ma main, elle laisse des coulisses sombres une fois essuyée.

Marie Ernestine Robichaud
épouse de
Alcibiade Trottochaud
née à
Cascapédia
le 16 juillet 1856
décédée le
24 mars 1936
à l'âge de 79 ans et 8 mois.
Son âme fleurit le ciel.

Ma tante Wilhemine ne m'a pas donné la pierre la plus facile. Lettre par lettre. Je change de position. J'entends mes cousins-frérots jaspiner et se lancer des mottes de terre. Wilhemine leur crie d'avoir un peu plus de respect pour les morts en pareil endroit. Remonte à la surface la bonne vieille ritournelle des pépères qui vont venir leur tirer les orteils durant leur sommeil. Ils s'assagissent de peur.

Elle vient me voir, me félicite:

— T'as une main d'artiste mon gars. Parle-moi un peu de Rivière-du-Loup!

Je suis agronome de mon dur métier. Le travail, en 1953, ne manque guère. Je lui raconte que ma routine galope entre les inspections, enquêtes, paperasse et conseils précieux. La décennie est plus que jamais à l'agriculture. Je voyage à l'occasion entre plusieurs villages, d'une école d'agriculture à une autre. On m'a d'ailleurs nommé cette année, à l'automne, pour aller faire une inspection à l'école d'agriculture de Val-d'Espoir. Relevés statistiques, quotas, modernisation... Un travail que je dois absolument effectuer cette année car on parle de construire une nouvelle bâtisse à cet endroit et d'agrandir le cheptel. Il se peut que je m'y rende aussi en juillet alors que les jeunes étudiants seront dans leurs familles.

Wilhemine, ma tante d'adoption, m'écoute religieusement. L'endroit est merveilleusement bien choisi pour pareille conversation. Elle m'encense :

— T'as énormément ben tourné, mon garçon. Quand qu'on t'a envoyé étudier à Sully, on pensait jamais que tu tournerais ben de même. On te voyait cultivateur. Après, t'as été à Sainte-Anne, pis Québec. Québec, on rit pas. Tu nous as fait tout un honneur de te rendre là...

— C'est mon travail, j'en suis fier.

— Un ben beau travail. Pas de danger que mes gars nous ayent fait la même chose à mon défunt pis moé. Je sais ben que mon Simon avait besoin d'une relève sur la ferme, mais sur sept, sept (elle montre sept doigts de ses deux mains, un genre de quatre plus trois), y aurait pu y avoir un avocat, ou un curé, ou bedon un agronome comme toé. Une chance que mon huitième me rend les honneurs... Fais-toi-s-en pas, mes gars sont aussi ben contents pour toé, y penseraient même jamais à t'envier!

Elle m'administre une tape dans le dos si spontanément que mon pantalon déchire et que je tombe sur le derrière en plein sur la tombe de mémère Trottochaud-Robichaud. Wilhemine se met à hurler, se tape les côtes, s'effondre dans ses gros rires larmoyants :

— Fais-toé-s-en pas, memére te pardonne! Elle était pas mal endêveuse de son vivant pis elle se gênait pas pour nous en envoyer trois quatre d'équerre. Elle t'en voudra pas, crains pas, pis c'est surtout pas elle qui va revenir te tirer les orteils!

Mais j'ai quand même la garantie qu'elle va venir me les tirer, les orteils. Je suis gêné, mal à l'aise, j'ai la soudaine impression d'avoir pénétré les ans, d'avoir manqué de respect à une âme du purgatoire et d'avoir ainsi violé une sépulture. Cette vieille que je ne connais pas et qui a échappé à ma communication. Wilhemine m'agace avec ses rires étrivants. Elle va raconter l'anecdote à mes cousins-frérots qui s'empressent de venir caqueter près de moi. J'ai envie de leur faire remarquer qu'ils sont encore dans un lieu sacré. Ça me dérange, mes parents sont là, ils me voient, m'admirent sûrement, j'ai l'impression de leur faire honte.

Les mémères sont finalement époussetées, shinées, elles brillent comme des sous neufs. Le soleil est déjà haut dans le ciel. Wilhemine se recueille en se mouchant sur la tombe de son Simon sous l'indifférence de ses sauvages de garçons.

Je me rends au presbytère. J'ai besoin de mon certificat de naissance. Autant en profiter. Wilhemine me rejoint encore, me colle aux flancs, se soude à ma présence et expédie ses fistons sur la ferme. Il faut herser, engraisser, essoucher encore... préparer la terre; je vais les aider cet après-midi. Pas une minute à perdre en ce début de juin.

Monsieur le curé nous reçoit avec son bedon rond. Tous les curés de la Gaspésie ont un éternel bedon rond, signe incontestable qu'ils sont bien nourris. Pourtant, d'après les dires de ma tante Wilhemine, la servante du presbytère ne vaut pas le cul à Marie-Jeanne et monsieur le curé devrait être maigre comme un chicot; on devrait même voir au travers.

Monsieur le curé prépare mon certificat de naissance et m'entretient de la pluie et du beau temps. Il m'interroge sur ma carrière. Il ouvre de grands yeux:

— Mon Dieu, mon jeune ami, mais ne savez-vous pas qu'on parle de déménager l'école d'agriculture de Val-d'Espoir dans le comté de Bonaventure? Oh! bien sûr, là-bas, ils parlent de construire une nouvelle bâtisse, mais mon petit doigt me dit que d'ici dix ans... Ça ne t'intéresserait pas de venir t'installer par ici, au milieu des tiens?

— Dix ans, c'est loin, monsieur le curé!

— À Val-d'Espoir, tu ne serais pas loin... Ils ont toujours besoin d'agronomes!

— J'ai un bon travail à Rivière-du-Loup.

— Pas encore marié? demande le curé avec une certaine inquiétude dans la voix.

— Non, pas encore. J'ai seulement vingt-cinq ans.

— Déjà vingt-cinq ans, déjà! Comme le temps s'envole. J'ai enterré ton père et ta mère voilà près de vingt ans, tu n'étais pas vieux. Je vais bientôt fêter mes trente ans dans cette paroisse. C'est moi qui t'ai proposé à monsieur et madame Balleine. On peut dire que malgré tes lourdes épreuves, tu as eu de la chance d'être élevé par Wilhemine...

Cette dernière passe la tête par un carreau, questionne:

— Vous parlez de moi?

— Oui, oui, ma fille. Je dis que ton Léandre a eu bien de la chance de tomber entre de si bonnes mains.

— C'est le Bon Dieu qui en a décidé ainsi, certainement. Sa sainte volonté a été faite, monsieur le curé.

Il sera midi dans trois minutes. Le curé s'excuse... Il me demande d'aller sonner les cloches de l'angélus. Je n'ai jamais sonné des cloches d'église. Il me dit de ne pas tirer trop fort, les cloches pourraient basculer. Je n'ai jamais imaginé que des cloches pouvaient basculer et bloquer.

Je monte au jubé. Le silence de l'église est cruel, magistral. Quelques craquements, le soleil filtre par les carreaux colorés. Hier, ici, j'ai assisté au mariage du siècle en Gaspésie. Ils étaient là, tous, beaux, sublimes... Un silence plein d'encens... Ça doit être ça, l'éternité, la grande pureté du ciel. Le câble pend de haut en bas. De très haut. Je me sens dans le tabernacle des sons et des supplices.

Je n'ose y toucher. Comme je n'oserais toucher un calice consacré, une sainte hostie.

74

Ding, dong! la cloche sonne faiblement. Y a-t-il une façon spéciale de tirer sur les câbles pour sonner l'angélus. En ce moment précis, dans les champs, hommes, femmes et enfants se recueillent dans l'éclat du midi. La solennité du jour, les effluves du vent, l'odeur de l'humus... Plusieurs peintres ont rendu cet hommage à l'angélus. Les poètes l'ont chanté, sculpté dans des rimes et des strophes remplies d'apothéose.

La cloche sonne, sonne, gambade, gonfle, hulule. Les sons s'envolent dans le ciel. Ils sont commandés par les nuages et les temples divins.

Je monte avec le câble, je saute, frétille. Je suis englouti par le rythme. Enfant de chœur comme lorsque j'étais petit, *suscipiat dominus sacrificium de manibus tuis...*

Je m'envole, m'envole. Dans l'audace qui colle à ma peau. Un angélus éternel menant à l'éternité. Un aller simple pour la volupté. On a pas tous les jours des ailes.

L'ange du Seigneur annonça à Marie... Elle a conçu par l'opération du Saint-Esprit.

L'esprit s'engage. J'ai une soutane, le rythme prohibé de mes gestes répond au rythme sensuel du câble géant.

Le Petit Poucet à Ouellet se blottit joyeusement dans la cloche, s'accroche au grelot de la cloche, se mêle aux sons. Il crie au vent du large que l'avenir est à portée de sa main, que la célébrité va un jour venir frapper à sa porte. Il le crie froidement.

Interminable angélus. Les vaches somnolent dans leurs champs mais s'interrogent, muettes, de leur grand air de vache, la face longue, meuh!

... Sainte Marie, mère de Dieu.

Monsieur Babin, qui a depuis quelques minutes terminé sa prière, replace son chapeau sur sa tête. Les cloches sont détraquées, «y a pas à dire».

— Ou bedon c'est celui qui les mène qui est détraqué!

Madame Babin replonge sa cuiller dans la marmite. Seul l'angélus peut l'arracher à son rituel du quotidien et à son rôle, qui est une vocation, de mère nourricière.

Les Babin et bien d'autres. Qui se demandent ouvertement ce qui se passe. Pour jaser, ça jase.

Wilhemine fait remarquer:

— Monsieur le curé, vous trouvez pas que notre Léandre fait sonner les cloches longtemps?

— Si ça l'amuse. Ça peut pas offenser le Bon Dieu ni la Sainte Vierge. Quant à nous, ma bonne Wilhemine, ça ne nous dérange pas, n'est-ce pas?

Wilhemine retourne à son plumeau:

— Pantoute, pantoute.

Mais ça la dérange.

Il est persévérant, ce Léandre, peut-être. Mais il y a persévérance et persévérance. Persévérer jusque dans les tréfonds d'un jubé, tout de même. Il y a loin de la coupe aux lèvres mais il y a très peu de distance entre l'arrogance et le sacrilège.

J'entends le Kyrie, le Gloria, je chante la messe, la grand-messe, la basse messe, je bois le sang du Christ, je mords dans le Corpus Christi...

Le Petit Poucet est un héros.

Le câble s'enroule accidentellement autour de mon cou, m'étrangle, m'emporte dans le tourbillon du néant, le tunnel de l'inconnu. L'angélus marquera le glas de mes vingt-cinq ans. Les cloches se vengent.

Terrible calamité. Mourir dans une église, dans la fleur de l'âge. Des points noirs défilent devant mes yeux. Je sombre dans un monde de chimères et d'impossible.

Je vais mourir, voilà ma gloire.

Mes frères-cousins me transportent sur leurs épaules dans la grandiose parade. Tomahawk Invincible est assis à la droite de Dieu le Père, Angéline-la-frisée et Victor son concubin m'aspergent de sueurs bienfaisantes. Je m'y noie.

Je vous bénis les entrailles.

Monsieur le curé me touche l'épaule. Les cloches ont basculé:

— Ça suffit, Léandre, ce n'est pas grave, nous grimperons dans le clocher, tout à l'heure, vous verrez comme la vue est superbe.

Il me vouvoie alors que je suis son fils spirituel. Il s'est écoulé des siècles depuis ma venue sur terre. Hallucinations, danses folles, lourde densité.

Wilhemine me prend par la main. Elle grimpe avec moi les marches conduisant au clocher. Sur la grande fresque du peintre naïf, la Vierge Marie me nargue encore d'un œil grave. Je respire mieux. J'ai pris l'angélus dans mon sein.

Le regard de ma tante Wilhemine et celui du curé m'enveloppent d'une tendresse impossible. Comme on a dû le faire, jadis, pour l'enfant prodigue.

Chapitre 8

C'est Teddy qui s'est levé le deuxième, quelques minutes après le départ de son pépère Victor pour le parc de la Gaspésie.

Il a fait chauffer de l'eau et s'est préparé une tasse de thé. À dix ans, un grand garçon est capable de boire du thé.

Il a fait un vilain cauchemar aux petites heures du matin; il le croit bien. Il fait toujours ses cauchemars au petit matin.

Il ne s'est pas lavé. Il a déjà entendu son pépère dire à monsieur Babin: «Plus tu laves, plus ça s'étire; pis si tu laves encore, ça finit par percer.» Teddy ne veut pas se retrouver avec la peau pleine de trous. Il ne se lave pas.

Sa petite semaine qui commence fait route avec son ennui. Il devra se présenter à cette sacrament d'école puante et recevoir en silence et la bêtise et la hargne de mademoiselle Savignac, la maîtresse d'école de rang, «l'agace-pissette des Indiens», la bonne femme énervante et fatigante. Elle va bien sûr le punir sept ou huit fois, lui faire vider ses poches, l'humilier, le mettre à genoux dans un coin avec un bonnet d'âne sur la tête.

«Moi, Télesphore-Eddy Trottochaud, je suis un élève cruchon, voilà ma gloire, mon espérance et mon soutien.»

Il est condamné à jouer un rôle de fifine dans une école remplie de menettes, tâtilleux, tâte-minettes et gratte-fesses. Il ne veut pas faire partie de cette gang de mouches à marde. Heureusement, l'année scolaire tire à sa fin.

Sur le chemin de l'école, il casse des branches, lance des roches aux oiseaux, écœure les plus jeunes, fait crier Marcellin, pisse sur son devoir et arrive enfin à l'école avec, dans son sac, la panoplie complète du catholique et exemplaire marmot studieux et naïf des années cinquante. Un modèle de vertu sur deux pattes endiablées. Télesphore-Eddy Trottochaud.

— Qui?

— Oui, toi, Teddy, T-e-d-d-y... (Mademoiselle Savignac mâche ses lettres.) Tu prendras la queue, tu iras au coin, ouvre ta main, tu es un âne, mets-toi à genoux, obéis, t'as compris? O-b-é-i-s!... que je te dis!

La cloche a déjà sonné. Son petit frère, Marcellin, est au poste. En première année, il est tout à fait le portrait inverse de son grand frère Teddy, le positif du négatif, l'Alain du Blaise, le bon larron... Ses notes frisent la perfection et ses exploits scolaires éblouissent mademoiselle Savignac. Marcellin Trottochaud ira loin dans la vie, un notaire, un avocat...

— Un premier ministre, a crié mademoiselle Savignac. Et toi, Télesphore-Eddy, un voyou!

— Et vous, une voyelle, mademoiselle.

Teddy en a mangé toute une. Heureusement que Marcellin est là pour faire honneur à sa famille. Cascapédia a de quoi se réjouir. Le village aura son bien nanti, son cerveau extra-lucide, son génie au travail.

— Son premier ministre, que je vous dis.

— Un évêque, un cardinal, un pape peut-être ben!

Teddy haït encore plus son petit frère à l'école qu'il ne l'haït à la maison. Il est le miroir qui lui renvoie quotidiennement son ignorance crasse, ses échecs répétés, sa ritournelle hystérique: «M'a l'dire à meman, m'a l'dire à meman.»

— Dis-y, ouère, pis j'te tords le cou.

L'as des cruchons.

Le cruchon des cruchons.

Mademoiselle Savignac lui répète jour après jour qu'il n'a pas inventé les springs aux sauterelles, qu'il n'est pas 14 carats et qu'en plus, il est plutôt du style «lumière éteinte».

Ça ne le dérange guère. Teddy rêve de grands espaces, de chasse à l'ours, de rivières merveilleuses où il fait si bon rêver. Son pépère aurait dû l'emmener avec lui au parc de la Gaspésie. Pourquoi ne l'a-t-il pas fait?

Mademoiselle Savignac entame une première dizaine de chapelet devant trente-huit binettes campagnardes et détraquées, des frimousses différentes, yeux pétillants, orbites éteintes, des bien habillés, bien mis, des mal coiffés...

Teddy est à genoux dans un coin. Le petit Marcellin, pour sa part, est agenouillé tout près de mademoiselle Savignac, à la première rangée. Il a les yeux fermés, recueillis, il comprend mal ces «... pleine de grâce est bénie» mais marmonne des «... mère de Dieu, priez pour nous pécheurs...» appris par cœur avec toute la ferveur de son innocence à travers un bourdonnement discordant de voix aiguës, monocordes, choquantes et même païennes.

La deuxième dizaine se récite (ou se supporte) debout. Au primaire, les jeunes enfants trouvent que le plancher est dur pour les genoux et sont heureux lorsqu'arrive la deuxième dizaine. Ils peuvent se dégourdir les rotules. Par contre, ils n'ont ni le droit de se balancer, ni celui de bouger, encore moins la permission de parler. À peine peuvent-ils ouvrir les yeux.

Plok!

En plein mystère joyeux (c'est la Visitation), mademoiselle Savignac reçoit une «bine» qui lui frappe le lobe de l'oreille gauche et lui donne de cinglants frissons. «Aouch!» retient-elle sans tourner la tête. Elle sera forte. Elle offrira cette deuxième dizaine pour le salut de l'âme de Télesphore-Eddy, l'enfant bâtard (comme Marcellin d'ailleurs, mais ce dernier, c'est différent, il sera un saint)... Elle offrira ce sacrifice de la «bine-à-la-Guillaume-Tell» pour la purification de la relation du couple maudit, couple pécheur, Trottochaud-Legruiec.

P L O K K K K K!

Deuxième affront. Plus douloureux cette fois. Mademoiselle Savignac interrompt abruptement sa lancinante et répétitive récitation et se lève droite comme une flèche, les yeux bioniques, le doigt pointé:

— Qui a fait cela? Hein? Qui?

Elle a interrompu pour la forme car elle sait très bien qui est le coupable. Teddy Trottochaud, le démon sorti des enfers. Ah! si donc l'année scolaire peut finir! Si donc les vacances de juillet peuvent apparaître! Si donc la terre entière... Elle coupera dans sa pédagogie, avalera quelques tranches de cette souplesse, de cette patience qui font dire à certains parents qu'elle est donc «bonne maîtresse d'école» et à d'autres qu'elle est une bonne à rien.

Mais la patience a des limites. Une pluie de petites «bines» sèches en plein chapelet du matin. Car le chapelet est bel et bien la plus incontestable coutume à l'école et au foyer. Une pluie de «bines». Ça ne s'accepte pas, ça ne se digère pas, ça ne se tolère pas. En fixant d'un regard flamboyant et même hallucinant le coupable, mademoiselle Savignac termine dignement la deuxième dizaine de chapelet et invite ses trois douzaines et plus de rejetons à s'asseoir. On l'a échappé belle pour aujourd'hui, mademoiselle Savignac a rangé son chapelet dans le premier tiroir de son bureau. C'est donc dire qu'elle ne le sortira plus aujourd'hui. Quelle aubaine! Quelle délivrance! Le chapelet amputé de ses trois dernières dizaines, les trois plus pénibles, celles qui se disent à genoux. Merci mon Dieu!

— Prenez vos livres de lecture. Les plus grands, allez faire lire les petits de la première et de la deuxième année. Les autres, pratiquez!

Sous une symphonie de «Babette la baleine ba be bi bo bu...» et les charmes serviables de la petite Yvette et du macho de Guy, mademoiselle Savignac se rend au pupitre de son grand frais-chié de Teddy. Marcellin en a les larmes aux yeux. Il sent déjà l'orage. Il sait que si mademoiselle Savignac dispute trop fort son frère Teddy, il va faire caca dans ses culottes. Quelque chose de solide et qui sentira franchement mauvais.

Mademoiselle Savignac s'approche du coupable. Il camoufle à peine dans sa poche l'arme interdite, le tire-pois maléfique. Elle le dévisage fixement, garde le silence et déclare:

— Télesphore-Eddy, Teddy, vas-tu finir de faire des niaiseries? Ça te donne quoi, hein?

Teddy regarde par terre, relève sa manche gauche et découvre sa blessure. Mademoiselle Savignac est interdite:

— Que... que t'est-il... arri... vé?

Marcellin a tout vu, tout entendu; il ouvre de grands yeux épouvantés et bafouille à travers sa lecture:

— Fantôme... le fantôme chauvage!

Mademoiselle Savignac intervient:

— Allons, allons, ça suffit Marcellin! Fais la lecture à Jocelyne, elle va t'aider. Mademoiselle Savignac parle avec ton grand frère Teddy. Allez!

Mais Marcellin commence déjà à sentir quelques traces de son incontinence. Et la grande Jocelyne de septième année aussi, qui se bouche instinctivement les narines.

Teddy tapote sa blessure avec son coffre à crayons. Il vient de se glisser une gomme à mâcher dans la bouche et s'amuse à faire les ballounes les plus pétaradantes que l'on puisse trouver.

— Teddy, ça va faire! J'essaye de te parler gentiment, de te faire comprendre les choses doucement, tu ris de ton institutrice en pleine face. Tu sais très bien qu'il est interdit de mâcher dans l'école et devant les autres enfants, et devant ton institutrice en plus.

Pour toute réponse, un sourire en coin, un vague mouvement du genou, un bâillement effronté et un «plok» en direct de la molle gomme balloune.

— Petit écervelé! Ah! ça ne se passera pas comme ça!

Les élèves crampent sur leur banc. Les grands de la septième année regagnent leur place. Mademoiselle Savignac attaque:

— Montre-moi ton devoir du soir!

Teddy ouvre son sac et présente un cahier de devoirs à l'encre dans lequel sont dessinés des filles nues, des Indiens cruels, des grimaces obscènes, et où sont inscrites des maximes à vous couper le souffle: «Mademoazelle Savignaque, la tabarnaque, la putin du dimanche matin...», le tout noyé dans des taches de graisse, de mélasse, de moutarde et d'eau de javel à jamais effoirées sur la page du cahier.

Elle l'apostrophe:

— Tu ne feras jamais rien de bon, Teddy Trottochaud! Pas assez d'être cruchon à l'école, voilà que tu te permets des insanités. Impertinent, bâtard...

Teddy relève ses deux manches, ferme ses poings et s'installe dans une position de boxe devant mademoiselle Savignac:

— Barnac! la niaiseuse, veux-tu te battre?

Elle est à l'épreuve de ce genre de fanfaronnerie mais cette fois, l'audace et l'effronterie dépassent les bornes. Elle passe à l'action, dégaine sa «strappe» de cuir, lui en assène de violents coups sur le dos, les bras, les fesses... Marcellin a complètement fini de chier dans sa culotte. La grande Jocelyne de septième année invite le grand Benoît de la sixième (il a doublé trois fois) à venir avec elle nettoyer le jeune enfant dans le petit appartement attenant à la classe.

Et plus mademoiselle Savignac frappe, plus elle s'énerve, plus le grand écervelé lui rit dans la face. Rien à faire avec ce charognard. Elle replace ses cheveux décoiffés, compose dans sa tête une lettre de démission raide et directe (comme toutes les autres qu'elle n'a jamais postées) et expulse le grand Teddy de la classe en le portant jusqu'au portique par le chignon du cou.

Marcellin revient avec les deux grands de la septième année. Il a des vêtements de rechange et sent moins fort. Il est prêt à terminer l'avant-midi dans une certaine angoisse car il ne voit nulle part son frère Teddy. Le fantôme «chauvage», probablement. Mademoiselle Savignac avait prévu des vêtements de rechange. Ce n'est pas la première fois. D'ailleurs, mademoiselle Savignac prévoit toujours tout. Elle a de quoi remplir les estomacs les plus affamés. Elle en a pour tous, les pauvres, les gueux, les débiles légers (du type pas-trop-dangereux) etc. Pour ceux qui n'ont rien en hiver, les mal aimés, les souffre-douleur, sauf bien sûr Télesphore-Eddy qu'elle ne peut absolument pas souffrir.

Elle lui a dit, en le jetant dans le portique comme un vieux chien galeux:

— Passes-y l'avant-midi! Et que je ne te prenne pas à t'enfuir.

Mon œil! l'avant-midi. Il fera quelques mauvais coups, cachera des vêtements, remplira des bottes pleines d'eau, pissera dans la fougère, mettra peut-être le feu dans le foin à l'extérieur pour finalement et dignement sauter par-dessus la barrière de l'école buissonnière.

Mademoiselle Savignac se méfie. Elle jette quand même de sévères coups d'œil dans le portique. Elle sait que ce n'est pas la punition la plus efficace mais c'est le seul moyen pour elle d'enseigner en paix aux autres élèves. Tous ces autres qui payent pour un cave, un incapable, un psychopathe, un cas de comportement relevant de la psychiatrie.

Teddy lui a même, une fois, montré ses fesses. Elle a fait semblant de ne pas les voir mais ça lui a fait tout drôle à l'intérieur. Elle a alors découvert le mâle agréable sous les haillons d'un insupportable gamin...

Ça lui a fait tout drôle. Elle anticipe le moment où, à la fin de l'année, solennel, il lui montrera son organe viril. Elle sent que ça va arriver, indéniablement, elle est craintive mais curieuse aussi. Jeune encore, elle n'a jamais connu d'homme. Elle n'a jamais vu ça non plus.

Télesphore-Eddy, dans le portique, se suspend aux crochets. Il en a déjà cassé deux. Il gratte et tambourine sur le mur. Dans quelques minutes, il filera en pleine nature pour prendre la clé des champs et se fera conquérant des grands espaces. Marcellin reviendra chez lui tout seul, comme d'habitude, l'école de rang n'est pas loin.

Il teint les bottes blanches d'une petite fille avec des fleurs de pissenlits. Sciences de la nature, expérimentation sur le plat, pourquoi pas? Bien plus intéressant que dans la boîte à savoir. Il détache ses bretelles, attrape une corde à danser dans une poche de manteau, se fait un lasso. Il veut l'accrocher à un gros clou près du plafond. Un clou qui sert, en hiver, à suspendre un fanal utilisé par mademoiselle Savignac. Un drôle de clou pour un drôle de fanal.

Un lasso. Teddy-Cassidy au far west de son imagination. Vite, il camoufle le tout. La cloche va bientôt sonner pour la récréation. Mademoiselle jette encore un œil. S'il peut atteindre ce gros clou, il se hissera jusqu'aux petites fenêtres de ventilation, là-haut, et les cassera les unes après les autres. Il y en a quatre. Démarche intéressante. Il pense aux Indiens, aux plumes... Les Indiens ne doivent pas aller à l'école, eux, ils doivent passer leur temps à la chasse et à la pêche.

Hop là! tout là-haut, après le troisième essai. La corde à danser attachée aux bretelles élastiques est solidement accrochée au grand clou. Il faut faire vite.

Il se cambre d'abord solidement puis il fonce pour escalader le mur. À l'intérieur, dans la classe, les élèves chantent à tue-tête *La feuille d'érable*... Certains jours, le bon Créateur ferait peut-être mieux de mettre son nez ailleurs. Ils chantent trop fort, ils ne peuvent l'entendre. Il approche de son but, difficilement, c'est comme gravir l'Everest... il va atteindre la gloire, casser des tas de fenêtres inutiles... soudain... ses mains glissent, il tournoie sur lui-même, se «détire-bouchonne», perd le contrôle, bascule... et la corde vient s'entortiller autour de son cou. Il est pendu.

Bêtement pendu.

Les autres chantent, crient à gorges déployées... «l'œillet fut pris par l'Angleterre»... «emmitouflé dans ses fourrures», alors qu'un autre est pendu par la pelure. Maudit hasard. Et mademoiselle Savignac qui ne vient pas voir. Dans le feu de la chanson, elle doit le croire à des milles.

86

Drôlement pendu.

Au bout de la bretelle élastique, il va et vient, ses deux pieds ne touchent pas le plancher, il tente d'atteindre la manivelle du vasistas près de la porte. Sa vue s'embrouille, ses lèvres bleuissent, il va mourir et aller tout droit en enfer… Les cloches de l'église vont le transporter au cimetière rempli de fantômes et de mémères fraîchement brossées. Il étouffe, c'est trop bête, horrible.

Tomahawk Invincible dit que c'est le destin. *Il va venir le chercher et l'emmener avec lui à la pêche aux saumons. Il va faire partie du monde merveilleux des sauvages, un monde sûrement moins compliqué…*

Il a perdu connaissance. Son visage devient noir, tuméfié, il ne se débat presque plus. Mademoiselle Savignac, en apercevant un pied à travers la fenêtre de la porte, demeure figée, muette, une longue ortie, puis se met à hurler et à s'arracher les cheveux. Elle se précipite sur les ciseaux, coupe la corde, vite! Le corps s'écroule par terre.

Les trois douzaines de marmots ivres de vacances encerclent le pendu. Marcellin dit que c'est le fantôme chauvage et souille ses vêtements de rechange.

Mademoiselle Savignac se jette sur l'élève Teddy, non, non, NON!… Elle est là, à moitié folle. Il ne peut pas s'être pendu volontairement… Elle lui ouvre la bouche, lui donne instinctivement une sorte de respiration artificielle dont elle a lu la recette magique dans un livre des vieux pays.

Les enfants trouvent bizarre cette nouvelle attitude de mademoiselle Savignac qui, après avoir maltraité Teddy et l'avoir plus souvent qu'à son tour «frappé» avec des bâtons et des «strappes», l'embrasse maintenant à pleine bouche. Ils ne pourront certainement pas dire, comme c'est leur habitude viscérale: «J'vas le dire à la maîtresse!»

Trois minutes, quatre, des heures au fond. Jocelyne et Francis se serrent les cuisses, Ghislaine enfonce ses ongles dans l'épaule de Tit-Louis qui ne s'en aperçoit pas tant il est pris par le spectacle. Mademoiselle Savignac aime beaucoup

Teddy mais elle ferait mieux de le lâcher (Ghislaine a appris que c'est ainsi que se faisaient les bébés).

Et si mademoiselle Savignac met tant d'ardeur à cette embrassade sans fin, c'est qu'elle a décelé une lueur d'espoir dans la main droite de Teddy, une palpitation… Sa respiration semble revenir. Son teint se colore faiblement. Il se met à tousser, tousser, râler, cracher, puis vomir…

Bon! voilà maintenant que Teddy a mal au cœur des becs de mademoiselle Savignac.

Teddy est encore tout faible. La vie le tient par un bout de bretelle. Mademoiselle Savignac ordonne:

— François, Camille, Ernest, Tit-Louis, Francis, Stéphane, Germain… allez chercher le docteur au village, vite, vite!… Prenez vos bicycles ceux qui en ont!

Mademoiselle Savignac va-t-elle déjà avoir son bébé? Les écoliers et écolières de ce début de juin n'y comprennent absolument rien.

Teddy est là, les yeux fermés, une horrible marque sur le cou. Son institutrice marâtre lui a sauvé la vie. Elle a ramené à la vie un monstre juvénile et encore imberbe.

Mais sa bouche est encore toute pleine du désir incontrôlé d'en connaître davantage.

Chapitre 9

Les mélodies s'affrontent et se bousculent entre les conifères d'une super-forêt gaspésienne.

Second violon. Roi et maître des millions de sujets dans son royaume. Victor est heureux. Il possède les clés de son domaine. Il saisit la pompe, lui place le bec dans une chaudière. Le souper est certes le repas qu'il préfère. Il remplit le chaudron de carottes, navets, lard salé, oignons et choux de Siam. Le vieux Narcisse épluche les patates, «amis, partons sans bruit...»

Les trilles et les queues de violon vont bientôt se montrer le bout du nez. Le vieil homme, dans la pâleur du soir, dans la crudité de l'enchantement, écoute le concert des ouaouarons.

Un messager du bureau de télégraphe de Murdochville a juste le temps d'apparaître sur une ripompette. Une mauvaise nouvelle, pour sûr, une catastrophe se lit sur le visage hâlé du messager. Quelque chose est arrivé au village.

Une jeep jaune en bois verni fait au même instant son apparition à la barrière. Trois Américains chaudasses présentent leurs papiers et se préparent pour la chasse à l'ours. Victor les laisse patienter un instant. Ils se mettent à fredonner librement des airs d'un vieux folklore américain. Trois hommes dans la force de l'âge. La jeep est pleine à craquer de carabines, vieilles malles, pompes, réservoirs à essence, tentes etc.

Le messager de Murdochville s'approche :

— Monsieur Trottochaud ?

— Oui, oui, c'est moi, oui ! Y est arrivé queque chose chez nous ?

— Heu ! oui, mais faites-vous-en pas, c'est pas grave. C'est arrivé à l'école de votre garçon, Teddy, que je pense !

— Teddy ? Encore Teddy ! Qu'est-ce qui s'est passé ?

— Je le sais pas au juste. Le téléphone disait pas grand-chose. Vous savez, c'est rapide…

— Pourquoi vous m'avez pas appelé au lieu de vous déplacer ? D'habitude, c'est mauvais présage de se déplacer pour aller porter des messages !

— Parce que notre règlement nous ordonne de jamais apprendre de nouvelles importantes par téléphone. De toute façon, j'avais à passer dans le coin.

Les trois Américains s'impatientent. Ils klaxonnent, gesticulent et, croyant qu'ils ne seront pas compris, crient des injures au père Trottochaud. Ce dernier se fâche. Il leur hurle en anglais :

— On est pas obligés de vous endurer à venir nous insulter pis ça, même si vous faites vivre une bonne partie de la péninsule. C'est pas parce que vous venez des États que vous êtes pas capables de montrer de la civilité, cafiére ! On aura rien que tout vu… Laissez-moi recevoir mon message jusqu'au boutte !

Le ton viril avec lequel le gardien du parc apostrophe les trois Américains invite ces derniers à retourner sagement à leur œuvre désaltérante, celle du goulot. Enfile, avale et fais glou-glou… Les chevaliers frustrés de la chasse ronde ruminent dans leur jeep. Victor, inquiet, retourne à son messager :

— À l'école ? Teddy ? Y a encore dû faire un coup ben épouvantable. Certain que vous me cachez rien, aucun détail ?

— Rien, absolument rien, j'en sais pas plus que vous. Juste que vous devez retourner au plus vite à Cascapédia!

Victor se frotte les mains. Il n'a jamais, comme ça, subitement, quitté son poste au milieu de la semaine. Philippe pourra-t-il le remplacer? Ou quelqu'un d'autre?

Ah! ce satané rejeton. Engeance de l'enfer. Pourvu qu'il n'ait pas fait un tort irréparable à quelque jeune du voisinage, ou démoli une partie de l'école ou encore mis le feu... Il en est bien capable, Victor le sait.

Le messager s'en retourne poliment, comme il est venu. Victor reste songeur. Un coup de klaxon le ramène à la réalité.

Ça sent la «robine» dans la jeep de contre-plaqué jaune. Ils sont fous, ces Américains. Victor n'a pas le cœur à rire. Il enregistre le nom des chasseurs, établit un relevé rapide des objets et autres victuailles jetés pêle-mêle dans le véhicule, inscrit le numéro de plaque et multiplie les recommandations auprès de ces trois énergumènes. Attention au feu... on ne chasse que l'ours, rien d'autre... il faut vous rapporter aux trois jours... (comme dans l'ancien temps!) Victor se déchaîne tout à coup, il va terminer en beauté sa semaine à peine commencée.

Victor se débat comme huit diables dans l'eau bénite. Il confisque deux bouteilles de whisky à peine entamées, au nom de la justice, de la tolérance, de l'abstinence et de la crainte des feux de forêt comme de l'enfer.

Au nom de la loi. Les Américains s'en fichent bien. Ils ont leur ravitaillement. Ils pourraient survivre à une prise de la Bastille, à une guerre atomique dans des abris. Qu'il les garde, ce gardien ridicule aux bretelles enflammées! Si ça peut lui faire plaisir! Qu'il les boive toutes...

Ils filent dans un nuage de poussière sur une route divine les conduisant dans le parc de la Gaspésie, là où ils pourront vivre comme des dépravés à l'abri des regards scrupuleux.

Victor se retrouve seul avec les deux bouteilles de whisky à peine débouchées. Il n'a pas l'habitude de boire. Angéline, sa frisée, n'en ferait qu'une gorgée de ces fameuses bouteilles.

Il revient au chalet, s'interroge. Qu'a-t-il bien pu se passer?

Déjà, au loin, retentit un coup de fusil. Les Américains auraient-ils déjà rencontré et tué leur ours? L'ours de tout à l'heure? Victor n'a maintenant plus le cœur à la tempête ni à la contestation. Il recherche le calme qu'exigent l'inquiétude et puis l'angoisse. Son garçon, Teddy, Télesphore-Eddy, son plus magistral échec. Qu'a-t-il donc encore pu faire? Quelle bêtise a-t-il pu commettre?

Philippe apparaît soudain dans la camionnette au détour d'un sentier. Victor l'arrête, lui demande dans son langage de vieille souche:

— Me garderais-tu le chalet une couple de jours, mon gars? Faut que je descende à Cascapédia au plus sacrant.

— Un malheur, le pére?

— J'sais pas trop, c'est à propos de Teddy, y paraît qu'y a fait quelque chose de franchement pas trop catholique à l'école. Je sais pas quoi, le messager a rien dit d'autre.

— Ouais, rien dit! Comme ça. Avec qui vous allez descendre?

— Avec Cullens, le prospecteur. Y a l'habitude d'aller à Carleton à tous les lundis aux deux semaines, pis je pense que c'est à soir. Me semble qu'y m'a dit ça à matin. Je vas y demander betôt quand y va venir faire son tour.

— Pauvre Teddy! Petit frére de serpent!

Victor est courroucé. Il a reçu un coup de cravache dans le dos. Il a également senti dans la remarque de son fils Philippe comme une accusation, une fléchette acérée, «petit frére de serpent», frère dans le péché, dans le vice. Le père s'étonne brusquement de la tournure des événements, de l'allure folle des choses, la danse macabre de la vie qui patauge dans le jus de la routine, dans une eau de vaisselle polluée.

Philippe le guette, l'analyse, le gronde... A-t-il besoin de le juger? Il n'a rien dit, certes, il n'en pense pas moins. Engeance de l'enfer.

Il demandera à Cullens. Philippe a encore beaucoup à faire. Il retourne sur ses pas en disant :

— Ben sûr, le pére, ça va me fére plaisir de vous rendre service en vous remplaçant icitte, en travaillant à votre place. Craignez pas, craignez pas...

— Tu sais, mon garçon, ça doit quand même pas être si grave que ça, ça doit pas être un malheur trop grand, sinon, le messager nous aurait fait à savoir de descendre tous les deux, si tu me comprends ben!

— Ah! je vous comprends ben.

Victor rentre dans le chalet, les deux bouteilles à la main, machinalement, comme si une sombre habitude allait tout à coup s'installer dans la place. Lui qui, dans sa vie, n'a viré que deux trois brosses avec son vieil ennemi, To-mahawk Invincible, et quelques autres irréductibles de la dive bouteille, des brosses de deux trois jours.. Il n'a pas touché à l'alcool depuis deux ans, pas la gouttttttttte!

Il meurt d'envie d'en virer toute une, ici même ou plutôt... oui, oui, ici même, vider les deux bouteilles de whisky américain, du meilleur, à part bien sûr celui de la réserve.

Il ouvre une bouteille et goulûment, en avale le quart. Quelques rares visiteurs viennent l'accoster, c'est l'heure du souper. Victor n'est pas comme à son habitude, un gardien du parc si rangé, méticuleux, fort, courageux, franc et droit comme un panache d'orignal... le voilà qui sent la tonne à plein nez, les cheveux en as de pique. Ne soupe pas, s'affaisse, deux bouteilles, une troisième, glou! gulp!... « À la tienne mon Angéline, ma galopante frisée, ton cheva... hic!... lier va bientôt ar'soudre! »

Mignonnette.

Il se traîne à quatre pattes, cherche son lit, sa paillasse, pourquoi? Il fait clair tard en juin. Il va partir pour chez lui, trois heures de camionnette. Il aurait peut-être eu le goût de prendre la sienne si Philippe n'était pas parti avec. Il va y aller en avion, en jet... burrrrh! frapper les nuages, faucher la cime des arbres, s'immobiliser, enfreindre la loi à son tour, enfin!

Le prospecteur Wilbert Cullens est là.

— Hello! My boy! (Avec toutes les manières plates d'un gars chaud) mon ami, mon frère, j'sens que... hic! j'vas pas rater le train à soir! M'in-in-inviterais-tu à descendre avec toé par che-nous (le nez morveux et le doigt sur le nez d'un gars chaud, comme pour faire une démonstration) che-nous, puuuuuuis tu descends à Caaaarleton!

— All right, chummy!

Le chien Major se cache le museau entre les deux pattes.

— Chummy! Ben sûr que chu t'un chum! J't'endure à venir icitte au chalet placoter à tous les soirs. Toé tu me comprends.

Cullens, en anglais toujours, lui demande, anxieux:

— Pas un malheur, toujours?

— No, no, no... Un désagrément! Un maudit désagrément. La familllllle! J'm'en vas t'expliquer tout ça en descendant!

— Vous avez pris un coup, ça doit être grave, c'est pas votre habitude!

— Tu veux-tu dire, toé là, que je serais un ivrogne?

— Non, excusez-moi, sorry! Mais vous buvez jamais, c'est surprenant de vous voir...

— C'est encore plus surprenant que tu peux te l'imaginer. Envoye, get up! Hue! hue!

Quelques pirouettes, sifflements, coups de poing dans les airs, Victor n'a pas soupé; son fils Philippe est averti, il n'attend pas son retour et grimpe à bord de la camionnette de Cullens en route vers la baie des Chaleurs.

Avec promesse absolue de ne pas prendre une seule goutte sur le chemin.

Chants, complaintes, aventures de jadis, les écartèlements olympiques de sa frisée. Cullens n'a pas le temps de traîner sa gourme dans les flots de l'ennui.

Le paysage qui défile dans la noirceur tombante se veut l'ultime témoin des engagements non respectés du gardien du parc. Il a eu beau promettre (les deux 26 onces sont vides), les idées sont embrouillées, cruelles, le doigt se veut provocateur (encore sur le nez dans la face du voisin), sur le nez patient du prospecteur qui n'en continue pas moins de poursuivre son chemin, de filer dans le vent doux, muet comme une carpe, présentant tout au plus, quand les farces se veulent croustillantes et qu'il peut les comprendre, un sourire de bonté.

Avec un homme chaud à ses côtés, il est malaisé de conduire en gardant un rythme égal. Les précipices semblent terriblement creux, les tournants surgissent plus rapidement aux détours des chemins. La noirceur est imbécile.

Les deux hommes arrivent enfin à Cascapédia. Ils traversent le pont Bugeaud. Victor, dans les méandres du passé, a raconté sa vie de long en large. Une vie sautillante, pleine de malheurs, avec ses ivresses, ses joies, ses aventures, des histoires où il parle de se venger de Tomahawk Invincible. A beau mentir qui vient de loin... et qui a bu comme un cochon, en plus. Wilbert tente de décortiquer dans cette rivière de paroles une sorte de part des choses. Il y a eu également, tout le long du trajet, les larmes ardentes, les «brailles» de crocodile, les calculs mentaux, les instants de sommeil entrecoupés par des hoquets vifs, les «tourne-à-droite-tu-te-trompes» maintes fois répétés... Un voyage, bref... fatigant. Mais un très beau voyage quand même au corps et au cœur de l'enivrement.

Angéline est sur le seuil de la porte, inquiète, suppliante, nerveuse, elle se mord les poignets, souffle... souffle. Un inconnu soutient son Victor paqueté qui ne la reconnaît pas et qui la prend pour Léonise Babin, la femme du magasin général. Il se faufile dans la cuisine et ordonne:

— L'onise! Deux bières, pour mon ami pis moé. Deux bières!

Le prospecteur s'excuse, mal à l'aise, dit qu'il va repartir, tousse, refuse une tasse de thé de la maîtresse de maison. Il est tard, bien sûr, mais il doit se rendre à Carleton à tout prix et ce n'est pas loin.

—L'ONISE! Baptême de cafiére!

Angéline soupire:

— Excusez-nous, monsieur, je l'ai jamais vu si chaud! Excusez-nous pour vot' trouble. Asteure, vite, vous pouvez partir!

Cullens demande:

— C'est pas trop grave toujours ce qui est arrivé? J'ai pas pu savoir...

— Non, non, mais y fallait absolument que mon mari vienne. Vous voulez pas coucher, certain?

— Merci bien, thank you! Je pars.

Mais voilà, Wilbert Cullens cherche désespérément ses clés, dans ses poches, ses bagages, partout, dans l'herbe, sur la route, il revient sur ses pas, trébuche, rien à faire.

Angéline a débouché une bouteille de bière à celui qui la courtise comme aux jours de ses plus folles fredaines. C'est pourtant elle, Angéline Legruiec, la sombre alcoolique. Elle regarde l'image grotesque de son vieux sur qui le destin s'acharne. Il est laid en ce moment, comme elle doit si souvent être laide lorsqu'elle est dans le même état. Il la reconnaît un court instant, demande où est Cullens. Ce dernier frappe à la porte:

— Excusez-moi, madame! Je suis mal pris. Vous auriez pas vu les clés de ma camionnette dans la cuisine, quelque part?

Victor ouvre les bras et s'exclame:

— Wilbert Cullens, mon ami, mon frére! (Il le reconnaît tout à fait, heureux hasard de l'ivresse) Cherche pas tes clés, mon homme, tu pars pas à soir, tu couches icitte.

Patience et longueur de temps. Et il n'y a pas plus tête de mule dans toute la région qu'une tête de Trottochaud.

Le prospecteur a beau argumenter, supplier, talonner, faire semblant de rire, boire un autre p'tit coup (qui n'a rien d'agréable), implorer Angéline, se trémousser... chanter le *Ça Bergers*, il est bientôt minuit trente et Victor est ivre, ivre, complètement dans les «bleus».

Angéline souffle à l'oreille du prospecteur que sitôt son mari couché et endormi, elle tentera de lui soutirer les clés.

Bel et bien dans les bleus, plutôt. Tapes dans le dos du gars chaud et achalant, «prends un p'tit coup, c'est agréable», histoires à dormir debout et crampé... Victor s'endort enfin sur le banc-lit dans des ronflements d'ogre sans se soucier le moins du monde des équipées de son fils Teddy. Inconsciemment, il doit savoir qu'il apprendra de toute façon bien assez vite la teneur de la mauvaise nouvelle, qu'il ne faut pas en faire une montagne et que la vie est déjà bien cruelle...

Il est certes trop tard pour repartir.

Angéline offre un lit à son invité qui s'y allonge aussitôt, fourbu, après six heures de route et de sautillements déplaisants.

Il y a des hommes patients et bons sur cette terre, et aussi en Gaspésie. Si le prospecteur Cullens avait eu à commettre un meurtre dans sa vie, c'est ce soir-là qu'il l'aurait commis... en égorgeant le Victor Trottochaud «à marde».

Chapitre 10

Ils sont retournés, quelques jours plus tard, dans le parc de la Gaspésie. Victor avec un peu plus de cheveux gris, Wilbert avec des doutes dans l'âme... et Teddy est resté, avec encore beaucoup plus de malice et d'insignifiance que la veille de son aventure avec mademoiselle Savignac. On aurait dit que plus il était sermonné, plus il s'encrassait dans le plaisir de faire le mal.

À Cascapédia, pendant ce temps, la vieille Claudia Trottochaud, la Perchaude, descend de l'auto de son fils Ulfranc, un vieux vampire constipé, son fils unique et bien-aimé. Elle est la tante lubrique en do majeur, de par en haut, de Mont-Joli, mais elle habite Sainte-Florence, le pays des Saindoux (ou encore des Canayens), et elle pète la santé à des milles à la ronde même si la mort semble la suivre pas à pas. Elle te la revire à coups de pelle dans les rognons, la mort, qui s'en retourne en boitant et souvent en hurlant de fort vilains blasphèmes.

Impatiente, elle attend devant l'auto que son bienheureux Ulfranc veuille bien la guider vers la porte d'entrée. Elle a mal choisi sa semaine pour apparaître chez Wilhemine, sa nièce. Bien mal choisi. Après l'histoire de Teddy Trottochaud (tout le village en a maintenant entendu parler), il y a de quoi chauffer les plus grosses truies avec les placotages. Le garçon dans le péché de son neveu Victor, Teddy Trottochaud, a voulu se pendre devant les autres enfants, le torrieu, l'âme damnée...

Il est tôt le matin, mercredi, la vieille et son fils unique ont voyagé toute la nuit.

Tôt, à peine sept heures trente. Je fais chauffer l'eau pour le café. Une Studebaker noire à la porte, un grand écréanché entièrement inconnu et une vieille dame que je crois galante. À cause de sa façon, sa façon de par en haut, de cambrer les reins. Une femme au visage labouré et un gringalet liché comme un veau, sérieux comme huit papes en ligne.

La vieille dame porte un costume de couleur bleue avec des pois blancs partout, et un chapeau blanc. Dans la fraîcheur de ce petit matin de juin, elle transpire la continuité.

Est restée dans la voiture, et je ne l'avais pas vue, une grosse femme à large chapeau bourré de fleurs rouges, un épouvantail du printemps qui attend que l'on daigne bien s'occuper d'elle. Je ne les connais pas, ces trois énergumènes, cette visite-à-valise, mais j'ouvre quand même la porte, par politesse, ma tante Wilhemine est allée soigner les poules.

Le pape vient à moi, la vieille aussi, ils me tendent la main. Les voilà qui se présentent:

— Ulfranc. Ulfranc Maldemay, et voici ma mère, madame Claudia Trottochaud, veuve de Josephat Maldemay, mon père.

Je remarque qu'elle a conservé son nom de fille, comme ma tante Wilhemine. La femme à large chapeau sort la tête de l'auto et crie:

— Ulfranc! Laisse-moé pas là, viens m'ouvrir la porte!

Des cousins de la côte, de par en haut, des énergumènes qui viennent se péter les bretelles devant moi. Des liens de parenté accrochés aux légendes, cimentés aux coutumes. Des êtres exilés qui sont quand même restés attachés à Cascapédia.

De la visite rare.

Ma tante Wilhemine vient se faire mouiller les joues par la tante Claudia, la Perchaude de Sainte-Florence. Ulfranc défroisse son pantalon, jette un mince coup d'œil à son éléphantesque moitié perdue dans ses fleurs rouges et respire à grands coups le bon air de Cascapédia comme si, à Sainte-Florence, au pays des Saindoux, l'air était moins pur. Il flatte le pare-brise de son auto noire et se gourme d'orgueil. Dans son village, comme dans tous les villages du Québec, en plus d'être affublé du sobriquet de «Saindoux», Ulfranc est également surnommé «le p'tit député-les-bretelles», comme d'autres sont des p'tits ministres-les-pommes etc... Il n'a rien perdu de ses intérêts pour la «politicaillerie», celle avec un petit «p», la politique de cuisine, comme on dit par chez nous. C'est ma tante Wilhemine qui m'a tout raconté lorsqu'ils ont défait leurs valises. Ulfranc Maldemay est l'âme damnée du député de la Matapédia et c'est toujours avec une boule dans la gorge et une patate dans l'estomac qu'elle le voit rebondir en villégiature dans sa Studebaker shinée.

P'tit député-les-bretelles, il se croit important, et comme le parti qu'il vénère est en chute libre, il vient appâter l'hameçon et faire un brin de cabale, question de réchauffer la vieille soupe au lait. Hop! une semaine dans la marmite électorale. Ma tante Wilhemine se promet bien de les héberger deux ou trois jours, jusqu'à lundi, pas plus. Elle trouvera un moyen.

Et puis, Ulfranc Maldemay a bien hâte de revoir son vieil ami et cousin, Victor Trottochaud, avec qui il a bamboché dans le pays, parcouru les chantiers, péché, bu, s'est aussi battu, et Elzéar Caplin, le grand chef Tomahawk Invincible. Ses deux grands amis de la baie des Chaleurs.

Ma tante Wilhemine ne perd pas une minute. Elle renseigne ses trois visiteurs sur le drame qui est arrivé chez Victor, le Teddy-de-mauvaise-graine qui a voulu se pendre, la ceinture entortillée autour du cou, le petit voyou. Et même si les visiteurs de Sainte-Florence savent déjà tout ça, ils font semblant de faire les innocents et branlent la tête dans tous les sens en signe de désespérance. La vieille surtout, à qui on ne peut rien cacher. Elle sait toujours tout, incontestablement, avant que ça arrive:

— On sait ben, nous autres, par chez nous, on sait jamais rien, une chance qu'on vient aux nouvelles une fois de temps en temps, Wilhemine. Crains pas, on va garder ça secret!

...Et le faire imprimer dans le feuillet paroissial.

Elle aura tout son temps pour analyser le drame sous toutes ses coutures. Je salue timidement ces cousins venus d'ailleurs et me verse un bassin d'eau. Je les ai peut-être déjà vus, ou connus, je ne m'en souviens pas. Je me fais la barbe.

La vieille envenime l'atmosphère. Ma tante Wilhemine me sacre un coup de coude en passant près de moi. Je me coupe. Une vieille comme ça, par chez nous, on appelle ça une «suceuse de suppositoire». Et cette vieille-là, elle fait plus que le sucer, elle le sussure, le sussure, le savoure...

— Ma belle fille, ma pauvre enfant! On sait ben, t'as marié ton Jacques! Tu nous as invités, on te remercie. Tu comprends ben, on a pas pu venir avant, Ulfranc pis ses occupations... Asteure, on y est!

Ulfranc hoche la tête, sa femme niaise et dit:

— J'avais les jambes ben que trop enflées. Y est heureux au moins, ton fils, Wilhemine?

— Ça fait pas encore une semaine mais y m'a l'air ben heureux, y a pas de soin!

Ma tante Wilhemine sait très bien que si la vieille haïssable et son grand tarla de froussard ne sont pas venus, c'est pour éviter d'apporter un cadeau et non pas à cause des jambes enflées de Marguerite (c'est son prénom), jambes d'ailleurs qui sont toujours enflées. Ma tante Wilhemine sait reconnaître l'odeur du vinaigre et la mauvaise couleur du vin. La vieille se dégante:

— Chère enfant, toujours ben, pour en revenir à c'te pauvre Victor pis son garçon, le garnement. Une chance que tu nous l'as appris avant qu'on aille là, parce qu'on l'aurait sûrement appris plus en vrac par quelqu'un d'autre... Une terrible affaire!

Le p'tit député ne sait à quelle chaise s'accrocher. Ma tante Wilhemine me fait signe de ne pas m'éloigner, qu'elle va avoir besoin de mes galants services. Je devrai assurément laisser ma chambre pour la visite rare.

— Pas surprenant, comme je te le disais, pas surprenant! Coucher avec sa bru, mon propre neveu. Le Bon Dieu peut pas faire autrement que de passer son temps à le punir, à les punir... Qu'est-ce que tu dis de ça, toé, Wilhemine, une sainte veuve comme que t'es, une sainte veuve comme moé...

Il est vrai que ma tante Wilhemine passe dans la région pour une veuve qui sait se tenir (même si elle est loin d'être sainte). Il est vrai qu'elle passe aussi pour être une femme déterminée, portrait sur terre de sa défunte mère Alice et portrait aussi sur deux pattes de sa tante Claudia, quatre-vingt-douze ans, qui est là devant elle, véritable apparition mystique.

«Sirop-de-calmant!» que je me dis en moi-même. Il vaut certes mieux mourir dans la fleur de l'âge plutôt que de devenir aussi haïssable à quatre-vingt-douze ans. Mais ce sont là de sots préjugés. La Perchaude n'a encore rien dit. Mais je suis sûr d'avoir raison.

Ma tante Wilhemine m'indique la véranda du premier étage et le grand lit. Elle me montre aussi le deuxième étage en même temps que de l'œil, elle m'indique la vieille. Je comprends.

Je m'empare des bagages des sombres-vilains-cousins-saindoux et je me dirige d'un pas mou vers la chambre et la véranda du deuxième étage où je dépose les objets puant la boule-à-mites. Je reviens sur mes pas. Le cousin sombre-saindoux reste planté sur ses deux pattes comme un piquet de clôture, raide, fainéant, je suis hypnotisé, narquois, et je m'accroche machinalement aux propos de la Perchaude, à ses lèvres volubiles, comme lorsque j'étais petit et qu'elle venait coiffer la tête de ma tante Wilhemine de bigoudis roses et bleus.

Ça y est, je me souviens, j'ai connu la Perchaude, autrefois, elle venait aussi masser ma tante, mais je me garde bien de le lui rappeler. L'eau bout.

— Victor, y doit ben être bon pour entretenir trois femmes! En plus de sa bru! Puh! La truie... Ôte-toé de dans ma talle, qu'a doit dire, puh! Ça va te prendre toute une confession générale pour faire revenir ça dans le droit chemin, ma nièce!

Les fils Balleine, mes cousins-frérots, attirés par les jacassages aigus, se lèvent lentement et bâillent effrontément. Ils s'approchent de la vieille qu'ils semblent connaître, lui donnent à tour de rôle un bec sec et passent à côté de Marguerite comme s'il s'agissait d'une laveuse à tordeur. La vieille s'essuie les babines et fourbit ses armes:

— Des beaux jeunes hommes que t'as là, ma nièce!

Elle vibre debout, elle en a la réputation. Le Saindoux se pète les bretelles. Il sait qu'il porte le titre de p'tit député-les-bretelles dans son village. Ça lui donne un air important les jours de grand-messe. Même s'il fait semblant que ça l'agace. Ça le fait jouir, le vicieux.

Et il va se pavaner devant le miroir.

Conférence de presse devant son miroir. Il en profite pour se gonfler les joues allègrement. Claudia ne voit rien. Elle s'approche de la tasse de café que vient de lui servir Wilhemine. Les mots s'envolent dans les airs. Elle déboule:

— C'est comme par che-nous, à Sainte-Florence, y parlent de faire des aqueducs! Puh! Encore un autre moyen de se débarrasser de nous autres, les vieux, c'est moi qui te le dis! Moé qui te le dis...

La boutique n'a pas fermé ses portes:

— Ma nièce, l'heure est grave, vrai comme chu là! y vont mettre de la poison dans les tuyaux des aqueducs pour tout' nous empoisonner, tout' nous faire mourir là. Ça va leur coûter moins cher là, en plein là...

Elle indique son estomac et feint l'empoisonnement.

— Voyons, ma tante! Vous allez chercher ça pas mal loin. C'est pas encore fait', les aqueducs, y en parlent, c'est tout'...

— À Sainte-Florence, c'est pour betôt, laisse-moi te dire.

Sainte-Florence, Sainte-Florence... comme s'il n'existait que cet endroit dans toute la Gaspésie!

La vieille poutine.

J'ai soudainement envie de la livrer toute crue en pâture aux sauvages de la Ristigouche. Vieille marmotte antipathique. J'ai aussi le goût de lui demander si elle n'aurait pas envie d'aller faire un tour au cimetière, pour une couple de siècles... Je la verrais très bien dans un pot de bines.

De la visite des ailleurs.

On présente la chambre des visiteurs à la tante Claudia Trottochaud-Maldemay. Maldemay! Quel drôle de nom!

Elle chiale encore... «ça sent les pieds»... «la peinture est pas fraîche»... bla bla bla...

Je suis en vol libre. Je la suspendrais à un arbre colossal, à un poteau électrique. L'électrocuterais direct là.

Du bois à corder, des agrès à réparer, des portes à solidifier, des coups de pinceau à distribuer, comme à tous les printemps. J'en suis fort heureux. Une délivrance matinale avec mes cousins. Le labeur bienfaisant, la grosse femme au grand chapeau est disparue mais Ulfranc Maldemay nous supervise, de loin, du coin de l'œil, dictateur... qui vient aussi nous entretenir, entre deux brassées, d'accablants propos électoraux. Son amour pour Duplessis dépasse tout, tout, à plus forte raison l'amour, le mince amour qu'il peut avoir pour sa femme, la Marguerite.

— L'assurance se vend mal, mes garçons! L'ère moderne, il faut assurer la relève, la jeunesse... les enfants!

— Vous en avez pas eu d'enfants, vous, cousin, pourquoi que vous vous sentez obligé de dire qu'y vous faut assurer les enfants des autres? C'est en vie qu'y faut s'assurer d'être en bonne santé, pas une fois mort, rien que pas!

Je me sens complice de mes cousins rustres et grimaçants. Jean-Roch me fait un clin d'œil. Il a déjà entendu dire que le cousin Ulfranc, ce p'tit député catégorie «B», raffole des tartes au sucre. Il me lance:

— Léandre, coudon! M'man a-ti pas fait' des tartes au sucre hier au soir?

— Ça s'peut, mon frère, ça s'peut!

— Pis y paraît qu'a les a emmulées à ras le bord...

— Ça s'peut, ça s'peut!

Ulfranc trottine sur place, gonfle son buste. Se pourlèche les babines:

— Vous dites: tarte au sucre? Au sucre?...

— Oui, ouï, une dizaine.

Ulfranc se fait collant. Une mouche à marde. Son haleine pue. Jean-Roch se plaint du trop gros tas de bois à corder. Ulfranc offre son aide:

— Mes garçons, hein! Ça me tente ben gros de vous aider tous les trois. Ça fait pas mal longtemps que j'ai pas cordé de bois de fournaise. Ça va me faire du bien, me dégourdir. Toujours à longueur de journée dans ma machine à tripoter des papiers, c'est pas bon pour la santé...

Il vise tout droit le cœur d'un marchandage intéressant:

— Ça vous ferait-ti queque chose, à la fin de la «corderie», d'aller me qu'ri une tarte au sucre... J'peux pas résister. Pis apportez-moi donc des gants!

— Vous attendez pas le dîner, cousin?

— Oh! si, si... mais mon péché mignon...

— Ben sûr.

Nous cordons avec une frénésie démentielle. Les pièces de bois dans la barouette, Ulfranc baigne dans ses sueurs assurées, hypothéquées, garanties...

— Je peux avoir de la «fiance» sur vous autres par rapport à la tarte?

— Craignez pas, cousin, y en sera fait selon votre parole!

Je retiens mon rire. Le bois sent bon, la fournaise va ronfler cet hiver. J'ai mal aux hanches, aux jambes, comme si j'allais soudainement être atteint de la maladie des crampes de raquettes. J'ai grand besoin d'en prendre l'habitude, celle qui croît avec l'usage. Grand besoin.

Jean-Roch nous annonce solennellement qu'il va chercher la tarte. Ulfranc redouble d'énergie. Bientôt deux merveilleuses cordes de bois symétriques cachent l'orée de la forêt tout près d'une clôture de broche. De toute beauté. Sécurité pour la saison froide. La maisonnée peut reprendre son souffle et cesser de vivre dans l'angoisse.

Jean-Roch dépose la tarte sous une grande cuve posée la gueule en bas dans la grainerie et vient nous rejoindre.

Y a-t-il quelque chose de plus plaisant que de respirer le grand air une fois l'ouvrage abattu? Juin attentif. Le monde des cultivateurs est marqué au sceau de la création. Une marque spéciale, privilégiée. Je le sais, je suis agronome.

Nous allons nous cacher dans la tasserie de la grange. De cet observatoire, nous pourrons nous régaler. Je n'en suis pas certain mais je crois saisir, pour le connaître, dans l'œil coquin de Jean-Roch qu'il a joué un tour au cousin-saindoux de Sainte-Florence.

Ce dernier essuie ses lunettes, avale une crotte de nez (il se croit seul), pisse sur la corde de bois, boit un coup d'eau. Il se complaît dans le doux supplice de la tarte au sucre.

Un pas en avant, un œil de travers, une mèche déplacée, il entre dans la grainerie. Comme un voleur. Heureux moment.

Pourrait-il...

Et pourrais-tu, Jean-Roch, me dire comment tu as fait?

Ulfranc Maldemay soulève la cuve et tend la main, ouvre la main, approche les narines...

Un gros porc-épic en santé lui lance une pluie de «pics-pics» un peu partout dans le visage, sur le nez, les bras, dans les narines...

Ne t'en fais pas, Ulfranc, ça passera, ça passera.

Et le porc-épic s'en retourne tout près de la corde de bois sentir le fin pipi... le fin pipi de Sainte-Florence, au fumet pénétrant de Saindoux.

«Amenez-en, d'la pitoune!»

107

Chapitre 11

Ça lui a fait tellement plaisir, à Jacques, de porter sa femme dans son logis, sa maison. Un avenir de pleine lune, le cœur atout, impatient...

Il en a bien besoin. Une joyeuse lune de miel, une nuit d'amour. Les siens, descendants d'Acadiens, de loyalistes et de Bretons... et les autres, les Micmacs, ceux qui ont la rage au ventre, une audace dans les veines, les autres...

Ils vont mélanger leurs gènes, les multiplier comme l'a déjà fait le Seigneur avec des poissons et des miches de pain, les répandre dans la baie des Chaleurs. Personne n'a véritablement trouvé rien à redire là-dessus. Jacques Balleine et Laura Caplin vont ajouter du poids à ces nobles familles, les Wilhemine et compagnie, la survivance de la race, sur la pointe des pieds, en Cascapédia, les Tomahawk, Gaspard, Gédéon... Illusionnistes. Les Victor Trottochaud, Angéline Legruiec, Léandre, ses frères...

Léandre Trottochaud.

Jacques a surpris dans la prunelle de son cousin, de son frère adoptif, une lueur céleste pleine de franchise, à intervalles réguliers, rapprochés, une lueur fine envers celle qui lui a juré fidélité au pied de l'autel... sur la fresque gaillarde d'un peintre naïf, à travers une haie de plumes où se mêlaient l'apparat, les effluves divines de la musique chaude, un paganisme solennel et des mimiques, pirouettes et maximes persiflantes.

Il a fait l'amour à sa femme durant la nuit promise, la nuit tant attendue, par trois fois, elle lui a enseigné des animaleries qu'il ne connaissait pas et que son éducation chrétienne conventionnelle ne lui aurait même jamais permis d'imaginer. Elle lui a ouvert les yeux au clair d'étoiles, aux odeurs de fougères. Cette femme qu'il a épousée devant tous les saints du ciel et de la fresque au plafond. Elle est là, enfin, qui tournoie autour du gros chaudron en fonte noir. Elle tisse des couvertures avec de l'indienne (coton bleu) et de la pagosse. Elle se sert d'une grosse corde effilochée pour confectionner un blaireau maison. Pour faire le pain, elle a sa propre recette de levure, le «yeast», un mélange de houblon, de patate et de sucre. Comme sa vieille mère, sa grand-mère, les «taoueilles» de Ristigouche, les squaws amies, femmes micmacs translucides. Pour toutes les activités quotidiennes, les remèdes, tisanes, teintures, conserves etc. Le clin d'œil séché, la fesse marinée, les phalangettes magiques...

Jacques est au comble du bonheur. Il la fait tourner dans la place, ne cesse de l'avaler des yeux, de la digérer secrètement. Léandre est là. Pourquoi est-il venu de si loin? Ce cousin qu'il n'a pas choisi. Il n'est certes pas son parent, ni son demi-frère, ni son frère. Ah! Cette Wilhemine, aussi.

Léandre.

Il aimerait ensevelir sa squaw sous une douzaine de roses, astiquer cette beauté réelle et la sculpter sur le mont Carleton.

Déjà, et suivant ses habitudes légendaires, Laura utilise la filasse du lin qu'elle a conservée dans des poches de coton pour faire des cordes de parachutes. Les Micmacs de la Ristigouche ont signé un contrat avec les Forces armées célestes pour confectionner avec du lin les solides cordes des parachutes des anges... et par la même occasion celles des soldats de quelques régiments du pays.

Elle a des doigts de fée, de médinette chimérique, elle a des nattes chatoyantes, j'avale mon bonheur et fais luire les ragots. Il est six heures du soir, l'angélus se fait entendre, je me signe, Laura se relève, ne se signe pas, Jacques me tourne le dos, les fenêtres sont muettes.

L'oncle Victor est retourné à la barrière du parc et soudainement, alors que je viens à peine de franchir le seuil de la porte, Wilhemine est là, derrière, essoufflée, qui vient leur apprendre, aux nouveaux mariés, la nouvelle de la visite de la tante Perchaude-Claudia de Sainte-Florence, de son insignifiant de p'tit député-les-bretelles, Ulfranc Maldemay, et de sa femme fleurie, Marguerite Maldemay, et bla... Ulfranc est en santé... bla... la tante Claudia rajeunit... bla... la Marguerite ressemble à une citrouille... (rire et bla!) Ulfranc est agent d'assurances...

Quand que je les vois arriver, c'est comme ça que je les arrange, les agents d'assurances...

Et c'est comme ça qu'aimerait m'arranger mon cousin-frérot, à la minute présente, me mettre son poing sur le nez. Avec l'exactitude de la précision.

Récapitulons.

Parce que suis là, présent de ma personne, Jacques Balleine invite sa mère à souper. Elle n'ose refuser, il paraît qu'il ne faut pas contrecarrer les projets ni les plans d'une Indienne et c'est Laura qui a soufflé à l'oreille de Jacques l'invitation triomphale à souper. Cette dernière réplique, satisfaite :

— Je refuse pas, mon gars. L'angélus a sonné pis y a une coutume qui veut que tu partes pas d'une maison une fois l'angélus sonné sans avoir soupé. Je te remercie ben, ma bru itou... Vous êtes smarts sans bon sens. Laura veut ben, toujours ?

L'Indienne hoche la tête, sourit. Un oiseau, cette enfant, un rossignol du bois joli. Jacques est fier. Il la regarde comme un fils à sa maman contemple un trophée de chasse.

De faux regrets. «Ah! que donc! pense Wilhemine... (une nostalgie:) Pourquoi n'a-t-il pas épousé, le chenapan,

111

une petite Gaspésienne pure laine de la Cascapédia? Ah! que donc! Quelle sorte de marmots ça va donner asteure?»

Elle s'exclame:

— Lâche les patates, mon fils, laisse-moé ça icitte. T'as les doigts pleins de pouces. Envoye! Profite de ta lune de miel, surtout que vous avez pas fait de voyage de noces! Projetez-vous d'aller queque part un jour?

— Peut-être ben. En attendant, j'ai à m'établir sur ma terre que je me suis acheté.

— T'as jamais si ben dit. Je vous dérange pas, toujours ben? Faut me le dire!

— Non, non, m'man.

— La vieille Claudia est juste arrivée d'à matin que chu déjà toute chavirée. A s'est mis en frais de changer les rideaux de mon salon. A m'a apporté des rideaux en plastique, de la cochonnerie. Je la laisse faire, la Perchaude, à son âge. C'est pas sain de la contrarier. Quand a va être partie...

Le souper se passe ainsi, joyeux, entrecoupé de commérages. On a cru bon de m'inviter, je ne partais pas, il le fallait bien... Peut-on être aussi impoli!

Wilhemine se lève d'un bond, rote fort (c'est permis dans la baie des Chaleurs, permis et même bien vu...), donne un bec à son fils, à sa bru, lui flatte les nattes (quel beau trophée pour mon gars, en effet!), bâille enfin:

— À plus tard. Venez faire votre tour. (Elle me frappe l'épaule:) Y a Léandre qui repart dans une couple de semaines! Hein Léandre? Parlez-vous, racontez-vous votre enfance...

Dans cette maison rangée, je ne peux me permettre de jouer à ce jeu-là. Une maison construite par des loyalistes au cœur tendre, une bâtisse pleine d'histoires qui déjà font peur, déjà, qui remplissent les cloisons... Des drames s'y dégagent, se transportent dans l'élan du soir.

Je suis fraîchement débarqué pour la noce.

Jacques était certain que sa femme allait se mettre à tresser des paniers en osier, broder des mocassins, mettre des plumes aux calumets et aux raquettes... Certain comme il l'avait appris à la petite école. Il fallait se méfier des

112

Iroquois, aimer les Hurons, être prudent avec les Algon-
quins... Mais à propos des Micmacs, rien dans les livres
d'histoire, absolument rien.

Qu'y a-t-il encore? Non. Sa femme va aller aux fraises
comme toutes les femmes de la Cascapédia, faire le lavage
à même la laveuse à tordeur, repasser... et peut-être, comme
Zénoïde dans le *Bulletin des Agriculteurs*, le poursuivre avec
un rouleau à pâte.

Se «greyer» d'animaux, cultiver la terre, l'engraisser.
Elle est prête à le suivre dans les délices de la réalisation
totale et céleste, à lui faire des enfants bavards qui parleront
français, ou «franglais», nerveux, qui iront pieds nus, l'œil
du faucon, l'âme du chrétien. Les Micmacs, après tout, sont
catholiques romains.

Léandre rôde. Ses parents l'ont trop gâté quand il était
petit. Et même s'ils sont morts, ça ne veut rien dire.

Je m'en vais. J'ai tellement besoin de partir. Sans leur
dire merci. Merci.

Dans cette maison héritée des loyalistes, il ne sait pourquoi, Jacques se méfie. Il pousse le doute jusqu'aux confins
de la jalousie. Il est rempli de sueurs froides. Laura passe
près de lui, il lui enlace la taille, lui serre le poignet, la
regarde dans les yeux, des yeux de fauve, des orbites ve-
nimeuses, quelque chose de très loin du regard du jeune
marié. Laura s'écrie:

— Tu me fais mal, Jacques, qu'est-ce que t'as?

— Laura...

Il s'excuse, la cloue au sol de baisers, se roule sur elle,
se roule... Ils vont encore tenter de faire un petit sang-mêlé,
là, sur le plancher de la cuisine. Elle rit aux éclats, après le
mal, juste après le mal, la douleur au poignet, un drôle de
mari. Elle l'adore. Étancher, assouvir... Ils auront des dindes,
des enfants, des chats, des enfants pour les chats, et des
jeux, et des champs de pissenlits. Ils vont balader les chats
et les enfants, descendre la rivière Cascapédia en canot, des
enfants en portage, aller pêcher avec eux, chasser, leur apprendre la Gaspésie, faire boucaner du hareng, manquer de

chavirer, frapper des roches et des rapides, des chats, des dindes...

Les soupirs de la jeune Indienne frétillent sous les ardeurs du jeune étalon-à-sa-mère. Du sang de Balleine, de Trottochaud, de Wilhemine, don Juan. Les Indiennes, dans leur raffinement, ont tout pour choquer les Gaspésiennes et les reléguer au second plan.

...Pour aller cueillir les noisettes, lessiver le blé d'Inde, engranger le foin, soigner les porcelets.

— Ma belle Laura, mon amour!

Il jouit trop vite, là, sur le pouce, parti pour une dizaine d'enfants avant son temps, elle n'a pas eu son plaisir, patate, il voudrait bien le lui donner, trop vite... Faut pas abuser. Un homme a beau être patient, son ange gardien l'a laissé tomber. Mais les squaws sont réputées pour leur très grande compréhension. Il ne peut que s'excuser.

Le sacrement du mariage l'a consacré maître à bord sur sa ferme et dans la copulation. Il n'a de comptes à rendre à personne.

Vraiment pas chanceux. Il se noie dans trois pieds d'eau, Léandre aurait certes fait mieux que lui. Sa jalousie est son pire handicap. Laura lui sourit. Il va la violer, ne peut pas, Léandre est là. Elle le trompe dans ce regard morveux, dans cette intarissable innocence.

La rage au cœur. Elle le flatte, le caresse lentement, se glisse jusqu'à son sexe, le roule dans sa bouche. Il doit reprendre la vigueur perdue, un Gaspésien, les Indiennes aussi, Léandre est là, rien à faire, elle caresse Léandre.

Il se relève, se croise les bras, ne tente pas de la rejoindre. Serait-elle une porte ouverte? On lui a toujours dit que les Indiennes avaient la jambe audacieuse, c'est bien sûr, elle va aller gambader dans le champ du voisin. Une solution: la rudoyer, la ramener à la raison, lui imposer la pudeur par la force. L'échec d'un seul instant. À mort la pâmoison, l'extase.

Victor est ce héros qui, à soixante-huit ans, copule agréablement avec sa bru. Léandre, pour sa part, a dû en

114

connaître des femmes, des tonnes de femmes. Le jeune marié est là, impotent, devant son échec, devant sa squaw.

Le brouillard l'aveugle. Il va refaire ses forces et se reprendre ce soir, dans le lit conjugal, à travers des arabesques mythologiques, des pirouettes sauvages.

Il ne faut pas la perdre.

Des éclairs dans les yeux.

Il s'assoit sur la chaise berçante. Se berce, fou d'elle. Elle lui verse une tasse de thé. Appétissante, sublime, elle a défroissé sa robe, a pris la clé des champs. Se berce, se berce... Sa tante Claudia se berce, sa mère aussi, son père se berçait, feu Simon, maudite habitude. Il a déjà lu dans un livre savant (un psychologue l'a dit) que se bercer était un signe de refoulement sexuel, de manque de tendresse durant la petite enfance. Il a eu une vie de masturbation peut-être un peu trop active... Il est sûrement stérile, stérile, à cause du plaisir solitaire, il n'aura jamais d'enfants. Les sueurs froides glissent dans sa tasse de thé. Il aurait dû écouter monsieur le curé.

Victor n'est pas stérile, son père ne l'était pas, il est fertile, FERTILE, angoisses, talent reconnu dans la région, naturel, un «pas bon» comme on les appelle, un feluet, il va manger des œufs, des «bines», encore des œufs, des alvéoles d'abeilles, du poivre, encore des œufs, des jaunes et des blancs, des blancs... Lorenzo Méthot lui a déjà dit que si le liquide est jaune, c'est pas bon. Blanc. Son liquide chaud est blanc.

Il cesse de se bercer et fuit vers l'extérieur. Qu'a-t-il? Qu'est-ce que j'ai? Qu'est-ce qui m'arrive?

Qu'est-ce qui me prend?

Jacques Balleine, prince charmant, prince du temps, prince au flambeau, fagoté. Il se perd en multiples conjectures. La chaleur du mâle a subi son premier échec. Naïf, jeune, violent.

Une Indienne trop belle, vierge sur l'autel du soupir, offerte en échange d'un amour passager ou d'une paix promise, d'un coin de rivière à saumons. Tomahawk Invincible a étendu son emprise sur sa destinée.

Le mariage a été consommé. Ouf! Sa tête est lourde, maman, je me berce, je me cherche, maman. Consommé.

Laura vient le rejoindre près de la grange. Un voisin, monsieur McGormick, le salue en passant près de la clôture. Il n'a pas de nouvelles avec un grand «n» mais quand même. Jacques transpire, des tam-tams fantaisistes se glissent dans son cerveau, martèlent sa tolérance, le pétrissent.

Maudit voisin du câlice!

Il est entré dans une famille prétentieuse, celle des Caplin; on va le faire cuire dans une grande marmite sur un feu frisottant, parce qu'il a osé déflorer une jeune vierge sans lui rendre son plaisir et battre un Caplin au tir du poignet. Tam-tam, voisin, calumet, poignet. Laura le secoue:

— Jacques, Jacques, qu'as-tu? C'est pas grave! Qu'est-ce que tu t'entortilles les esprits pour?

Se sauve dans le bois, entre les sapins, dans les brûlés à dos de cheval, nage dans la rivière. On a noyé son orgueil de mâle, sans le comprendre, on va maintenant lui arracher un par un les poils de sa virilité. Elle le brûle à petit feu, sauvagement, elle le poursuit. Le voisin n'y comprend rien. Laura non plus.

Il y a Léandre. Elle se bute à Léandre qui se promène dans les champs. Il rencontre la squaw. N'a que le temps de s'esquiver. Jacques tente de l'endormir d'un coup de poing rageur, désespéré:

— Jacques, Jacques, qu'est-ce qui te prend? Aïe! Woh! Je passais... J'étais parti prendre une marche en revenant de chez vous, Jacques!

— Maudit salaud!

— Aïe, frérot! Modère tes paroles. Qu'est-ce que t'as?

Laura hausse les épaules, les larmes aux yeux, prend son époux par le bras, il regarde Léandre comme un coq dans une jouerie de poulets, un coq haineux...

Le ciel est chaud. Je me demande ce qui se passe. Mon cousin a dû fumer des herbes auxquelles il n'est pas habitué.

116

Ou encore Laura, sa jeune épouse, lui a-t-elle glissé dans sa tasse de thé quelque sorte de drogue hallucinogène dont seuls les sauvages ont le secret?

Elle le transporte dans ses bras comme son enfant, son rejeton perdu, un grand-père vieilli accroché aux épaules de sa centenaire.

Jacques, mon cousin. Les brûlés, les odeurs, les feux-follets... Un feu d'abattis a pris de l'ampleur au loin. Je regarde les flammes, fasciné, ahuri, halluciné. Jacques y danse sous une pluie de fléchettes. Je suis inquiet. Il est attaché à une branche géante.

L'air vicié du bois brûlé hante mes désirs, me rapproche de Laura, la fantastique. Tout le village accourt. Le feu a maintenant pris une ampleur destructrice.

Je me retrouve à peine. Le couple Balleine-Caplin vient de pénétrer dans la maison des loyalistes.

La noce est terminée.

Chaudières, courses à la rivière, le feu gagne du terrain. J'ai pensé vous raconter des anecdotes.

Mais le diable m'emporte!

Jacques vient de se glisser dans sa robe de chambre, le sexe refoulé, honteux, se glisser aussi dans le creux du ventre de sa dulcinée sous une valse d'étoiles et de tisons moqueurs, une valse conventionnelle dirigée par les diables micmacs qui ont encore et auront toujours tout leur temps.

Dira-t-on plus tard qu'elle n'a pas pu avoir d'enfants, qu'il était stérile, «pas bon»? Pourtant! Le gars à sa mère, à Wilhemine, la chaise berçante, dira-t-on plus tard... que les sauvages n'ont pas fait leur job, que les choux sont pourris, que la cigogne est constipée.

Était constipée. On dira bien des choses.

Laura Caplin n'aura jamais d'enfants de Jacques Balleine. Et c'est bien ainsi.

Chapitre 12

Un livre ouvert a la réputation de se souvenir, tout simplement, de se souvenir sans rien oublier, pour des siècles et des siècles, les pages ouvertes comme des bras tendus.

Un livre ouvert possède dans ses plis poussiéreux des légendes multiples relatant avec une certaine complicité les chroniques des peuples, des anciens, des êtres colorés... Des hommes et des femmes fulgurants, brûlant du désir de jouer sur la grande scène de la vie, d'illuminer les eaux.

À peine possible d'éteindre.

Comme il n'est plus possible d'éteindre le feu qui a bêtement été propagé par Teddy Trottochaud, celui qui est là et qui regarde le spectacle fascinant, cette lueur arrogante qui pousse son chatoiement à travers la contrée.

Teddy se gosse un Indien. Il voudrait les gosser tous, leur tordre le cou et leur arracher les plumes, Teddy... Il gosse cette merveille de plaisir, en admirant son œuvre, son œuvre morbide de pyromane. Une jouissance sans condition.

La réussite a une audace, l'audace a sa réussite.

Il sculpte et les autres scalpent. Un Indien gossé qu'il va jeter dans le feu, docteur, à l'aide! docteur, muet... Honguedo, Honguedoune, HONGUEDOUNE!

Honguedoune, pour rivaliser avec Tomahawk Invincible. Il lui ressemble un peu, le visage grave, le sourire lumineux, les traits déplaisants. La statuette paraîtrait beaucoup mieux si elle était installée à califourchon sur un cheval noir. Et le temps paraîtrait moins long. Il serait empreint d'une douce solennité.

Télesphore-Eddy a chaud comme la première fois qu'il a commis une bévue, comme lors de son premier véritable mauvais coup. Dans son repaire, à son aise, il est l'adolescent génial qui a raté une pendaison. Il a fait suer la maîtresse, s'est fait embrasser sur la bouche (qu'il en a bandé solidement dans ses culottes), il a bien sûr fait marcher toute la région et fait descendre son père-pépère dans les limbes de l'impuissance. En plus de le faire descendre de Murdochville.

La flamme le libère. Il débouche une deuxième bouteille qu'il a volée chez les Dumoulong, un vin de bleuet avec toute sa «râche», encore meilleur, vin de bleuet d'à peine un an. Je me sauve en cachette, je bois en cachette, je me masturbe en cachette, je mets le feu en cachette, et je me pends à la face de tout le monde, les pieds dans la fenêtre de la classe. La planète est mon royaume, j'y suis chez moi, et j'ai le secret du bonheur: mettre le feu, inventer des fantômes, des mots, des histoires à dormir debout, devenir agronome.

Teddy veut faire fortune dans le ver de terre. Il va dégager des montagnes de fumier, retourner la terre dans tous les sens et les jours de forte pluie, vendre des centaines de vers de terre bien gras et bien frétillants. Il en a déjà croqué avec ses dents. Pour faire crier Ginette.

Il a fait vomir sa mère.

Il va grêler sur Cascapédia.

Personne n'a voulu lui faire confiance. Il va brûler le monde entier, la mer et ses poissons, les boucaner à tout le moins... Ses passions surgissent et se sculptent elles-mêmes. Il va brûler des tonnes d'amis.

Je ne veux croire qu'en mes envies. Mes envies à moi. Je ne veux plus jamais m'inquiéter dans la nuit. Ni voir personne. Personne, ni Ginette, ni Marcellin, encore moins la tarte aux fraises.

Le beau feu.

Des craquements dans les broussailles. Impossible, Teddy est aux aguets, l'arme entre les doigts, un Indien gossé, infidèle, qui n'a même pas su l'avertir du danger, un tire-roches dans l'autre main, un caillou tout fin prêt, des roches en masse...

Qui me fera donc confiance?

Ça marche dans les broussailles. Une main sur son épaule, volte-face, Teddy se lève, qu'arrive-t-il? Il veut fuir... Qui est là?

— Jeune homme! Aïe! (sifflement) Garçon!

La terreur à tâtons. Partir en voyage, à tout jamais.

— Garçon! Aïe...

— Je te reconnais, sacrament! Lâche-moé, t'es pas une tapette! Lâche-moé, Léandre-à-marde, bâtard!

Léandre Trottochaud ne peut supporter ce que tous les autres hommes qu'il a connus ne peuvent également supporter. Le mot bâtard. À quelques reprises, durant son enfance, des plaisantins l'ont quelquefois traité de bâtard. Il les a toujours sonnés, sonnés, paix, amour, amitié, sonnés, sonnés... Ses parents sont morts ensemble dans un accident de train. «Maudit bâtard!»

Plein de bonnes intentions, il secoue Teddy comme un vieux pommier. Frustré pourtant, il s'est approché du coupable avec des intentions propres. Au pays de l'espérance, tout est permis. Des intentions propres, donc, et solides.

Il va grêler sur Cascapédia, c'est certain, dans la minute.

— Lâche-moé!

Léandre lâche prise. Il sait le coupable à sa portée, l'adolescent paillard qui camoufle une bouteille de vin douteux sous sa veste. Teddy hoquette, une peste de boisson à peine fermentée se répand sous les arbres et se mêle à l'atmosphère.

Où est-il, le pays de l'espérance? Honguedoune a roulé par terre. Léandre le ramasse et l'admire:

— T'as fait ça?

— Va chier, fainéant!

— T'as fait ça, un Indien? Pas mal!

Teddy est aux aguets. Léandre risque:

— T'as mis le feu?

— Jamais de la vie, maudit niaiseux!

Niaiseux, tapette, fainéant, bâtard…

La litanie des insignifiants sur terre comme dans le ciel.

— T'as mis le feu, je le sais, c'est toi! Ça fait trois quatre niaiseries que tu fais depuis que chu t'au village. Pis ferme-toi, asteure. Tu veux me parler en innocent, ça fait que je vais te répondre en innocent. Ça me fait rien. T'as mis le feu, tu sens la fumée à des milles à la ronde, la boucane est même pas de notre côté…

— Mange…

— T'as mis le feu, dis-le donc! Ça fait rien, tout le monde du rang est venu. Y vont réussir à l'éteindre.

— J'ai rien mis, y était déjà allumé.

— Y était allumé dans le trécarré, pas à vingt-six endroits, Teddy! C'est toi qui l'a étendu pis t'es terriblement content de le regarder, terriblement content…

— Qu'est-ce que tu viens faire icitte, toé, hostie de sale?

— Crains pas, je serai pas longtemps.

Il est là, immobile, songeur, il attend le coup de matraque qui viendra peut-être. Une parole…

— Je serai pas longtemps, Teddy. Pas longtemps… pis je t'emmène avec moi.

Un regard d'adolescent perdu ou soudé dans un regard d'adulte. Honguedoune est inquiet. Des minutes interminables, ineffaçables, opalescentes. Une route, une lumière au bout d'un quelconque tunnel.

Le salut.

— Avec moi.

— Jamais de la vie. Pis je te connais pas, je t'ai jamais vu. J'ai juste entendu parler de toé icitte et là, le bâtard à ma tante Wilhemine, même pas son vrai garçon!

Léandre se suspend à une branche, fait des culbutes, lance des roches, épate les nuages.

Pour sûr, il va grêler sur Cascapédia, grêler des étrons.

— Tu viens avec moi.

— Où ça, hein? Où? Je peux pas partir, je veux travailler avec pepére au parc de la Gaspésie, je veux pas aller nulle part!

Honguedoune a eu chaud. Sainte-Marie-des-fesses! Trop long. Une vie derrière un piano, une platitude campagnarde, gaspésienne, les médecins et les fonctionnaires vous le confirmeront plus tard.

Léandre prend soudain la place de cet Indien, dans son cœur, à travers sa sève, l'aventure et les espaces sans durcissent son courage. Il séduit les saisons.

Un sourire, un sourire d'adolescent. Rien ne vaut le sourire pour allumer la lampe de l'amitié. Teddy n'a nulle envie d'allumer cette lampe maudite, cette lampe d'Aladin.

Où veut-il l'emmener? Où? Léandre se fait déjà lointain. Il scrute le ciel, les nuages, il dit:

— Laisse faire, fiston!

— Oùsque tu m'emmènerais, hein, dis, oùsque…?

— Tu viendras certainement nulle part avec un bâtard, comme tu dis, un fainéant.

— Un bâtard, j'sais pas, pepére l'a dit une couple de fois, j'sais pas, façon de parler!

Léandre saisit la bouteille pleine de vin à peine fermenté et en verse le contenu sur le sol:

— Tu bois de la cochonnerie, tu vas être malade. Je vais nulle part.

Teddy retrousse ses manches, regarde dans toutes les directions, crache dans ses mains:

— Oùsque tu m'emmènerais?

— C'est-ti toi qui a mis le feu?

— Non.

— Parce que toi aussi tu es de nulle part. Et que je veux te mener quelque part. Où? J'en sais rien. Tu pourrais être à mon image.

— Tu te prends-tu pour le Christ, calvaire?

Honguedoune est le charmant complice de Teddy. Passez, messieurs, dames! Le jeune garçon a des crampes dans le ventre, un torticolis, des élastiques à la place de ses muscles endoloris. Aller nulle part, ailleurs, où? À pied, à cheval ou en bateau… Sur le balai enflammé de la sorcière.

— Oùsque tu m'emmènerais? Réponds.

— T'as mis le feu?

— J'ai juste jeté une allumette dans les broussailles, je pouvais pas savoir.

Teddy sort un mégot de cigarette de sa poche:

— Tu fumes?

— Non, merci. Tu fumes jeune!

Soleil en tête, partons, c'est la pédagogie qui l'affirme. Découvrons nos délires lointains.

— Laisse tomber, fiston!

Le temps d'un dire, d'un souhait, d'un vœu, et la porte s'ouvrait toute grande sur l'univers. Un pyromane maniaque, soûlon, paillard, jeune… Une vague forme dans la lignée ancestrale, un fantôme flou…

— J'vais aller te reconduire chez toi.

— Chu capable de marcher. Chu pas un bébé, j'ai pas besoin de bâtard de grand chemin comme toé pour me nuire.

Léandre ne peut, comme le demande pourtant le petit catéchisme, réprimer le mouvement de colère qui s'empare de lui. Il apostrophe son cousin et lui administre un retentissant coup de pied au cul:

— Marche par la maison!

— Tu vas le dire à la bonne femme que c'est moé qui a mis le feu dans le bois?

Léandre ne répond pas. Il marche, il vole plutôt au-dessus des épinettes et des bouleaux avec, au bout du bras, une marionnette pitoyable que la vie s'est chargée de sculpter.

— Tu vas le dire au bonhomme?

— Non.

— De toute manière, y est pas chez nous.

124

— Mais y va revenir.

Léandre s'essouffle :

— Pis y manquerait pus rien que ça que tu le fasses redescendre encore une fois pour une niaiserie. Avec tes folies des derniers temps, c'est ben assez, tu crois pas?

— Pepére veut pas m'emmener avec lui au parc de la Gaspésie. C'est pas juste...

Sur ces paroles, Teddy s'échappe de son piège. Il court à travers champs, essoufflé... en direction de sa demeure.

Mais justement. Léandre a beau prendre la résolution de ne pas le suivre, de le laisser aller, voilà que férocement, apparaît un énorme bélier aux cornes enflammées, tordues, des armes féroces en forme de colimaçon. Il se dirige en grande pompe et avec force et colère directement vers le derrière oh! combien appétissant de Télesphore-Eddy.

Léandre hurle :

— Attention, garçon! Le bélier...

Mais ni le bélier aux cornes enflammées ni Télesphore-Edday n'ont véritablement le temps de faire attention. Les écluses sont ouvertes, les champs pleins de verdure et de fièvre.

Il a grêlé sur Cascapédia. Des coups, des cornes et des grêlons gros comme des médailles scapulaires. Des grêlons qui ont anéanti les quelques foyers encore allumés ici et là. L'odeur affamée s'engouffre dans les narines, grimpe dans les sinus, un baume léthargique.

Teddy n'a que le temps de grimper sur la clôture de perche. Le bélier embarque allègrement dans la danse. Nul besoin de guide ou d'étoile de Bethléem.

Il pousse, piétine, toupine, tamponne, défonce, martèle, cogne, cogne, regarde, toupine encore... cogne le derrière fanfaron du gamin en larmes, le secoue en même temps que la vieille clôture.

«Pourquoi me demandes-tu de partir avec toi?»

Léandre ne s'attendait guère à pareille tournure des événements. Par les cornes et par la grêle, il fut surpris soudain.

Le bélier va démolir Teddy. Léandre s'empare d'un piquet de clôture et en administre un coup solide sur le dos de l'animal, du mouton mâle en furie, une bête en visite dans l'enclos.

Le bélier s'enfuit avec la rapidité des grêlons. Gros comme des morceaux de glace d'un pouce de diamètre. On n'a jamais vu ça dans la région. Les deux moribonds se cachent sous un arbre. Il ne tonne pas mais les éclairs se mettent de la partie.

Honguedoune dans la poche, des cornes de bélier dans l'arrière-train, et des pleurs. Un grand garçon de douze ans se jette dans les bras d'un grand garçon de vingt-cinq ans.

Comme dans ceux d'un grand frère.

— Ça va?

— Oui! Aouch! aouch... J'pense, tabarnaque, j'pense, l'hostie de bélier, attends que je l'attrape!

Léandre est très conscient qu'il est inutile de faire un sermon et que Teddy, s'il le dit, se promet de faire passer un méchant quart d'heure, s'il l'attrape, à cet animal maudit. Le derrière d'un Trottochaud n'oublie pas. Et Léandre, là-dessus, irait même jusqu'à encourager son jeune ami.

— Ça va, je peux marcher.

Il regarde Léandre dans les yeux, se frotte le derrière, un derrière plein de bleus, étourdi, il regarde ce grand frère:

— Pourquoi que tu m'as demandé de partir avec toé?

— Je t'ai jamais demandé de venir avec moi, t'inventes!

— J'ai mis le feu, c'est vrai, vrai, mais j'ai rien inventé. J'ai ben entendu... tu m'as demandé de partir avec toé, j'ai entendu.

Léandre s'éloigne sous la forte pluie. La grêle a cessé. Il court, c'est à son tour. Teddy veut l'attraper, le secouer aussi, le pommier, ce quelqu'un déguisé, pour qu'il l'écoute:

— Faux frère! Tu fais semblant de m'avoir rien demandé. Tu m'as demandé de partir avec toé parce que t'es tout seul comme un rat, salaud, tout seul, t'as personne... tandis que moé, même avec mes vices, mes écœurants de vices, j'ai mon pepére, mon ivrogne de mére, mes fréres, ma sœur, mes cousins... T'as personne, toé, personne que ceux qui sont icitte à Cascapédia, tes cousins qui sont pas tes cousins pis ma tante Wilhemine. Tu les as toujours haïs pour les tuer. Je le sais, j'te connais asteure. Tout seul, toé, Léandre, faux frére, tout seul avec tes vices.

Léandre est déjà loin, plus loin que le bélier, que les flammes éteintes, plus loin que les grêlons.

Et quelque part, Honguedoune, le dieu des limbes, tente de réunir les siens avant de regarder vers l'avenir.

...

Teddy gosse encore.

...

Je m'éloigne à toutes jambes et délire sous la forte pluie.

Chapitre 13

Tout à coup, la nuit s'achève. Ma tante Wilhemine en a assez de la vieille Perchaude. Elle n'a pas cessé une minute de multiplier les sottises. Elle a gazouillé toute la nuit, trempé son doigt gluant rempli de poisson salé dans ma tasse de thé. Nous en avons tous assez.

Ulfranc a pris beaucoup de place. Il mijote sans arrêt dans sa tête des projets vicieux. Il veut se rendre dans le parc de la Gaspésie avec Tomahawk Invincible et quelques Micmacs, surprendre Victor, lui chiper des caribous sous le nez...

Il a pris toute la place par ses paroles et par ses gestes. Il se vante d'avoir pêché le plus gros saumon du monde, un animal de 87 livres, là-bas, dans la rivière Matane. A beau mentir qui vient de loin. Et Marguerite, elle aussi, a pris toute la place par sa corpulence piaffante.

Ulfranc s'est pété les bretelles durant trois apparitions de la lune, il s'est plaint, replaint et rereplaint de la douleur à son nez infligée par les «pics-pics» du porc-épic, il en a cassé les oreilles de tout le village, de la baie des Chaleurs et de ses poissons.

Nous en avons tous assez. C'est devenu une litanie que nous aimerions tapisser sur les murs du purgatoire.

La Perchaude exulte, elle qui devait partir dimanche matin au plus tard, qui n'était venue que pour deux ou trois jours et qui ne voulait pour rien au monde manquer sa neuvaine à Pointe-Navarre, elle qui avait dit:

— La neuvaine à Pointe-Navarre, je manquerais pas ça pour tous les saumons de la rivière Cascapédia... Mais je veux voir Percé avant, pis Gaspé...

La voilà qui colle maintenant aux planches vieillies de notre maison. Elle a toujours tout vu, elle sait tout, sent tout, aux aguets, aux aguets...

— Mon pauvre frère au village, Étienne, y a pas de sainte-Élévâtion qu'y revienne de ce qu'y y ont fait'... Y ont endormi les dents avec de la poison. Y font tout' pour que les vieux disparaissent à tout jamais de la surface de la terre! Ah! ben certain que c'est pas comme avant, y a pus de priéres... Un chapelet par jour! Oùsque vous voulez aller avec ça? Avant, on priait, on priait, mes enfants. Pis j'ai prié. J'ai ramassé des indulgences à pleins wagons pour tout' vous autres. C'est pas moi qui va pas mourir en paix, non merci! J'en ai-tu fait des neuvaines de premiers vendredis du mois, neuf vendredis sans lâcher, beau temps mauvais temps, avec, à chaque dimanche qui suivait, la participation aux vêpres pis la récitation de cinq psaumes... Ça se fait pus!... M'écoutes-tu, ma nièce?

Ma tante Wilhemine n'a guère le temps de tendre l'oreille aux élucubrations de la vieille Perchaude de tante maganée. Elle n'a qu'une hâte. Qu'elle sacre son camp au plus sacrant! Elle et son dégoûtant d'Ulfranc, sa grosse taupe qui colle au plancher et se confond aux meubles. Escapades sordides et vantardises désobligeantes. Wilhemine a d'autres chats à fouetter.

Un visiteur barbu passe acheter des œufs. La Perchaude fait remarquer:

— T'endures ça dans ta maison, toé, Wilhemine! Ma chère enfant, je voudrais ben que mon Ulfranc se laisse pousser les poils! Je voudrais ben...

Marguerite sourit, l'air niais, comme si son mari n'avait plus aucun poil nulle part sur le corps, nulle part, nulle part, un peu comme s'il avait les organes génitaux semblables à «ce que peut ressembler» un coup de poule déplumé...

Wilhemine accueille son visiteur à la barbe forte et lui prend les mains:

— Mon Dieu Seigneur, Hector, mais je t'avais pas vu les mains! Ça a-tu de l'allure? Les verrures que t'as là! T'aurais dû me montrer ça avant! Comment ça se fait que t'es rendu à avoir les mains de même?

Hector Montgomery passe, dans le village, pour ne pas être des plus délurés. Il habite tout fin seul dans un petit shack malpropre et il ne demande qu'à avoir la paix. Mais on ne lui laisse pas la paix, malheureusement. On lui casse ses vitres, le ridiculise, lui fait des grimaces... Il n'a pourtant rien d'un monstre, il ne demande qu'à manger ses œufs. Wilhemine lui prend le bras:

— C'est vrai, M. Montgomery, vous savez pas, vous connaissez pas ma tante Claudia. A l'a un don. C'est une femme qui peut faire disparaître les verrures, hein, ma tante?

— Qu'est-ce que tu me ramanches là, toé, ma nièce?

— Vous avez un don pour faire disparaître les verrures?

— Oui, mais pas à lui, jamais de la vie! Un barbu!

— Vous auriez-ti pardu votre don?

— Ça, c'est toé qui le dis!

Dans la chambre à coucher de Wilhemine, des bruits de vaisseaux se font entendre; une odeur de fermentation vient frapper les narines de Claudia et lui donne la nausée. Ulfranc s'est rendu, sur la pointe des pieds, jusqu'à la chambre de Wilhemine où fermente un vin de riz qui a la réputation bien établie dans la région. Il se verse un verre, juste pour goûter aux bienfaits singuliers de cet élixir célèbre.

À la cuisine, Wilhemine tente de convaincre la Perchaude de prodiguer ses dons magiques au vagabond de passage. Aussi bien l'utiliser à quelque chose puisqu'elle est là à végéter et à manger son prochain.

Elle s'approche dans un grand soupir. Elle se croit la meilleure au monde dans ce domaine. Et peut-être l'est-elle.

— Je vous le dis, monsieur, chu capable de faire disparaître les verrures pis ça me ferait plaisir aussi de vous faire disparaître la barbe. Je peux-tu haïr ça, du poil de même! Je tiens ce don-là de mon pére qui le tenait de ma grand-mére maternelle, la vieille Anne de l'empremier. Les verrures, les ordieux, les clous... Ça me connaît!!! ...(Silencieusement, à voix basse:) Même les maladies de par en bas, les maladies honteuses, si vous voyez ce que je veux dire. VOYEZ-VOUS?

Monsieur Montgomery ne voit rien mais fait un grand saut. Il est venu acheter des œufs et voilà maintenant qu'on s'acharne à vouloir lui acheter ses verrues.

— Avec ça que c'est pas bon. Ça peut finir par devenir contagieux en pas pour rire.

— Je reste seul, madame, je vois personne, comment voulez-vous que je soye contagieux?

— Vous nous voyez, là, allez, arrivez!

Elle va faire son devoir, ce pourquoi le Seigneur l'a laissée sur la terre... Une grande vocation, celle d'acheter toutes les verrues qu'elle rencontre sur sa route. C'est cette mission secrète qui lui fournit encore tout plein d'indulgences.

Dans la chambre, et sans en parler à Wilhemine, Ulfranc-Maldemay-qui-connaît-tout juge que le vin est prêt et qu'il doit être coulé. Il s'arme de serviettes et de coton-fromage et siphonne le vin de riz une première fois. Le vin est tiré. Reste le moût. Ordinairement, Wilhemine fait une deuxième cuvée avec le même moût. Elle ne rajoute qu'un peu de riz ou de raisins secs et brasse le tout avec du sucre fondu. Elle laisse fermenter encore quelques semaines.

Ulfranc se promène de la chambre à la cuisine, de la cuisine à la chambre. Wilhemine demande:

— Qu'est-ce que t'as à rôder?

— Je prépare ton vin.

— Mon vin? Y est-tu prêt?

— Si y est prêt. Ça se demande pas. J'achève de le couler. Oùsqu'y sont les gallons que je les lave pis que je les fasse chauffer dans le fourneau?

— Dans la cave. (Elle n'a pas le choix.) T'es ben fin, mon cousin, je t'en demandais pas tant. Merci pour le coup de main que tu me donnes.

Ulfranc s'affaire dans la chambre. Il siphonne, remplit les gallons. La «râche» va se déposer dans le fond et le vin doit encore reposer deux semaines. Mais Ulfranc n'a pas la patience d'attendre et de toute façon, il sera parti. Il s'enfile derrière la cravate quelques verres du précieux liquide encore brouillé.

Dans la cuisine, la Perchaude a déjà installé son malade sur une chaise. Elle est allée prendre un fuseau de fil noir et en a entortillé un bout autour de chaque verrue. Trente-huit verrues. Trente-huit bouts de fil. Trente-huit simagrées. Et bien sûr, trente-huit indulgences plénières.

La tante Claudia se rend alors dans un coin et marmonne des paroles inaudibles, une sorte d'incantation suivant un ordre séquentiel, «magie noire, dis-moi qui est le plus vrai?».

Une sorcière, ma grand-foi, qui a jamais menti!

— Jésus-de-bénitier!

— Sirop-de-calmant!

Les fougères sont les témoins des lourdes prières et des onomatopées sacrilèges de la vieille.

La main de monsieur Montgomery ressemble à une tête de mégère remplie de bigoudis. Il est assis sur une chaise et tourne le dos à la fenêtre. Bernard, Florian et Clément, les fils Balleine, se versent chacun un verre de lait et dévisagent cet énergumène folklorique à barbe qui n'était pourtant venu faire sa promenade que pour acheter des œufs.

Pourtant.

L'aventure lui pend au bout du nez. Il reconnaît dans la cuisine de Wilhemine les trois gamins qui sont venus lui casser ses vitres la semaine dernière. Les trois jeunes décampent, Hector le barbu se tait. La Perchaude revient à son malade, lui flatte les cheveux et lui tape sur les omoplates. Un mauvais rêve.

Dans le ciel, les stratus prennent des allures de morceaux de casse-tête.

Wilhemine a mis son chapeau de paille à larges bords et s'est dirigée vers le jardin. Les semailles s'en viennent, les mémères du cimetière sont brossées, Jacques est marié, le temps est bon. Elle engraisse son potager.

Une à une, la vieille retire les boucles noires des verrues et les dépose dans le creux de son tablier qu'elle a relevé pour en faire un panier.

Elle prend la direction de la chambre avec son butin. Hector Montgomery a de fortes envies de se sauver. Qu'est-il donc venu faire dans ce capharnaüm auprès de cette satanée chipie?

Quitter les lieux, au plus vite.

La vieille marmonne toujours des paroles incohérentes. Elle piétine dans la chambre de sa nièce Wilhemine. Ulfranc achève de couler le vin. Il a le nez rouge et le souffle long. La Perchaude se voit confrontée aux travaux de son fils. Il va encore rire d'elle. Elle se sent toujours mal à l'aise, profondément, quand elle se perd dans des simagrées semblables. Qu'il s'agisse d'arrêter le sang, d'enlever les verrues, de guérir le faux mal ou la goutte, elle utilise le même cérémonial qui passe aux yeux de son Ulfranc pour le summum de la sorcellerie à bon marché. Elle a pourtant fait ses preuves. Elle est reconnue dans tout le comté de Matapédia comme étant la ramancheuse-guérisseuse-pharmacienne-extraordinaire par excellence. Et même plus. Quelques-unes de ses potions ont été brevetées à Ottawa... Quand même, devant le nez rouge de son Ulfranc de fils, elle se sent comme une petite fille prise la main dans le sac et se voit obligée de travailler le dos tourné... Quelle insulte!

Elle prend les trente-huit petites boucles qu'elle a déposées dans son vieux tablier d'antan et s'approche de l'immense fougère qui chatouille les oreillers du lit de Wilhemine.

Et là encore, sous les soupirs fatigants de son fils, elle se met à murmurer des phrases glissantes, chuintantes, des «amavich amahah...» et enterre les trente-huit bouclettes sous les racines de la grosse fougère.

En ayant soin d'éviter le regard de son fils, elle se met à genoux et prie, prie. Ulfranc l'ignore. Il poursuit son œuvre, son grand métier d'embouteilleur en herbe, de maître des vins. Vaut mieux être maître des vins que maître... hic!... des verrues!

Ça se digère mieux.

Hector Montgomery est effrayé. Il ne veut pas devenir le complice silencieux de toutes ces niaiseries. Seul dans une maison hantée, une maison de fous, assurément. Il se lève sur la pointe des pieds et il se rend dans la cuisinette d'été où il s'empare de sa douzaine d'œufs. Il a l'impression de la voler même s'il l'a payée. Il se sauve à toutes jambes.

On a mis des bouclettes à ses verrues, il a eu la berlue, on aura tout vu, tout vu...

— Une moyenne arouche! pense-t-il.

La Perchaude se relève, flatte les feuilles pendantes de la fougère et quitte la chambre sans se faire remarquer. Le bonhomme Montgomery a sacré son camp. La Perchaude se met les poings sur les hanches.

— Même pas capable d'attendre! Non, les remercie-ments, ça coûte trop cher. J'y enlève toute la pourriture de verrures qu'y a sur les mains pis y trouve rien d'autre à faire que de s'enfuir comme un renard traqué. C'est ben les hommes de par icitte!

Elle se dérhume, s'assoit, flatte sa hanche souffrante et se remet à la ritournelle de la berçante. Ulfranc vient de sortir de la chambre avec la grosse jarre de terre cuite au quart remplie de moût. Il se précipite vers l'extérieur et va verser le contenu sur le tas de fumier. Il lance ses bretelles dans un arbre. Laura lui sourit. Elle étend son linge.

Je reviens de ma promenade. L'après-midi est couleur d'arc-en-ciel. Le silence bifurque vers la baie. Chez le troisième voisin, des hommes bâtissent une grange. Juin est collant,

135

peinturluré. Il regarde par une écréanchure de son poste d'observation privilégié, le ciel et ses nuages.

Les poules et les coqs ont l'air bizarre... Que se passe-t-il? Elles tanguent, les volailles, comme des grands voiliers sur une mer en furie, les coqs chantent le cocorico en plein cœur de la journée, heureux comme des premiers ministres le soir de leur élection. Ils dansent tous la farandole, les canards aussi, boiteux (c'est le cas de l'dire)... ancêtres ir-réfléchis de la danse qui plus tard portera leur nom.

Ulfranc cherche ses bretelles.

Un camion chargé de pitounes passe rapidement. Il écrase une malheureuse poule qui s'est jetée aveuglément dans l'impitoyable mêlée. Elle s'est aventurée trop loin. Complètement écrapoutie. Le chauffeur ne s'est aperçu de rien... Je prends la volaille et la jette dans le fosset. Au Mexique, on l'aurait quand même fait cuire.

Laura discute avec Ulfranc. Elle lui entortille une ceinture de bonne fortune autour de la taille.

Les poules se dandinent, hallucinées, perdent patte, les canards chambranlent, les coqs se bousculent, tombent par-tout, partout, pleurent la poule disparue.

Que se passe-t-il enfin? Je ne tarde pas à m'en apercevoir. Sur le tas de fumier, une odeur d'alcool étouffante, transportée par la brise gracieuse, se répand à des milles à la ronde. Je sais d'où ça vient... Ulfranc. Il s'est débarrassé du moût et il n'a pas pensé aux coqs et aux poules. Si Wilhemine voyait ça!

Je rapatrie la bande de pondeuses paquetées aux as et je les embarre dans la cabane où, à travers la broche de la clôture, elles hoquettent, caquètent, chantonnent, verdis-sent... Une poule peut-elle avoir mal au cœur? Elles ne s'imaginent toujours bien pas qu'elles vont, comme ça, im-punément, se mettre à claquer des dents. Le coq s'oriente mal, vise, vise, hic... se retrouve dans des touffes de plumes, rigole, grimpe sur ses ergots, la crête ultra-flamboyante (une cerise de char de police), l'œil hagard, perdu, «tu marches-tu ou tu marches pas? Débarque...»

Une basse-cour indisciplinée au plus haut point... Une véritable Chambre des communes.

Je prends la fourche à fumier et j'enterre ce qui reste du mélange alcoolisé.

L'ardeur piétine ma compréhension. Je pénètre dans la maison. Ulfranc n'y est pas, ni sa femme, ni la Perchaude qui doit dormir dans son lit. Mes frères-cousins-frérots n'y sont pas non plus. Seule, la vieille horloge marque de son tic-tac une destinée tentaculaire.

J'ai participé au rigodon de la volaille. Le fer à repasser est sur le poêle. Lorsque j'étais petit, j'en faisais un chien fidèle. Ma tante Wilhemine rentre, épuisée:

— Bonjour Léandre, excuse-moi si j'ai l'air bête! J'ai râtelé avec tes frères dans le jardin. La tante Claudia est pas là? Pis le snoreau de cousin?

La vieille semble couchée. Le commerce des verrues lui est resté sur l'estomac. Dans la chambre, Wilhemine compte les gallons. Cinq. Cinq gallons dans lesquels fermente une boisson qui sera un grand cru. Elle s'interroge, le doigt sur la tempe:

— Y devrait pourtant y en avoir six! (Elle crie:) Léandre, Léandre, t'es-tu aperçu de quossé qu'Ulfranc a fait avec le moût? J'ai l'habitude de faire une deuxième batch de riz...

— Je raconte à ma tante ma rencontre saugrenue avec la basse-cour en état d'ébriété, une troupe à plumes joviale et frénétique sous les ordres de leur capitaine Cocorico, autoritaire et paillard... Elle veut rire, ma tante Wilhemine, le niaiseux d'Ulfranc Maldemay, mais, mais...

— Et le gallon? Ben sûr qu'y devrait y en avoir six!

Sa recette donne habituellement six gallons bien comptés, un peu plus même, mais alors?

C'est Florian et le petit Robert qui l'ont retrouvé saoul comme la botte, malade comme un cochon dans la batterie de la grange. Ils ont dû lui lancer une couple de chaudières d'eau froide pour le ramener à la raison. Ulfranc en était rendu à manger de l'avoine et à fredonner des airs grivois. À discuter politique avec la vache malade Candide.

137

Pauvre Ulfranc! Malade à s'en tordre les boyaux durant toute la soirée.

Le lendemain, on a appris de la bouche même de monsieur Montgomery que ses verrues avaient disparu. Soulagement ou médecine douce. Wilhemine est estomaquée :

— J'espère quand même pas avoir à recevoir toute une colonie de verreux asteure. Ulfranc a pas l'air le diable à filer plus que hier. Y cuve son péché... Ah! que j'ai don hâte qu'y sacrent leur camp. On va pas entreprendre une grande semaine avec eux autres collés au cul!

Il est temps que la Perchaude, son Perchelet et la grosse Percheronne sacrent leur camp. Un bon jour, comme Wilhemine l'a déjà dit, la vieille va nous mourir dans les bras.

J'ai une idée. Je me suis levé particulièrement en forme ce matin. Il fait frais, la pluie est des nôtres... Jacques Balleine doit justement se rendre dans le bas du fleuve pour compléter des achats indispensables, des marchandises qu'il est impossible de trouver en Gaspésie.

Il doit partir vers dix heures. Je mets ma casquette, ma tante Wilhemine fait le café. Jean-Roch et Florian réparent la vieille pompe. Ulfranc a encore un sac d'eau chaude sur la tête mais la Perchaude est levée, le nez dans la vitre, elle guette. Je lui vole un bec à la sauvette et lui lance, sans lui laisser même le temps de réaliser ce qui se passe :

— Bon, ben, bonjour ma tante Claudia, si je vous revois pas, je vais vous souhaiter un bon pèlerinage... J'ai été ben content de vous rencontrer. Un bec à vous aussi, ma tante Wilhemine, par rapport que vous partez betôt avec Jacques...

Ma tante Wilhemine échappe sa tasse :

— A... avvvvec Jaccccques...?

— Oui, y s'en va betôt à Rimouski, vous me l'avez dit!

— Oui, oui, faut que je me prépare. Salut ben, mon neveu!

J'ai fait semblant d'oublier, pour un instant, qu'ils étaient venus pour un temps indéterminé. La Perchaude éclate :

— Ça bon, ça bon! J'ai compris. Je m'en vas vous débarrasser de ma carcasse pis de celle de mon garçon pis de sa femme, ça sera pas une traînerie. Je pensais que vous auriez pu avoir la charité chrétienne de nous garder jusqu'à jeudi oùsque la neuvaine à Pointe-Navarre commence...

— Mais vous pouvez rester!

— M'as t'en faire, moé, pis torcher tes grands flancs-mous? Marci ben! Je veux visiter Percé, pis Gaspé...

Ma tante Wilhemine fait l'innocente:

— Vous êtes pas pressés!

— Arrivez, Mag'rite pis Ulfranc, arrivez!

Et la tante Claudia grimpe les marches quatre par quatre en semant derrière elle des pétarades grisantes.

Ma tante Wilhemine ouvre ses bras et me colle trois gros becs de remerciement:

— Léandre, mon beau! Tu peux pas savoir ce que tu m'as rendu service à matin... A l'a même pas l'air enragée, la vieille. Envoye don, achètes-y une couple de verrues...

— Je vais plutôt aller avertir votre gars que vous faites semblant de partir avec lui.

— Je t'oublierai jamais, Léandre!

Il est rendu midi, le temps pour tout ce beau monde de mettre une touche finale à leurs bagages. Jacques a bien sacré un peu, à cause du retard, il ne peut toujours bien pas partir avant les Saindoux...

Et Laura Balleine est si belle... elle qui sera seule dans quelques heures.

La Perchaude monte dans la voiture de son Ulfranc qui lance des prophéties sur l'avenir, question de laisser les garçons Balleine placer les bagages dans le coffre arrière.

Il a failli oublier sa femme...

S'ils peuvent partir! Ils auront laissé une traînée de cafard, l'espace de quelques verrues, d'un p'tit coup de vin de riz et de cacassages sculptés dans les mœurs du village.

S'ils peuvent partir...

— Les as-tu retrouvées, tes bretelles, mon cousin?

Chapitre 14

Et voilà que Jacques n'y est plus. Une beurrerie va ouvrir ses portes et Jean-Roch va être engagé par monsieur McCormick pour y transporter les canisses.

Laura Caplin est seule dans sa demeure, le regard perdu dans le réchaud de son poêle, comme si elle était la seule véritable gardienne de la vie.

Elle fredonne un *Ave Marie Stella Dei Mater Alma* que lui a sifflé et répété son Jacques du temps qu'ils se courtisaient.

Elle ne lui doit rien. Elle lui doit tout. Chez elle, c'est rigolo, les grands moments prennent des allures de silence et de sommeil. C'est parce qu'elle aime le vent, la terre et les espaces clairs qu'elle lui tricote un châle de laine. Elle tient son amour de sa franchise, elle l'a hérité de son père, Tomahawk Invincible, un grand chef vengeur...

Il s'est écoulé bien des nuits.

L'air de rien, l'air de tout
Et des gestes pleins les mains
Le regard, le « bagou »,
Les bonnes manières, à sa manière...
Un pinceau, un idéal,
Personnage enveloppant.

Celui qui est venu du large avec l'air de rien et l'air de tout. Le voilà qui longe la péninsule de long en large. Cette Gaspésie, immense queue de castor qui trempe dans l'eau, terrain humide, propice à la culture du lin.

Jacques et Laura vont se mettre à l'attaque de cette culture. Les mois vont passer. S'enfuir. Il faut les happer à pleines mains, à pleins doigts, les asseoir sur un banc public et les admirer.

À deux.

Et Laura n'aura jamais d'enfants de Jacques.

Parce que personne ne sait que son époux stérile, parti en camionnette pour Mont-Joli, va jongler avec son âme. C'est une vieille histoire.

Encore les narines pleines de ces odeurs de bois brûlé. Les lèvres sèches et gercées. Léandre frappe à la porte et dérange l'émoi de cette gardienne de la vie.

— Ouvre, ouvre-moi. Je n'ai pas la clé. Mon frère va venir, Laura. On me poursuit, on va m'attraper, ouvre-moi. Je ne crois pas que ce soit ton dernier mot.

Les regrets sont tatoués sur le mur fragile. Elle va trahir ces secrets menteurs.

Que vais-je lui dire?

Laura se déplace, ne m'entend plus, je veux frapper à la porte arrière. J'aurais bien voulu entrer. Le désastre encercle la déchéance. Je suis frondeur et lorsque je vais partir en inspection à Val-d'Espoir, je pourrai me vanter d'avoir accompli mon devoir de fils, d'enfant prodigue, de frère honnête et d'amant loufoque.

Lève-toi, Laura, j'ai de bonnes nouvelles pour toi. Tu vas accoucher dans la sérénité.

Nous aurions pu nous marier et notre union aurait pu être à jamais gravée sur les roches des caps escarpés, dans l'univers majestueux d'un peintre naïf. La fidélité de notre couple se serait échappée du fourneau d'un Calumet Invincible.

J'aurai un fils, une fille, quelqu'un.

Il aura la beauté.

La porte s'ouvre. Léandre s'agenouille et pleure, implore un pardon solennel.

L'an prochain, si tout va bien, l'amour sera accroché aux nuages. Il résistera aux intempéries, supportera tous les orages et se faufilera dans une bulle d'automne à travers les galaxies de l'audace.

L'image de la gardienne de la vie... Elle se dessine sur une page blanche et pure, trempe son regard dans les traits obliques de mes sourcils.

Je suis là, assis devant elle, c'est elle ou moi, le charme indescriptible dans les pantoufles d'un mari tendre et irrésistible à l'épreuve du temps sous des ombrelles blanches. Je ne l'aurais jamais cru.

Les feuilles tombent au printemps.

Les courbes, les lignes, les reliefs, l'origine de l'être.

Muette, elle me prépare un chocolat chaud. Le film est rembobiné, je fige devant son miroir, moi, voyageur occasionnel, fixé à ce point de repaire.

La Gaspésie se mire dans le miroir de cette minuscule poudrette.

Maladroit, je me suis glissé dans le oui solennel du couple. Quelque part entre l'écorce et l'arbre. Je vais baptiser mon aventure.

La vapeur qui s'échappe du canard s'élève et se mêle à la fumée d'un œil de pipe horrifié, l'œil de pipe de Tomahawk Invincible. Une fumée qui se tortille au-dessus du poêle me condamne, un serpent, un cauchemar, un gouffre...

Doigt accusateur.

Laura, avec forte émotion et grande profondeur, fixe ses mains qui flattent ses tresses. Tout près, je me berce à son geste. C'est possible. Elle va déshabiller l'hiver. Je n'ai pas besoin de m'étendre longtemps.

Jacques a été cruel, dur comme un roc, je dois glisser comme un toboggan sur la croûte, comme l'eau dans la rivière. Me répandre comme le feu des abattis.

Malgré tous mes efforts. C'est un phénomène naturel. Je veux déblayer les réactions et les inquiétudes qui assombrissent cette splendeur.

Les paroles de Teddy s'entrechoquent dans la tête de Léandre. C'est un phénomène difficile à décrire. Un désastre. Il est en colère. Il déteste ses frères-cousins, Jacques surtout (on vit avec son enfance, c'est inévitable). Il lui faudra réajuster son tir s'il veut continuer de vivre chez Wilhemine.

Le bélier galope derrière lui. Il est la cause de ses angoisses. Il y a sur la terre une surpopulation d'êtres enchifrenés, de colons ignares... Comme Hitler, il voudrait les noyer, les catapulter dans des fosses géantes.

Il raconte à Laura son journal personnel. Avec toutes les conséquences possibles. Les ravages sont faits. Les propos tombent dans les oreilles de la belle squaw comme dans celles d'un sourd. Elle emmagasine ces dires dans le réchaud de son poêle.

Tomahawk Invincible a dit que des têtes allaient tomber. Ce sera l'hécatombe sur la côte. Il faut faire des exemples, à court terme, sinon la population blanche va encore ambitionner.

Les Indiens micmacs revendiquent des droits et des territoires. Et Laura a pris possession, en communauté de biens, d'une terre fertile de Cascapédia.

Elle n'aura guère le temps de confectionner des paniers en osier, de faire des voiles de petits bateaux ni de tresser des tapis. Elle devra servir son mari à qui elle a juré fidélité, ce mari envers qui elle ressent déjà une peur morbide.

Léandre se doit d'intervenir. Il va purger le couple et faire régner une atmosphère de paix. Pour cela, il va donner le grand coup.

Il raconte à Laura plein d'histoires sur l'agriculture, le patrimoine gaspésien et québécois, les légendes de la mer et des forêts (elle en connaît d'ailleurs déjà beaucoup), s'arrête et lui pose des questions, Laura s'assoit en face de lui, sur une chaise dure, elle sourit... fait mentir les rumeurs et gambade sur son élan.

Le doux visage se transforme. La pureté s'étiole, les nattes se défont, les attitudes transcendent, le regard se fait long, les lèvres se mouillent, la petite culotte se mouille, les narines palpitent. Le front est serein.

La poitrine se gonfle, la taille se règle... les cuisses s'entrouvent.

Les cuisses s'entrouvent.

Sifflotent les oiseaux. Et mon oiseau. Et grand bonjour aux amoureux. C'est le retour à l'audace. Il lui prend la main, audace, audace... On les voit de là-haut, de la stratosphère, ils sont là, on a tiré leurs numéros.

Ce soir, je vais t'annoncer que tu échapperas pour de bon à la misère et à la médiocrité, que tu mettras au monde, pour rire, une société cannibale d'enfants qui vont se déhancher, crier, faire à leur tête, se mordre les pouces.

Aujourd'hui, mon cœur gémit, mon cœur est froid, il est là, somnambule, après neuf heures, qui gémit, gémit, froid, je danse pour elle...

S'entrouvrent.

...S'ENTROUVRENT.

Si toutes les femmes du monde avaient cette allure, ce port de tête, cet entrejambes, si toutes les femmes du monde...

Accueillante. Bras ouverts. Une chaîne de montagnes tout près. Ils vont colorer des plumes et confectionner des panaches d'Indiens. Ils ont leur machine à colorier les panaches. Je glisse des gallons de peinture de différentes couleurs dans les cylindres de la machine. Je glisse mon cylindre dans la machine.

Elle respire, oh! oh!... souffle, siffle, gémit...

Terriblement sensée, la femme qui est assise devant moi. Elle ne fait surtout rien pour émailler la conversation.

Ah!... Ooooooooh! Faire l'amour dans un wigwam.

L'homme, dans le champ, a ouvert son oreille pour m'entendre lorsque je suis passé. Mais il n'a rien compris car il n'avait pas sa bonne oreille pour entendre. Il m'a raconté l'histoire du taureau qui avait réussi à surprendre la vache noire pour finir par grimper la blanche.

145

Je n'ai rien contre.

Je sors ma plogue de tabac et je m'allume une pipe devant elle.

Elle se relève, s'accroche à ses nattes, à ses tresses, inoubliable, il y a un lit dans la chambre nuptiale. La magie des images dans ma tête. Je vais te laisser l'éclatant bonsoir.

Ils diront plus tard, si je ne pars pas, que Laura Caplin Balleine est «légère» comme une mouche au vent.

Une beurrerie va ouvrir ses portes.

Et la Perchaude et Ulfranc vont bien finir par partir. Wilhemine est là, sur le seuil de la porte, Tomahawk Invincible et Honguedoune ont laissé tomber leur calumet, le Petit Poucet à Ouellet, le Petit Poucet à Ouellet...

Ils diront plus tard...

Si je comprends bien, Wilhemine arrive souvent à l'improviste. On verra ce qu'elle aura à dire. Elle s'engage dans le corridor, sur les traces de sa bru, lui aide à secouer le matelas, les oreillers...

Je voulais la meilleure place. Je n'ai rien eu. Même rien. Il y a de quoi sécher debout et prendre place dans le monde momifié des Égyptiens.

Wilhemine me lance un oreiller:

— T'as pas perdu de temps pour venir tenir compagnie à ma bru, mon garçon! Si j'te connaissais pas tant, Jésus-de-bénitier, j'dirais que tu perds pas de temps pour venir jouer dans la talle de mon garçon Jacques!

Je sens dans son regard, sous son chapeau, entre ses lèvres, je sens un lourd reproche. Comme quelque chose qui me dit qu'elle aurait préféré, à l'église, ne pas me détortiller de mes cordes.

Elle a l'étoffe de la légende, déterminée, pas comme les autres, ma mère, ma contre-mère.

— Une belle-mère passe quasiment tout son temps à relever sa bru. Même si elle n'est pas enceinte. Manquablement que ça va venir. Léandre! Arrive nous aider à secouer le matelas.

J'aère la chambre. Honguedoune et Tomahawk sont là aussi, sur la photo. Tous ensemble, nous prenons plaisir à lancer le matelas dans les airs. Les jours, sur le calendrier, passent en accéléré.

Tomahawk sonne l'alarme, scalpe des grands-mères (il en a le goût), fait le décompte de ses prises. Un beau gros rayon de soleil, le galop d'un cheval, le temps d'un mal de tête.

L'humour, comme la mariée, fait pitié.

Tomahawk répète que les têtes vont tomber, que les scalps vont apparaître aux piquets...

Wilhemine lave les fenêtres. Un grand ménage en amour commence par un grand ménage du printemps. Elle raconte à sa bru, femme passionnée, que sa tante Claudia, la Perchaude, et son Ulfranc Maldemay (avec la torche, il va sans dire) sont repartis. Elle raconte des légendes croustillantes, l'histoire de l'Empereur Ulfranc le Vaniteux, de sa Grosse Toune de Paillassonne et de sa Vieille Mégère sauvage de tante Perchaude Claudia Trottochaud Maldemay.

J'ai le goût de faucher mes ardeurs, soudainement... et de prendre une bière.

Tomahawk Invincible a repris sa place sur la photo et Honguedoune s'est fait tout petit. Mais ma tante Wilhemine colle toujours. Je vais partir. Elle ne m'en laisse pas le temps et me braque un pinceau dans la main, je dois repeindre les jalousies, encore, encore, après les mémères, regardez voir cette reine du monde, cette impératrice des radoteux.

Elle va encore me gaver de peinture. Au secours! Hors du cimetière, agrippé aux jalousies, je ne suis pas un homme à tout faire.

Je suis un génie qui a quitté un jour sa Gaspésie déprimée. Ventriloque, je la veux bavarde cette péninsule amie. Je ne veux ni faire le jars ni me prendre pour un perroquet. Et dire qu'il y en a qui sont obligés de se mettre des coats à queue pour se pavaner sur la grande scène.

Lave le pinceau, casse une fenêtre, Laura la jolie me regarde, m'aspire, en coat à queue, mes amis, mesdames, crackkk!...

La Gaspésie a mis son fichu de dentelle et elle se promène avec ses longs sabots.

C'est dommage, je dois repeindre les jalousies. J'aurais préféré repeindre le cœur de l'homme et glisser mon œuvre dans le répertoire des êtres uniques...

Ma tante Wilhemine éternue. Sans pudeur.

DEUXIÈME PARTIE

Honguedoune

Chapitre 15

Ils s'étaient tous promis de perdre leurs allures sauvages et de ramager à travers les aulnes et les harts, de se souhaiter eux-mêmes bienvenue dans le domaine des Blancs. Ils sont en quelque sorte les compagnons de jeu de l'illusion et l'heure est venue de savourer leur gloire.

Elle est peut-être née, cette histoire, dans l'imagination plastique du jeune Léandre Trottochaud, cet inconnu... peut-être, mais les voici tout de même, impressionnants, une bande peinturlurée dans la forêt du parc de la Gaspésie. Les gardiens n'ont qu'à bien se tenir, Victor surtout. Ils ont pris la clé des champs et se tiennent loin, en cercle. Les Caplin de la Réserve de la Ristigouche ont monté leur campement, sans geste ni cérémonie, sur les rives du lac Forest. Tomahawk Invincible, son frère Gédéon Caplin et son fils, Eldéric, le jeune frère de Gaspard et de Laura. Mais ils ne sont pas seuls.

Tomahawk, en passant tout près de l'école de rang, s'est léché les babines à la seule pensée de mademoiselle Savignac, une héroïne surgie dans le folklore comme un gros champignon d'automne, comestible à plein. Et c'est là, avant de prendre la route du rang 5, qu'il a rencontré Ulfranc

Maldemay qui revenait de reconduire sa vieille mère et sa confortable moitié en pèlerinage à Pointe-Navarre (elles y sont pour trois jours au moins, mais elles projettent, si tout va bien, d'y passer neuf jours, une neuvaine complète, pourquoi pas...) Ulfranc a promis de revenir les prendre.

Ulfranc va se joindre aux chasseurs. Quelle horreur! Un voyage de Micmacs entaché dès le départ par la présence sordide d'un Saindoux. Wasssh! Impossible de lui refuser. Un ami de jadis, d'autrefois, en souvenir de leurs mauvais coups avec Victor.

— Ayez pas crainte! Si c'est pour jouer un tour à mon cousin Victor, je donne pas ma place. Vous regretterez pas de m'emmener avec vous autres.

Ils n'ont même pas le choix.

Ils défont le campement de bonne fortune et se dirigent en plein cœur de la forêt dans l'auto Studebaker de l'Honorable Maldemay, un «monsieur». Ils laissent la camionnette tout près du lac Forest et bourrent le coffre arrière de l'auto du stock nécessaire. Il faut suivre un itinéraire précis et pénétrer dans le parc avec une prudence religieuse. Les gardiens ont l'œil vif. Tomahawk Invincible a des émotions fortes depuis qu'il a entrevu mademoiselle Savignac à travers la fenêtre de sa classe. Il laisse flirter ses illusions avec ses désirs accumulés. Sa femme, sa squaw est toujours là, fidèle, mais la possibilité de gambader un brin avec l'originale maîtresse d'école, une jeune femme émotive, affectueuse (il le suppose, du moins), passionnée... La possibilité! Ça lui fait briller l'illusion d'une folle aventure.

Pour plus tard... Ulfranc Maldemay, le p'tit député-les-bretelles de Sainte-Florence, profite de sa balade pour jaser avec son vieux chum, Elzéar Caplin, un homme en santé qu'il n'a pas vu depuis de longues années.

Une randonnée de chasse sous le nez de Victor Trottochaud. Ça fait belle lurette qu'ils se la promettent, cette randonnée! Jour de pleine lune, les chemins secrets pour avoir accès au cœur de la Gaspésie sont connus des Indiens comme le fond de leurs baluchons.

Les chasseurs ne rencontrent personne. Ils veulent tuer leur orignal, l'éventrer sur place et faire parvenir les oreilles par livraison spéciale à Victor, leur ami gardien. Qui ne s'amuse jamais n'a pas le cœur du véritable enfant!

Un orignal, deux orignaux, marleau...

Autant que vous en voudrez et qu'il vous sera possible d'en attraper.

C'est bien connu. Tomahawk Invincible a déjà fait passer, clandestinement, en plein cœur de Cascapédia, deux orignaux superbes dans un corbillard rempli de fleurs et attaché à des chevaux en deuil, en plein hiver, avec pleureuses s'il vous plaît, sous le nez du garde-chasse d'alors qui s'était même signé devant le cortège et les dépouilles mortelles.

Jusqu'à la Ristigouche, les pleurs et les brailles de crocodiles, et les «sniff-sniff» mortuaires...

Les Indiens savent quoi faire d'un orignal. C'est pourquoi peut-être on les surveille moins... Manger la bête, la viande, les rôtis sous la cendre, un délice relevant de la plus haute gastronomie. Là-dessus, les Gaspésiens n'ont rien à apprendre des Indiens. Ils savent aussi apprêter une bête des bois. Mais les Micmacs, au printemps: ils couvrent la peau d'orignal de sel et d'alun et l'enterrent quelque temps. Puis, ils la grattent avec une vitre pour lui enlever les poils et ainsi, la rendre uniforme. La meilleure peau du monde pour confectionner des chaussures solides et chaudes. Chez les Indiens, les métiers entrent dans la ronde loufoque du quotidien et n'ont nul besoin d'effets spéciaux pour faire partie des mœurs. Boulangers, cuisiniers, cordonniers, chasseurs etc.

L'histoire du corbillard aux orignaux avait fait rire les bonnes gens et les gardes-chasse avaient promis de ne plus s'y laisser prendre. On avait même déjà exigé d'ouvrir le cercueil de la bonne femme Malenfant, quatre-vingt-seize ans, parce qu'on voulait s'assurer que...

Monsieur le curé avait piqué une colère bouillante.

Ulfranc les accompagne, le zizi-les-bretelles, le faux Micmac, il va encore se mêler de participer à des rites inconnus. Que sait-il des Indiens?

153

Teddy a peut-être de qui retenir. Dans les méandres du paradis terrestre qu'est le parc de la Gaspésie, trois Indiens gourmands et un Saindoux coquin piétinent les trilles naissantes et lèvent le nez sur les hirondelles. Bon! Chasse à l'ours permise, mon œil! Ils n'alerteront certes pas les environs pour un simple gros nounours à moins qu'il ne les attaque.

Nouveau campement de bonne fortune. Les quatre compères ont croisé une jeep jaune au ruisseau Brûlé. Ils se sont cachés dans un fourré comme des lièvres traqués. Ils ont abandonné la Studebaker noire et l'ont camouflée derrière des arbustes touffus.

L'air de rien, l'air d'aller, et les odeurs décachetées dans une forêt de conifères naissants. Abattre à tout prix, tuer...

Teddy a sûrement de qui retenir. Un vague cousin vicieux de Sainte-Florence, p'tit député-les-bretelles par surcroît, c'est agaçant à soutenir dans une lignée directe de Trottochaud.

Eldéric a croisé une carcasse de chien mort, mangé par les vers. Ils vont pénétrer plus à fond dans la forêt et longer les monts Shicks-Shocks, contourner les monts Albert, Logan et Jacques Cartier, sourire aux neiges éternelles et fuir le combat de la routine.

Ulfranc n'a apporté que quelques minces provisions. Il s'est fié à ses amis indiens qui eux n'oublient jamais rien mais qui le matraquent d'un regard anguleux. Cet énergumène gouailleur va leur bouffer tout rond leurs provisions quand même limitées. Mais l'énergumène ne semble nullement s'en apercevoir et attaque un hareng boucané avec une rage à sa dentition, la rage de l'être frustré par la vie et que le destin n'a pas comblé. Voyons donc!

En échange, il se dit qu'il pourra peut-être leur vendre des polices d'assurance à des prix d'amis. Mais les Indiens ne prennent que rarement, très rarement, des assurances sur la vie.

Pour ainsi dire jamais.

Un Canayen d'en haut. Tomahawk Invincible lui a demandé de lui parler de sa mère, la vieille Claudia, de sa vie d'agent d'assurances, des gens de Sainte-Florence… Il a bien sûr jacassé pendant une partie du voyage, ne transportant ni canot, ni lourds colis, se contentant de quelques victuailles insignifiantes. Mais il a bougonné une bonne partie du trajet lorsque le grand chef micmac lui a parlé de mademoiselle Savignac et de ses démangeaisons au scrotum… (c'est qu'il est un peu scrupuleux, Ulfranc Maldemay). Il s'est dès lors complètement refermé sur lui-même. Eldéric a tenté de le faire rire un brin. Il lui a demandé, pour le faire choquer, s'il ne lui prenait pas des envies, à l'occasion, de chercher ailleurs et de tromper sa grosse Marguerite. Wow!… Ulfranc a failli s'étouffer:

— Pauvres vous autres! C'est déjà assez pénible de faire l'amour à sa propre femme, si vous pensez que je vais me mettre à gambader de tout bord tout côté! Asteure…

C'est bien sûr, les trois Micmacs ont pouffé en même temps, c'est bien sûr. Gédéon a eu un bris de contrôle, il en a attrapé un hoquet sans fin.

Samedi, c'est la brunante, le ciel est voluptueux, les nuages boursouflés, les femmes encore plus désirables…

La Studebaker est déjà loin, et près du lac Forest, un Indien chromé ronfle sur le capot d'une camionnette endormie. Ulfranc se demande vraiment s'il pourrait s'abaisser à faire l'amour (ou faire trempette) avec une squaw, comme son petit-cousin Jacques Balleine. La seule idée d'une telle éventualité l'angoisse et lui ronge les boyaux. La seule idée…

Il presse le pas, rejoint ses amis intrépides…

L'heure du loup, des tapis magiques, de la chuchoterie du vent.

Ils se glissent sous la tente, illusionnistes de leur siècle. Une chasse défendue, l'attaque, la guerre, quelque chose de prohibé, enfin, faire un pied de nez au super-extra-vantard-sûr-de-lui de Victor Trottochaud, le saint Victor. Ulfranc s'en pourlèche les babines. Lui tuer un orignal sous le nez et l'extraire à son château fort. Les Indiens ne sont pas poussés par les mêmes motifs. Ils outrepassent quand même leurs droits, habitués qu'ils sont à toujours braconner pour

155

assurer leur survie et ce depuis toujours... Depuis la guerre du feu, la découverte de la roue, les prouesses des Vikings et la misère des ancêtres à l'époque de la Conquête.

Ils ronflent comme des bœufs en ce six juin mil neuf cent cinquante-trois. Nuit frisquette. Les Micmacs sont habitués. Un caprice, cette tente. Un caprice pour satisfaire l'homme-saindoux. Les Indiens auraient volontiers sommeillé à la belle étoile. La belle et tendre étoile.

Le petit matin enfile ses chaussons de laine. La rosée s'étend, pleine de chansons, sur les cèdres et dans les buissons, cristalline, des milliards de gouttelettes pures mélangées au rechignages de l'homme de Sainte-Florence. Tomahawk Invincible l'accroche par le fond de culotte et le roule, en territoire interdit, dans l'herbe humide où un soleil juteux lui présente sa plus candide bienveillance.

Petit déjeuner copieux, éperlans marinés, miel, pain brun, galettes à la mélasse... thé fort.

Ulfranc est agacé. Les sauvages lui lancent des apophtegmes par la tête, il n'aime pas ça. Voilà que Gédéon lui dit :

— La balance est faite pour peser comme le jugement pour juger. Les deux sont inutiles si on s'en sert pas!

Et en lançant cette maxime démonstrative, Gédéon Caplin le fixe entre les deux yeux. Le roucoulement des chutes agrémente la promenade et orne la nature de sentiments puissants. Le bruit se veut une signature au bas de la page blanche de l'aventure. Il y a des rivières à traverser. Ulfranc a mis sa veste de makinaw et ses bottes à moutonnes. On raconte une anecdote juteuse à propos de ces bottes à moutonnes. Il paraîtrait que certains de nos ancêtres mâles, voulant s'attirer les bonnes grâces de ces dames les brebismoutonnes, leur mettaient les deux pattes de derrière dans leurs bottes à larges ouvertures et par là, s'exécutaient cavalièrement au grand bonheur de l'un et de l'autre, et de l'homme et de la femelle en chaleur. On raconte aussi que les bonnes dames dans leur cuisine ne l'ont jamais appris.

Ces tendres moitiés auraient certes joué du rouleau à pâte dans leur douillet lit de plume.

Et puis soudain, il est à peine neuf heures du matin, un couple de caribous se pointe dans un bocage dense. Ulfranc les aperçoit. Il sort complètement du sommeil qui le tient encore: «J'y suis grâce à eux, je suis le premier à les voir...»

C'est que le sieur Ulfranc de la Saindouxière est allé chier dans les grands bois, papier de «mauvaise-fortune-bon-cœur» à la main... Et c'est là qu'il a aperçu les deux bêtes superbes.

Un rêve va devenir réalité. Il lui en faut un, tout de suite. Se relève, la crotte au cul, lentement, crotte au cul se détache et glisse dans une botte à moutonnes, avance, sourit, les Indiens vont arriver, ils vont tirer avant lui, les atteindre au cou, ils excellent dans l'art de tirer, Ulfranc les a vus débarquer des bouteilles de bière sur des piquets de clôture. Glisse dans sa botte, tabarnak! (Un Saindoux blasphème, vous savez.) Il retire son arme de son étui, vise... bang!

Les oiseaux s'immobilisent.

Une mère caribou tombe raide morte, foudroyée, dans un bosquet feuillu, tandis que son bébé s'enfuit à toute vitesse. Ulfranc gambade:

— Je l'ai, youpi! Torrieu! Aïe, les sauvages, vite, vite... je l'ai, je l'AI, je L'AIIIIII!

Hurlements.

Eldéric, Gédéon et Elzéar Caplin ont tout entendu, évidemment, le bruit. Ils accourent. Ça leur prend quand même une longue minute. Une chance, Ulfranc allait peut-être perdre leur trace. Tomahawk Invincible reste figé. Il rabâche, dans un français qui ne se gêne pas pour piétiner l'anglais:

— Toé, t'as pas tué un caribou, une mére caribou, hein? Toé, t'as pas tué, hein?

— Oui, oui, je l'ai tué l'animal, pan! pan! en pleine tête. Vite, allons-y voir, elle est tombée.

Avec un ton de voix grave et funèbre, Tomahawk Invincible injurie son ami Ulfranc:

— Vendu d'imbécile! Stupide de Canayen d'en bas! Tu sais pas qu'on tue pas de mère caribou, hein, tu sais pas? Tordu!

La voix semblable au grondement du tonnerre. Gédéon, Eldéric et Elzéar Caplin sont fin prêts à le pendre haut et court, au sommet d'un chêne touffu, les mains sur les hanches, les traits ambrés, la bave à la bouche.

L'amertume et un mutisme gênant glacent la scène. Un jour du Seigneur pas comme les autres. Ulfranc a basculé dans ses faiblesses. Il n'a rien compris. Eldéric le prend par les épaules et le secoue.

— Tu veux faire notre ruine? On est venus icitte pour s'amuser un brin, pas pour tuer des mères caribous, la richesse de nos forêts. Les ours, les chevreuils, les orignaux, les castors, o.k. Pas les caribous!

Et il lui crache au visage. Ulfranc a mal au ventre, la peur s'empare de lui, il se rend jusqu'à la bête morte:

— Oui, mais... regardez! De la bonne viande, de la viande riche, une mine d'or!

— Faut l'enterrer.

— Jamais de la vie!

Ulfranc pointe son arme vers les Micmacs. Jamais...

On argumente avec une rare intensité. Les trois Indiens sont cloués sur place.

Ulfranc a mal au ventre. Le caribou prend soudainement des proportions déroutantes, gros comme un éléphant, puis tout petit, un porc-épic, épic, épic... Les regards des Indiens se transforment et deviennent des pics-pics douloureux:

— Jamais... jamais...

Des Américains rôdent dans la région. C'est... Ulfranc tire, tire, s'enflamme...

Tire, tire, tire, un, deux, trois... Trois Indiens sur le tas, trois Micmacs empilés sur le cadavre de la bête morte.

Trois Indiens qui ne respirent plus.

Morts.

Ulfranc ne distingue plus bien, il trépigne, s'échauffe, vend de l'assurance au sauvages, aux nuages, se bat avec ses forces, ses propres forces, tire encore sur les cadavres morts, croque dans la cuisse du caribou, hennit, se heurte aux morts... se répand, se sauve dans la forêt, l'almanach l'avait prédit, il fera beau en juin, en juillet, il pleuvra en août.

Les mouches sont jalouses de ces trois Micmacs qui reposent en paix, du sang sur leurs vestes, du sang partout, qui dorment à tout jamais sur la dépouille mortelle d'une mère caribou.

On ne transportera plus les orignaux dans les corbillards, ni les chevreuils, ni les ours. On y enfermera des sauvages à clé, en grappe, bouillants, pleins de fièvre.

Ulfranc Maldemay plane comme une chauve-souris. Il a fait disparaître toutes les traces de son passage dans la forêt et personne ne l'a vu passer à toute vapeur et en pleine nuit à travers le pont Bugeaud de Cascapédia, sur la route en colimaçon et pleine de crossing jusqu'au pays des Saindoux.

Il en vendra de l'assurance parce que dans son cœur, dans son cœur, dans son ventre, il sent la peur, la peur, ça fait mal, mal, il va rouler jusqu'à Pointe-Navarre et un miracle va se produire. Rouler, rouler, prier le père Watier...

Là-bas, dans la forêt sournoise, une nuée d'anges prudents apparaît soudain dans le ciel clair de ce début de juin. Ils se laissent tomber de leurs lourds nuages, des nuages qui fondent au soleil.

Des anges en parachutes qui descendent dans une sereine complicité jusqu'au bocage feuillu dans la forêt profonde. Ils s'activent déjà auprès des corps. Des corps qui goûteront à la recette de la putréfaction.

Il y a, au milieu d'eux, un ange fanfaron qui s'agenouille avec maladresse auprès du corps pourtant tiède du grand chef Tomahawk Invincible. Il lui souffle sur le visage, un ange qui n'a jamais mis les pieds sur le sol gaspésien, ravi de voir les siens sur la terre ferme. Un ange instruit, préoccupé, tout plein de courtoisie et d'audace qui est là, le

159

sourire aux lèvres, piquant, un ange qui insiste pour émouvoir les autres anges, la horde céleste.

Les parachutes jonchent le sol. Le grand prestidigitateur du ciel en a voulu ainsi.

Les anges s'envolent. L'ange pervers s'attarde un peu, encore un peu. Il veille sur la vie. D'aucuns diront qu'il n'est pas un véritable chérubin parce qu'il a oublié son auréole. D'autres le croiront pendu, sait-on jamais?

La vie...

Victor Trottochaud, son fils Philippe et le vieux Berthelot ont découvert les cadavres deux jours plus tard. Trois cadavres: un caribou, deux Indiens. Tomahawk Invincible vit toujours; il respire. Un seul indice, une corde de parachute est restée accrochée à un cèdre mort, une corde de parachute tissée avec de la filasse de lin du pays par des doigts de jeune squaw.

Chapitre 16

— Maudite tarte aux fraises!

Teddy s'époumone. Son petit frère hurle, Marcellin. Il est étampé, souillé, marqué au fer rouge, tatoué du signe de la tarte aux fraises dans le cou. Il en est conscient, pleinement conscient et à six ans, l'affaire le traumatise.

Victor est passé au début de la semaine. Faire un tour. Mais il est reparti, et Philippe avec lui. Teddy se cramponne. Le Petit Poucet à Ouellet rôde dans les parages. Teddy a refusé de signer l'immonde contrat pouvant le conduire vers les grands espaces.

Mais les préoccupations ne campent guère dans l'esprit cadenassé du jeune Télesphore-Eddy, tout de même. Les citoyens de Cascapédia et de Ristigouche ont d'autres chats à fouetter. Deux Micmacs ont été tués, le frère et le fils du grand chef Tomahawk, Gédéon et Eldéric Caplin. Tomahawk Invincible lui-même est gravement blessé. Victor Trottochaud les a tous ramenés dans sa camionnette. Il a réussi le magistral exploit de prodiguer les premiers soins à son meilleur ami Tomahawk.

Qui? Qui peut donc avoir commis pareille bassesse? Incroyable. À la mode du coin, en pleine nature, à la chasse, chasse illégale, braconnage, sauvagerie...

Victor est passé au début de la semaine. Il était parti faire sa ronde, simplement. Il est tombé sur un carnage horrible. Un peu comme s'il était allé aux fraises et qu'il était tombé sur un champ de bataille.

Il les a ramenés le plus rapidement qu'il a pu après avoir prodigué les premiers soins au grand chef mourant. Qui n'a pu être transporté chez lui et qui a dû être gardé sous observation chez Victor. Pas le choix. Prolonger sa vie ou bien...

Le pauvre Eldéric et son oncle Gédéon ont été placés dans des cercueils vite faits avec des planches de cèdre par les fils Balleine.

Laura est inconsolable. Elle devait partir dans quelques jours pour la cérémonie de mise en terre à la Ristigouche. Il semble que ce sera impossible. Son père est entre la vie et la mort, couché dans un grand lit chez Victor Trottochaud. Alors, elle a choisi de demeurer à son chevet.

Au village micmac, la stupéfaction et l'anéantissement le plus complet se lisent sur tous les visages. Les coutumes et les misères répétées les ont habitués à ce genre de malheur. Plus de temps à perdre, la mort des blagues, la vérité, crue, crue, tranchante, absurde, la mort...

La cérémonie a lieu deux jours plus tard en l'absence du grand chef qui se meurt dans un village perdu, Cascapédia. Son fils Gaspard se charge de diriger la cérémonie funèbre. Pleurs, feu de tristesse, lourde accalmie, la pluie, danses, plumes, l'aigle sur le totem, il jure de se venger. Deux Micmacs ont été tués dans le parc de la Gaspésie. On cherche le coupable. Victor Trottochaud est exclu, bien sûr, un grand héros. Le trancher mince, le coupable, bien sûr... Venger la tribu, apporter la paix aux siens. C'est la devise de Gaspard Invincible.

L'horreur et la tristesse ont marché dans l'espace et tatoué le village de Ristigouche.

La nuit venue, le nouveau grand chef par intérim (jusqu'à la réunion du grand conseil) en profite pour se rendre jusqu'à Cascapédia. Il se concentre sur son titre de noblesse, le jeune fendant-plein-de-plumes, Toboggan Énervé.

Deux hommes d'honneur dorment six pieds sous terre, deux guerriers-chasseurs valeureux qui sont allés se couvrir d'un linceul dans la forêt profonde du parc de la Gaspésie.

Gaspard ne laissera pas les Blancs s'en tirer à si bon compte.

À Cascapédia, Laura passe ses journées auprès de son père. Le médecin a dit que ce sera long. Il a retiré deux balles, une de l'abdomen, l'autre de la cuisse. Sa vie est maintenant sauve, il doit simplement se reposer.

Laura lui tient la main. Elle a fait corps avec ses illusions. Le dieu des manitous l'a punie. Son frère Eldéric, son oncle Gédéon, morts, enterrés à Ristigouche. Maquillés dans l'éternité.

La semaine est entamée. Elle sort de l'ordinaire par les sentiments de révolte qu'elle inspire. Dans le désert de ses aventures, Tomahawk Invincible reprend conscience. Il croque dans cette vie qu'il a failli perdre. Au soleil, au printemps...

Les policiers de New Carlisle ont commencé leur enquête. Ils doivent attendre que le grand chef reprenne conscience, c'est élémentaire. Depuis quatre jours qu'ils tournent en rond, ils n'ont encore véritablement rien trouvé de concluant. Les indices sont minces et dans ce coin isolé, les Sherlock Holmes ne courent pas les rues.

La vérité toute crue va sortir de la bouche même de Tomahawk Invincible. Qu'il reprenne ses esprits une minute, rien que pour voir! Il a su résister à la puissance des balles, il saura faire éclater la vérité au grand jour.

Laura lui éponge le front. Son père la regarde, incertain, tendre et mignon. Elle est jolie, il la trouve racée, il l'avalerait «tout rond». Il aimerait l'avoir comme femme.

Avec tout plein d'hommages.

Rien. Les policiers peuvent aller mordiller les grilles de leur prison. Tomahawk Invincible ne reconnaît pas sa fille, la chair de sa chair. Il est heureux. Il a chaud. Il a l'estomac et la cuisse enveloppés. Grand-papa! Elle est belle.

Victor lui a dit, avant de partir:

— Ça va mieux, vieux? Hein? On va pouvoir faire encore un bon bout de route ensemble, cafiére!

Juste avant de partir. Tomahawk a plissé les yeux, faiblement, a fredonné entre ses lèvres un air de Mocassin. Il a essayé de reconnaître cet individu fringant qui lui a demandé de faire un bout de route avec lui. Effrayé, il a roulé des yeux, des gros yeux et s'est glissé sous l'oreiller:

— Elzéar, Elzéar! Cafiére, tu me reconnais pas, Victor Trottochaud, le gardien du parc, ton grand chum! Je t'ai retrouvé au beau milieu du parc à moitié mort.

Elzéar Caplin est disparu sous une tonne de couvertures, une montagne secrète, sa montagne de feu. Victor a rajouté:

— Ta fille Laura est là, celle qui a marié mon neveu, le plus vieux des garçons de ma sœur Wilhemine, tu te rappelles? T'es venu aux noces ça fait pas encore un mois…

— Ma fille?

— Oui, Laura, la belle Laura.

Tomahawk Invincible a jeté un «black eye». Il s'est bien vite aperçu qu'il ne se souvenait de rien. «Le monde change, c'est bien simple. Je ne reconnais ni le pays, ni les voix…»

Il a le temps.

— Ma fille?

Amnésique. Complètement perdu. Il est retombé dans le néant. Victor a confié sa nièce et le grand chef micmac aux bons soins de son Angéline-alcoolique-par-bouts-d'temps et il est reparti avec Philippe vers le parc de la Gaspésie.

«C'est mal, une taie d'oreiller? Pourquoi le jaune est-il jaune? Ça pique, un livre?…»

Il parle un peu. Qui est-il? Ne voit plus rien. Un verre d'eau, je veux un verre d'eau, les anges en parachute…

— Laissez-moi donc tranquille!

Et il glisse dans le grand trou noir. Le grand chef Tomahawk Invincible est amnésique, complètement, il ne reconnaît plus sa fille. Laura essuie une larme qui coule. On va faire venir par train spécial, s'il le faut, maman Tomahawk en personne. Elle saura lui faire reprendre ses sens à son mari.

Les policiers ont le bec à l'eau. Avec la perte de mémoire de Tomahawk Invincible s'estompent les espoirs de retrouver l'assassin.

Ils ont pourtant sillonné la forêt dans ses moindres replis. Comme s'ils étaient à la recherche de pétrole ou de diamants précieux. Les indices sont minces, les informations nulles ou erronées, les pistes ridicules. Quelques gourdes, des vivres, une arme rouillée... un bout de corde de parachute en filasse de lin du pays.

Les policiers ont examiné ces pièces à la loupe, quasiment. Ils les ont montrées à Tomahawk Invincible qui les a regardées avec un large sourire niais et un regard vitreux.

Madame Tomahawk a essayé de toute son âme, la pauvre. Elle lui a pleuré dans la face, a versé des larmes chaudes, lui a montré des photos, s'est permis des familiarités, des intimités... rien. Une pure étrangère. Elle lui a raconté la mort de son fils Eldéric et de son frère Gédéon, la mort du caribou qui était là, étendu sous les cadavres. Rien.

La blessure de Tomahawk Invincible est encore trop fraîche. Il ne peut retourner chez lui avec sa squaw mais il se laisserait volontiers reconduire chez cette charmante bohémienne qu'on dit sa fille mais... il n'ose.

Angéline en prend soin comme la prunelle de ses yeux ou plutôt comme le goulot de sa bouteille. Elle met Laura en garde, entre femmes :

— Tu sais, Laura... ton père, y te reconnaît pas, si tu sais ce que je veux dire. Si t'avais l'idée de l'emmener chez toi, ça serait peut-être imprudent, par rapport, hein?

— Ma tante!

— Mais t'es une pure étrangère pour lui, parfaitement. Étrangère… Bon, je dois retourner à mes chaudrons. Soigne-le tout le temps que tu voudras icitte, plus tard, quand y sera mieux, y pourra retourner chez vous, à la Ristigouche!

— Mais comment voulez-vous qu'y retourne chez nous, dans not' village, si y reconnaît personne. Y voudra jamais aller rester avec des sauvages…

C'en est trop. Madame Tomahawk s'en retourne chez les siens, enragée noire.

Teddy, Marcellin et la petite Ginette ont reçu de sévères recommandations de leur père avant son départ, et de «mon oncle» Philippe.

— Maudite tarte aux fraises! Maudite tarte aux fraises!

— C'est assez, Teddy! Tu vas réveiller m'sieur Tomahawk!

Un enquêteur passe par là et demande à voir Victor. Angéline lui dit de grimper au parc, ça prend trois heures en char, vous allez le trouver là-bas, allez-y!

Mademoiselle Savignac ne peut décemment passer devant la maison de la frisée sans s'arrêter. Elle veut connaître ce Tomahawk Invincible dont on parle tant et qui ne rouspétera pas sur sa personne de notable du village. Elle lui apporte un livre mais l'Indien ne sait pas lire. Têtue comme une mule, elle insiste:

— Je vais lui faire une lecture intéressante, vous verrez!

Elle croise Teddy qui lui lance une motte de terre dé-trempée sur son manteau neuf. En maudit. Mais à quoi bon soulever une discussion? L'imbécile ne comprend jamais rien. En parler à sa mère, la frisée? Une pécheresse? Ça lui rentrerait par une oreille pour en ressortir au plus vite par l'autre. Elle nettoie la boue, muette, la Providence viendra à son secours, ou encore Tomahawk, qui sait, un jour? Et pourquoi donc la Providence, dans toute sa bonté, a-t-elle créé ce rejeton malotru, hein?

Elle pénètre dans la maison, tend la main à Angéline, se présente. La frisée sait se souvenir. Elle revoit dans sa tête l'aventure de la corde au cou. Elle regarde avec admiration cette femme, une héroïne qui n'a pas hésité un seul instant à sauver son fils d'une mort certaine.

Mais qui n'a pas hésité non plus un seul instant à le foutre au plus sacrant dans le coin à la première occasion...

La maîtresse de maison conduit mademoiselle Savignac jusqu'à la chambre du moribond. L'institutrice est impressionnée mais déçue, terriblement déçue. Elle était assurée de rencontrer un valeureux guerrier coiffé de plumes multicolores et voilà qu'elle se retrouve devant un homme pitoyable mi-chauve mi-hagard qui la dévisage des pieds à la tête en l'apostrophant:

— Thérèse!

— Thérèse? Pas du tout. Mon nom est Estelle. Estelle Savignac, institutrice, pour vous servir, monsieur Caplin. C'est bien ça ... Caplin, To... mahawk Invincible?

— Thérèse!

Angéline explique à mademoiselle Savignac la perte de mémoire de son invité. Il récupère bien mais ne se souvient de rien. Il répète:

— Thérèse!

— C'est une idée fixe.

Laura sursaute. Au nom de Thérèse, elle a quitté la chambre. Angéline est étonnée. Elle va la rejoindre:

— Pourquoi sembles-tu si triste ou inquiète, ma fille?

Laura explique avec difficulté.

— Parce que... ah! Vous êtes pas au courant. Mon père a déjà eu une femme dans sa vie, à part ma mère, une certaine Thérèse de Dalhousie. Ça fait cinq ans qu'y la revoit plus. C'est une histoire qui a fait beaucoup de peine à ma mère. Thérèse! Y pense la rencontrer. C'est drôle qu'y soit si pressé pour reconnaître ses blondes, le père, pis qu'y veuille pas reconnaître sa fille, sa mère...

Laura enfile un chandail et sort précipitamment.

Mademoiselle Savignac a enlevé son manteau souillé et s'est approchée du malade. Avec ses plumes, il doit être superbe.

167

Dans la forêt, un air de cor anglais se fait entendre. Des plumes surgissent dans un bosquet. Teddy s'approche. Il répond à l'appel de Toboggan Énervé. Il le suit dans sa cabane dans la forêt. Un rôle assuré. L'aventure lui donne l'eau à la bouche. Si Tomahawk Invincible meurt, ce sera pire...

Gaspard offre le calumet de paix à Teddy. Il s'endort immédiatement, drogué. Il n'a pas eu le temps de soupeser la lourdeur de l'aventure. Un milliard et plus d'étoiles.

Pendant que Toboggan Énervé prépare l'offrande au grand Manitou, le jeune garçon soupire, heureux. L'Indien le dévêt et l'accroche par les poignets à une poutre du plafond de la cabane étrange. Il est à la merci de cet Indien vengeur. Gaspard veut graver dans l'histoire le souvenir de la mort des siens. Il veut aussi galvaniser l'affront de Jacques Balleine.

Teddy dort, anéanti, effondré.

L'Indien ouvre une valise mystérieuse dans laquelle sont camouflés des pots remplis de poudres bizarres, des aiguilles, des encres, des couleurs, un scalpel. Une trousse de magicien d'une valeur exceptionnelle.

Teddy est plongé dans un coma profond. Gaspard lui tatoue une légende sur le ventre, un poème sur les pectoraux, une rime sur la fesse gauche... ne bouge pas... insensible, comme évanoui, comme mort, c'est la condition.

L'aventure historique de la Ristigouche sur cet être vivant. Il a d'abord eu envie de le castrer pour laver la souillure des Blancs, l'amputer du rêve magnifique de procréer... Il lui enfonce dans la peau des aiguilles acérées, vinaigrées, acides...

Tatouages splendides, œuvres d'art, très officiellement docile, l'art...

Un totem sur le pénis, des wigwams sur les bras, des sapins dans le cou, des arbres, des étoiles, des caribous. Teddy branle la tête de gauche à droite, soupire... Une squaw sur l'omoplate, un dieu-chasseur dévergondé sur l'épaule, Tomahawk sur une cuisse, Toboggan sur l'autre,

raquettes, saumons, «sagamité» et sur le ventre, en cinémascope et en couleurs... tarte aux fraises aussi... sur le
ventre lisse: une magnifique tête de sauvage à plumes criardes,
un sauvage tatoué, tendre jumeau du sauvage immobile sur
l'écran de télévision que les hommes blancs regardent dans
le grand Montréal.

D'une élégance émouvante.

Il lui rase le crâne et lui applique une lotion magique.

«Je veux t'emmener en voyage, Teddy. Je veux savourer
avec toi les mystères du monde.»

Gaspard détache sa victime chauve et tatouée. Il l'abandonne sur le sol. Il ramasse ses pots, ses aiguilles, répand
les poudres et les encres variées dans la forêt et disparaît
comme un cerf de Virginie.

Il est tard le soir, Teddy se tord de douleur, hurle
comme le loup dans la tempête. Il veut fuir, fuir et mourir.
L'homme de feu lui a injecté du venim dans les veines. L'a
scalpé. La lave infecte du sauvage coule dans ses veines.

Pareil. Toujours pareil.

Lèche ses plaies.

«Si tu penses, pepére Victor, que j'vas aller me plaindre
chez vous!»

Il hurle et souffre. Ses plaies s'infectent. Il parcourt les
grands chemins et se roule dans le sable de la baie des
Chaleurs. Nu. En juin. Il va gagner la partie. Chauve.

Les Micmacs de Maria lavent ses plaies et l'enterrent
jusqu'au cou dans la terre glaise. Cataplasme miraculeux.
Il reste là durant trois jours. Champignon de pleine lune.

Son corps, tout à l'heure une ardente boule de chair
brûlée, est maintenant un chef-d'œuvre incontestable de
l'avenir.

Sa tête est riche, un œuf, totem véritable, vivant, les
années le hisseront au sommet de la gloire.

Il fera la conquête des hommes de bien, une lumière
scintillante, bientôt...

En cinémascope et en couleurs.

Il sera le jeune héros des légendes, celui qu'on attendait, Honguedoune le bienheureux, le chauve véritable, l'astucieux.

Le sauvage de la télévision de Radio-Canada tatoué sur le ventre.

Bientôt...

— Maudite tarte aux fraises!

Chapitre 17

Il est adossé à un vieux cèdre. C'est le long moment de la journée qu'il préfère. L'entre chien et loup. Pour réfléchir, c'est bien assez. Se remémorer, vaguement. Je me souviens, encore. Les notes sont lourdes sur le xylophone coloré. Ardu. si loin, si loin.

C'est une lettre ouverte à la mort tragique.

Peu de chemins de fer, au cours de leur carrière dans le service aux voyageurs, peuvent se vanter de n'avoir jamais eu à déplorer la mort d'un ou de plusieurs passagers. L'image du chemin de fer de la Gaspésie se moule et se glisse dans le même maudit encadrement de malheur. Avec, par surcroît, ses cinquante et quelques traverses de chemin de fer. Y a-t-il un endroit au monde plus susceptible de risquer des centaines de vies à tous les jours? Où donc? Les carnages les plus croustillants ont vu le jour entre Matapédia et Gaspé, quelque part sur une «crossing» boiteuse ou encore, cavalièrement, au bas d'une falaise effritée.

C'est très bientôt qu'aura lieu l'anniversaire de la mort de François Ouellet, ingénieur-mécanicien, dont la locomotive qui poussait une charrue «chasse-neige» dérailla et plongea en bas de la falaise près du ruisseau Brûlé, emportant avec lui l'âme bien-aimée de son épouse, Madeleine Robinson, ma mère.

Une falaise, ma mère, mon père et le chasse-neige...

François Ouellet avait toujours eu l'ambition, dès son tout jeune âge, de travailler sur le chemin de fer qui était en construction dans la région. Aussi, à l'âge de treize ans, il joua le rôle de «water boy» et quelques années plus tard, il travailla sur une locomotive comme chauffeur. Il faut, là comme ailleurs, grimper les différents échelons pour atteindre les catégories supérieures.

Au temps de la compagnie Québec Oriental, François Ouellet avait été promu ingénieur et il était assigné à la locomotive no 8; il passait ses dimanches à New Carlisle tandis que le grand James Coutt avait la charge de la locomotive no 7 à Matapédia.

François Ouellet demeurait à Cascapédia où il vivait heureux et fier avec son épouse, Madeleine Robinson, et leur jeune fils, Léandre. François avait souvent comme mission d'utiliser un bras mécanique pour attraper au passage le sac de malle qui était déposé sur un dormant de chemin de fer. Les imprévus avaient leur place en ces années mémorables où les instigateurs de l'arrivée spectaculaire du train en Gaspésie faisaient figure de héros ou de pionniers.

Il n'est pas nécessaire de jeter la pierre à qui que ce soit. Il reste quand même que cet accident fut un des plus tragiques sur la ligne de Gaspé car ce fut une erreur certaine de mettre une charrue en avant d'une locomotive sur un train de passagers.

Ce jour-là, le conducteur et l'ingénieur du train no 14 reçurent un message à Matapédia: mettre une charrue en avant du train à cause des bancs de neige à cet endroit. Le train partit donc, clopin-clopant, avec à sa tête un vulgaire chasse-neige et traînant à sa suite des wagons divers (messagerie, poste, bagages etc.) ainsi que trois voitures «coach». Ce jour-là, François Ouellet salua de la main les employés le long de la voie ferrée comme il le faisait toujours, et à Cascapédia, il confia aux cheminots qu'il ne se sentait pas à l'aise avec cette charrue et qu'il aurait préféré un convoi régulier. Mais les ordres sont les ordres, et les grands manitous, comme encore aujourd'hui, les chefs!

Après le départ de Caplan, la charrue dérailla du côté nord mais resta près des rails. Comme la terre était gelée, on ne s'en aperçut pas tout de suite. Certains s'accordent même pour dire que la charrue quitta la voie sur le passage à niveau à l'est du village.

À un certain moment, la charrue heurta un amas de terre gelée. Elle dévia vers la gauche et fit naturellement dérailler la locomotive vers la droite, à l'unique endroit dangereux le long de la falaise, là où la mer vient frapper sournoisement à une centaine de pieds plus bas.

La locomotive piqua du nez en bas de la falaise, brisant ainsi avec fracas l'accouplement avec le tender qui s'immobilisa sur le bord...

Quelques secondes suffirent pour entraîner dans la mort François Ouellet et sa femme Madeleine. Ils n'eurent pas le temps de sauter. Leur mort fut instantanée. Le chauffeur de la locomotive fut projeté en bas lui aussi mais alla choir sur une langue de sable dans la baie où on le trouva étendu sur le dos, les pieds dans l'eau. Il survécut et se chercha par la suite un autre emploi.

Un missionnaire du Brésil ainsi qu'un curé de passage, tous deux sur le train, firent les prières d'usage à la suite de ce drame incroyable.

François Ouellet et sa femme Madeleine Robinson étaient connus et respectés de tout le monde dans la région. Ils sont morts au devoir, qu'on a dit.

Je n'y étais pas. C'était rare qu'ils partaient sans m'emmener avec eux. Ils m'avaient confié à madame Delarosbil pour quelques jours, une voisine aimable qui me gardait à l'occasion.

Perdu dans mes pensées. Des souvenirs précis se meuvent et se déplacent. Ils déferlent dans ma vie, se glissent dans les pages de la cruauté. Décorent les couronnes de Noël. Quel beau Noël j'ai eu cette année-là!

Je viens d'apprendre que Jacques est revenu de voyage. J'ai «flirté» longuement avec le visage de Laura dans l'orage. Rebelle, cruelle, elle m'a retenu...

Un geste de ta part, un geste...

J'aurais aimé monter le volume de mes pensées intérieures, celles qui me rongent et m'angoissent. Jacques est de retour. Il s'est, paraît-il, «greyé» d'instruments aratoires modernes.

Vingt ans plus tard. Il s'est aussi acheté une charrue pour mettre devant son tracteur neuf et ouvrir son chemin cet hiver. Il me nargue. Je suis resté le même, des yeux d'acier, de panthère aussi, des yeux de King Kong perdu.

Sa charrue est là, dans la cour, la maudite. Elle m'agresse. Elle veut absolument que je me souvienne des événements cruels qui ont marqué mon enfance.

L'accident de mes parents. J'ai besoin de la vie.

J'ai besoin de te voir, Laura. Je vais faire paraître ta photo dans le journal *La Terre* de chez nous et je la vénérerai la nuit venue.

L'image, la tendresse. Et Jacques est de retour.

Un pantin qui se prend pour un nombril gaspésien. Un vrai débrouillard.

Il a pris une très grande assurance depuis qu'il est revenu.

Il s'est présenté à moi, tributaire de son audace, de son égalité qui m'agace. Me tend la main, sourit, embrasse sa belle, sa femme, sa légitime...

Sans que je le veuille, il vient au-devant de moi, enjoué, souriant, il siffle. Me montre ses achats, une moissonneuse-batteuse, une râteleuse, cette charrue.

Charogne de charrue.

Chiante de charogne de charrue.

Il n'a rien inventé, rien, mais il a su se réconcilier avec ma simplicité. Je suis l'agronome dont il a besoin. Me flatte les cheveux, c'est rare que ça arrive, rare.

Mon cousin Jacques.

Se réconcilie avec mes antécédents.

Glane, glane... Je suis le fossoyeur des classes sociales.

Il m'invite à souper. Je quitte mon vieux cèdre. Comme un ange dépouillé de ses ailes, je m'infiltre dans le couple avec la garantie complète de l'assentiment.

Dépouillé de mes ailes. Et Jacques a retrouvé les siennes.

Faut-il faire bon marché de toutes ces physionomies, de ces caractères dégraissés, faut-il les vendre aux marchands d'illusions... aux chiffonniers, aux maîtres d'école, aux ingénieurs de locomotives?

Il m'invite à souper.

Son traditionnel esprit de clocher indique clairement que l'esprit se révèle à travers des sautes d'humeur élastiques. À travers les formes géographiques les plus massacrées.

Dieu gaspésien, déesse sauvageonne, petites mains, fesses rosées, torse nu, musclé, je veux vivre avec le monde, le souper est servi...

Je ne comprends pas pourquoi.

Spontanément, je me glisse avec eux pour le digestif. Avec eux sous les couvertures de laine grises et chaudes, torse fort, seins croustillants, la bonne humeur, le diable au corps...

Dépouillé de mes ailes.

Ahuri.

Chapitre 18

Les sonates déclinent vaporeusement près de l'âtre chaleureux et s'amusent des folles galipettes de la pluie.

Tomahawk Invincible récupère de jour en jour avec, à son chevet, une splendeur opaline, une femme parfumée à l'ambre, un mollet retentissant, une fesse explosive, la juteuse, la toquée, mademoiselle Estelle Savignac en personne.

Et j'en passe.

Elle lui a raconté sa vie de long en large, et ses aventures, et ses élans pédagogiques. Tomahawk Invincible a goûté ses paroles avec grande effusion, foi, espérance et lubricité.

Sa femme est venue lui rendre visite à quelques reprises et tenter par la même occasion de lui apporter une sorte de grâce mystique. Et toujours, il n'a jamais rien voulu savoir de cette sorcière à poil, cette squaw hideuse, cette pleureuse dépressionnante à souhait. Il a réclamé au plus vite la présence de mademoiselle Savignac, la douce et tellement cultivée maîtresse d'école galopante et a exigé le renvoi de la vieille prune :

— Oh! Thérèse si douce!...

— Estelle, mon gros loup.

— Thérèse! Une lune est dessinée sur ton front.

177

— Elzéar! grand fou.

De suite, de suite, les familiarités les plus cavalières, de celles qui font s'écrier les «saint-sicroche», «Jésus-de-bénitier», «cafiére»... Laura, Wilhemine, Jacques, et les autres. Ils sont tous venus, souvent, lui rendre visite et lui apporter du sucre à la crème fraîche.

Il n'a cependant jamais réclamé personne. Une blessure magique lui a éponge la souvenance. Rien. Il n'a d'yeux et de flamme que pour la Savignac, le ver à chou:

— Hein, Elzéar? Un ver à chou, moi?

— Oui, ma belle, pis j'aimerais que tu te promènes tout partout dans les petits trous de ton gros nounours de chou rond, tout partout...

— Voyons donc...

— Envoye donc...!

De son aventure, il n'a conservé qu'un timide accent anglophone. Tomahawk Invincible (qui ne veut plus, pour rien au monde, détenir ce titre dégradant) a plutôt réinventé un accent «franglais» impressionnant (comme par magie), un «franglais» surgi d'une touffe de cellules gelées ou endormies quelque part dans son subconscient.

Les glandes aussi travaillent. Elles se font aller le Micmac en saint-sicroche. L'hypophyse, je pense. Elzéar-le-gros-chou a plus souvent qu'à son tour l'organe au garde-à-vous.

Aujourd'hui, Angéline ne peut venir faire la toilette du sauvage perdu. Elle a piqué une brosse et elle cuve son vin dans son lit. La petite Ginette et Marcellin sont chez madame Dumoulong tandis que le grand tarla de Teddy est perdu quelque part dans la brume gaspésienne. La tante Wilhemine est venue, pour sa part, ou pour faire sa part, emprunter le petit Jean-Guillaume. Elle lui tricote un «sweater» et elle vient lui faire essayer souvent. Elle se prépare plutôt à jouer son futur rôle de grand-mère Balleine... Mémé, mémère, mamie... Laura sera la mère d'un enfant, un jour, c'est inévitable, c'est bien connu, les spermatozoïdes de Trottochaud trottinent dans les veines de son fiston Jacques. Et depuis qu'il est revenu de voyage, elle lui a découvert une ardeur signifiante, insoupçonnée, un grand gaillard, son Jacques, fort comme un bœuf... sûrement galant comme un lapin, son gars, le fils à Simon, Jésus-de-bénitier. Il lui fait honneur sur sa terre, ses muscles sont en action, sur-homme de l'Acadie, de France, digne descendant des Eugène, Abdon, Joseph Balleine...

Il aura de vaillants enfants, c'est sûr.

En attendant, Wilhemine catine avec le bébé de la frisée, sa belle-sœur illégale, sa nièce plutôt, elle ne sait plus très bien, le p'tit Jésus, cher p'tit ange, beau p'tit coq.

Mademoiselle Savignac se trouve donc à être toute seule avec les murs du logis de Victor... toute «fine» seule avec Tomahawk en personne, à part bien sûr l'alcoolique affalée sur le lit, saoule comme une bottine fraîchement pêchée.

Mes rognons m'angoissent, mon angoisse elle-même m'entortille. Mes intestins crient, Elzéar, Elzéar, Elzéar...

J'ai mal à la tête, dit-elle. Mademoiselle Savignac a, depuis quelques jours, de fréquents maux de tête.

— Elzéar!

— Oui, ma toupie?

— Grand excité! Toupie? Voyons! Hum... Je ne sais comment vous dire cela (elle va mentir)... Madame Angéline m'a confié le rôle de...

— De...

— Voyez-vous, votre barbe! Il faudrait que je vous fasse la barbe, la barbe, absolument, que je vous lave aussi, que je vous passe la débarbouillette, il faudrait que... mon cher Elzéar...

— Ma catin! Ma belle catin! Mais passe, passe-le le blaireau (j'm'en vas te montrer le mien, pense-t-il). Fais, fais! Tu dois terriblement ben raser, toé! Tes doigts sont si doux pis tes paroles si tendres... Rase, rase.

Mademoiselle Savignac prépare un plat d'eau chaude. Elle fait apparaître une mousse grisâtre qu'elle applique en tapotant sur les joues, la mâchoire et le cou du malade qui se tortille et lance des sons de trompette:

— Thé... rèse!

179

— Estelle, bon. Allez-vous comprendre?

— Thérèse, ma toupie, ma catin! Chu... des vacances.

— Laissez-vous raser, là.

— Vas-tu? Hum... J'espère que tu vas pas tenter de raser ailleurs, j'espère...

— Elzéar!

Elle rougit, colle son regard à la porte. Elle est calme, étrangement calme, c'est surprenant, affolant, elle a de la difficulté à se reconnaître. Seule ici? On peut facilement les espionner. Elle est pleine de nostalgie, tout à coup, des allures de clown fantastique, des airs de clavecin dans la cervelle.

Vilaines allures.

Elle rase le mâle à la perfection, son premier mâle. Peut-elle croire une minute que les becs de sauvetage donnés à «bouche triomphante» au jeune Teddy étaient de suaves fumets d'érotisme? Un mâle à sa merci, son mâle. Elle pourrait lui ordonner de lui faire l'amour illico en le menaçant de lui couper la girouette avec le rasoir, elle pourrait... N'a-t-elle pas le gros bout du bâton?

— Maintenant, je vais vous laver.

Où donc l'emportera cette folle équipée, mon doux Seigneur, où donc? Angéline, où dors-tu? Je suis droguée, hallucinée, sainte-truite, la polka, la farandole...

— Je vais aller préparer des savons, des serviettes, de l'eau, du parfum! Ah! Elzéar, si tu voulais mettre ton panache de grand chef!

— Chu pas un sauvage, hestie!

— J'y vais, j'y vais, excuse!

— De rien, ma catin.

Elle se glisse jusqu'à la cuisine, la toque raide sur la tête. Une maigreur surprenante que Tomahawk n'avait pas encore véritablement remarquée. Elle remplit un bassin de granit, s'empare d'une sorte de cabaret de bois, y dépose le savon, les serviettes, l'eau, le musc et revient dans la chambre avec une vigueur à claquette. Elle dépose son stock sur le guéridon, se retourne, le savon lui glisse des mains... Hockkk!

Tomahawk Invincible est devant elle, sur son lit, solennel et... flambant nu.

Qu'est-ce donc?... Ciel! Est-ce donc si petit? Où suis-je? Les verts sapins... Ça me prendrait une loupe, ciel! (d'un décevant!) Microscope, frissons, cours de sciences naturelles, biologie... (diante). Il est minuit... hockkk! Par tous les tatouages des Indiens, saint-sicroche!...

Elle a soudainement envie de disparaître de sa vue, de fuir, fuir... Quand donc prendra-t-elle sa retraite? Mais madame Victor Trottochaud, Angéline-la-frisée est paquetée aux as dans la chambre en bas, c'est le temps bien sûr, le temps où jamais. Attaquer l'os, la victime, sauter sur sa proie.

Mais c'est si petit, minuscule, camouflé dans une touffe grisonnante, ratatiné... Elle va enfin pouvoir reprendre ses sens.

Puis elle approche, humide, honteuse, la débarbouillette dégoulinante:

— Thérèse, approche, ma catin! Approche, aie pas peur, je te mangerai pas. Y faut que tu fasses ton devoir. Chu sale, je pue, tu dois me laver, catin, approche, je pue, j'ai un magnifique cadeau pour toi!

Tomahawk fouille sous le lit, dans une boîte. Il en retire un merveilleux violon confectionné à la main dans ses temps libres et fait avec une boîte de cigares. Un joyau.

— C'est trop, Elzéar, trop. Pour moi?

— Je peux t'en jouer une toune, si tu veux.

Et il s'exécute, des airs d'autrefois, des reels qui sonnent creux, des larmes en dessous du nez. Il la gâte, c'est effrayant, il n'a rien oubié.

Honguedoune approche à grands galops de cheval. Le conseil des Micmacs l'a nommé, lui, Honguedoune-le-tatoué, chef-par-mémoire-défaillante de la tribu des Micmacs de la Ristigouche... en remplacement définitif de Tomahawk Invincible-inutile-à-tout-jamais ou jusqu'à ce que mémoire ne revienne.

181

Grand chef par intérim ou du moins jusqu'à ce que Tomahawk fasse un Invincible de lui. Car la loi micmac stipule, à l'article 48, que tout grand chef qui n'aura pas réintégré ses fonctions au plus tard «huit pleines lunes» après les avoir quittées se verra démis de ses responsabilités et remplacé par un nouveau et définitif grand chef. Honguedoune jubile. La danse de la pluie peut aller se rhabiller. Heureux celui qui a pointé son arme du côté du parc de la Gaspésie.

Honguedoune en Cascapédia.

Il approche à grand galop de cheval. Il doit prendre possession du panache officiel, du paquet de plumes colorées des mains consentantes de l'ancien chef, l'Invincible, le Tout-Puissant pour des siècles et des siècles à venir.

Le galop du cheval est loin. Mademoiselle Estelle Savignac-la-catin-névrosée va s'évanouir.

Tomahawk doit penser : «Quand on est à l'abri du froid, de la faim et de la soif, pourquoi se soucier du reste qui n'est que vanité et superflu?» Tout comme Sénèque, c'est ce qu'il doit penser à la minute précise où mademoiselle Savignac l'approche.

Mais quand on est flambant nu sur un lit de Trottochaud avec en plus une jolie femme à ses côtés, on a vachement envie de se soucier du reste et d'en demander davantage.

Mademoiselle Savignac s'approche de l'électrisant gigolo et, les yeux rivés sur la sucette molle, entreprend de laver ce corps musclé, viril. Imprudente petite institutrice de campagne qui a si bien su battre Teddy, l'insupportable Teddy. Elle n'en demandait pas tant.

La tête lui tourne, ça gigote en dedans, ses méninges, ses folles pensées, ça fait mal un tantinet, un gros tantinet...

Mademoiselle Savignac attaque les pectoraux d'une débarbouillette généreuse. Cet homme est tout à la fois, un peu fou, emporté, passionné, chimérique, insolent et grossier. La débarbouillette se noie dans le savon gras. Imprudent, imprudente...

Elle roule autour du nombril, juste au-dessous du bandage. Bandage, bandage! Ne pourrait-il y en avoir de plus frétillant? De plus sautillant? Elle ne veut oser se rendre si bas. Si on la voyait?

Bien sûr qu'on la voit. Teddy est juché sur une branche, non loin, et il admire à travers des lunettes grossissantes l'extase de son institutrice assoiffée.

— La vieille cochonne! Dire que j'ai laissé tremper mes lèvres dans c'te gueule-là!

Mademoiselle Savignac toussote:

— Bon, mon cher Elzéar, je pense que tu vas pouvoir maintenant, j'ai terminé... hum!

— T'as fini? Mais tu m'as pas passé le torche-cul!

— Sainte!

— T'as fini certain?

— Oui, oui... ui...

— Chu pas propre partout, je me sens sale!

— Euh!

Il lui prend la main et arrache la débarbouillette froide. Il se lave lentement le scrotum et indique son instrument secret, le galant des galants, l'arme irrésistible, celle qui crache le feu de la vie.

Il prend la jolie main fine de l'amoureuse et la porte à cet organe brillant. Mademoiselle Savignac s'arrache à ce nid suave, vite, le péché, les âmes du purgatoire, le païen (elle va faire un signe de la croix).

— ELZÉAR!

— Lave, j'ai dit! LAVE!

La femme s'emporte. Elle frôle la région du pubis et ses doigts trottinent autour du cylindre raffermi. Elle est en nage et va disparaître dans les limbes, un instant, l'instant d'un miracle.

Il y a eu perte de mémoire. La virilité, elle, contrairement à ses inquiétudes, est encore toute là.

Miracle.

— Pouvez-vous me dire, s'il vous plaît, à votre âge, à mon âge, tout... Pourquoi?

183

C'est l'éloge au saucisson. Son sauveur vient de ressusciter. Ça ne meurt jamais, ça? Et c'est beau! Haut, majestueux, elle le respire, le totem, en hommage aux anciens, le lave, le goûte (un peu)... vole alentour...

Teddy lance:

— La salope!

...Le lave, le masse... La tour de Pise est-elle aussi penchée?

Tomahawk lui a promis un examen gratuit au premier abonnement. L'arme solennelle...

Le salami, l'andouillette, la mortadelle de Bologne, le saucisson d'Allemagne, ça goûte tout ça à la fois, et la grande Estelle s'y connaît en saucisson. Elle visionne toute une géographie dans ce boudin blanc si gras, massu... joufflu, avec haut collet, ne vous déplaise:

— Lavvvve... ave, ma tou... toupppppie!

Toupie.

Comment conclure?

Elle voudrait l'assaisonner, lui piquer des truffes, le décorer d'une branche de persil.

Elle le croque. Adieu péché! Monsieur le curé le saura d'ailleurs bien assez vite, tout se sait tellement rapidement en Cascapédia, et puis, de toute façon, elle est déjà allée trop loin. Au yable le danger!

Il s'en est fallu de peu qu'elle s'évanouisse à nouveau. Un éclair de génie est brusquement sorti de ce membre viril, juste à temps, un éclair flamboyant, une odeur de bolet frémissant cueilli sous les arbres à l'automne.

La terre, les racines, le peuple.

Juste à temps.

Honguedoune se tient sur le pas de la porte. Mademoiselle Savignac achève de laver le bienheureux avec la débarbouillette. Elle a eu le temps de ramener les couvertures sur le moribond. Elle s'empare du violon artisanal et en joue.

Le sauvage revendique le panache coloré. Il est là, torse nu, des milliers de tatouages sur l'abdomen, les bras, les omoplates, le dos marbré, les joues en feu, le regard dur... une marque autour du cou.

Un instant, mademoiselle Savignac aurait pu jurer que...

Il ne parle pas. Il s'exprime avec son regard et les plis dans son front. Un instant... surtout à cause de la blessure au bras gauche, «fantôme chauvage».

Tomahawk Invincible se tord de rire au creux de son lit, des microbes de jouissance sur les joues, il a enlacé la taille de mademoiselle Savignac. Cette dernière se dégage, soudainement, un épouvantable mal de tête, horrible, comme elle n'en a jamais eu, l'amour, son eczéma, ses varices, la réalité...

Ma tête! Une jonglerie.

Honguedoune s'empare du panache à plumes superbes et l'installe sur son coco flambant chauve. Il mouche l'institutrice avec la débarbouillette. Ses larmes inondent le grand chef déchu.

Un rictus pervers s'installe au coin des lèvres du grand chef Honguedoune. Il a gagné son pari. Le grand conseil l'a nommé à la place du fils Caplin, le jeune Gaspard, un incapable.

C'est lui le seul, l'unique.

Honguedoune Invincible.

Scapulaire, frétillements, nez collé.

Honguedoune a gossé un bambin dans un microscopique morceau de bois.

Un bambin tatoué qui tient des lunettes grossissantes à son cou.

À son cou.

Chapitre 19

Les événements ont juste besoin d'un tout petit coup de pouce pour s'émoustiller et prendre le mors aux dents.

Une arme à deux tranchants. Tout se découvre et se sait, se glisse au creux du quotidien. Et qui sème le vent récolte la tempête. On dit que la colère est un mauvais guide, un capitaine redoutable, on dit…

Pourquoi donc revivre, ici, au beau fin fond de la Gaspésie, à un moment précis, pourquoi donc revivre… une impression de déjà vécu?

Victor a vieilli. Ses cheveux ont pris la couleur des neiges du mont Jacques-Cartier. Hier, ils étaient gris, poivre, rudes. Philippe est fuyant. Il ne s'est pas encore rapproché de son père, ce père qui a subi un choc monstrueux lorsqu'il a découvert deux cadavres froids et son ami plus mort que vif, Tomahawk. Il n'a pas hésité un seul instant à l'héberger dans sa demeure. Il est là depuis longtemps, amnésique, qui colle aux fesses de mademoiselle Savignac qui elle aussi colle à sa demeure. Sa maison n'est plus sa maison. Refuge des gueux, des idiots, des alcooliques, des blessés, des imbéciles, des délinquants, des sans-mémoire et des êtres puants, des incestes… Est-ce donc si terrible d'avoir comme concubine la femme de son fils? Peut-on le considérer comme un père incestueux? Faire des enfants à la femme de son fils, à sa bru, c'est bien sûr une forme d'inceste par alliance.

Philippe ne le regarde à peu près plus.

Des policiers sont venus. Ils ont fouillé la forêt de fond en comble. Ils n'ont trouvé qu'un bout de corde de parachute et quelques menus objets mais leur attention s'est concentrée sur le bout de corde. Une idée fixe. Les Indiens tissent ces cordes et les policiers n'ont nulle envie d'aller enquêter du côté de la Ristigouche. Nulle envie. On y pense à deux, trois, quatre et cinq fois avant de même seulement oser envisager la possibilité de créer une telle sorte d'incident de territoire...

Vaut mieux chercher ailleurs. Et puis, les Indiens ne seraient certainement pas venus tuer d'autres Indiens dans le parc de la Gaspésie. Personne d'ailleurs ne semblait en vouloir à ces trois Micmacs. Personne...

Une corde de parachute...

Indice.

Victor est plongé dans ses pensées. Une jeep jaune appartenant à des Américains a été aperçue la dernière fois à la fourche des chemins menant ou à Cascapédia ou au lac Berry Mountain. Depuis, plus rien. Motus et bouche cousue, le lièvre dans sa «trail» et le castor dans ses bricoles.

Les deux policiers sont mal à l'aise. Le vieux Berthelot a envie de cracher sur eux. Il les déteste à mort parce qu'ils l'ont déjà arrêté pour une affaire de braconnage, et de boisson, et de... mœurs. Il les haït pour les tuer.

— Monsieur Trottochaud, excusez-nous, nous savons que votre temps est précieux et... et que vous avez été soumis à beaucoup de pression ces temps-ci, des épreuves...

— Accouchez, cafiére!

— Euh! Monsieur Cullens est-ti pas supposé de venir dans les parages? On aimerait ça le voir!

— Qu'est-ce que vous y voulez, au prospecteur?

— L'interroger. Le voir, à tout le moins. Hum! Vous êtes au courant que monsieur Cullens s'adonne à un sport dangereux durant ses rares loisirs?

— Ben oui! Y fait du parachutisme, y a rien de grave à ça j'espère, y a ben le droit! Y saute de l'avion du docteur Querney.

— Justement! Et c'est très bien, très bien ainsi. Nous aimerions seulement jeter un coup d'œil à ses parachutes, les examiner de plus proche.

— Pourquoi? Y les a pas touchés depuis un an dans le moins.

— Nous voudrions savoir où il se les procure!

— Y les fait faire à Gaspé par une bonne vieille dame, une femme extraordinaire. Pis y achète les cordes des Indiens, je cré ben, c'est ça, des Indiens, y m'en a déjà parlé... Mais vous voulez pas dire que...

— Nous ne voulons rien dire.

Le petit maigrechine-épagneul des deux policiers n'avait encore rien dit mais le grand cachalot-brumeux n'a pas la langue dans sa poche. Victor explose:

— Vous voulez toujours ben pas dire que parce que vous avez trouvé un petit bout de corde de parachute...

— Cinq pieds, monsieur!

— ...ben que vous allez accuser Wilbert! Avez-vous au moins pris le temps de vérifier du côté de la jeep jaune que j'ai enregistrée ça fait un bout de temps pis qui a pas encore donné signe de vie à part queques apparitions icitte et là? Si ça continue de même, manquablement que vous allez nous accuser avec!

Le grand cachalot-brumeux éternue, s'assoit à cali-fourchon sur une chaise dévernie et crache dans la spitoune du vieux Berthelot:

— Nous aimerions simplement examiner la cabane du prospecteur, c'est tout.

Au même instant, innocemment, Wilbert Cullens pénètre en sifflant dans le camp de son ami Victor. Il s'arrête net, pense s'enfuir un instant, se ravise, s'approche de la table...

— Yes, sir?

— Vous pouvez venir nous montrer votre cabane?

— Ma cabane?

— Oui, yes, dans le bois.

— Sure!

Wilbert semble n'avoir rien à cacher. Victor branle la tête, esquisse un geste significatif près de sa tempe et prend un grande respiration de détente depuis trop longtemps retenue. Il lance un clin d'œil à son ami. Sa seule présence suffit pour le rassurer. Il demande:

— T'as le temps de prendre un verre? Vous autres aussi, messieurs?

— Non, non. On voudrait plutôt finir notre inspection au plus vite, hein? Si vous voulez nous suivre.

Wilbert s'engage immédiatement à la suite des deux policiers qui le font monter à bord de leur automobile.

Le temps est gris. Les personnages ont soudainement de petits yeux bizarrement exorbités, les deux policiers surtout, on croirait des extra-terrestres.

Wilbert a pignon sur rue dans toute la profondeur de la forêt. Il la connaît comme le fond de sa poche. Mais les deux enquêteurs sont méfiants. Ils ont pris leurs informations et savent exactement où se trouve la cabane du prospecteur. Une cabane confortable, en bois rond, du même type que celle du garde-chasse.

Wilbert Cullens leur fait la politesse de les inviter à rentrer, courtoisement, en baragouinant bien sûr.

Le prospecteur a quand même la lourde impression qu'il se fera un déclic sinistre dans le déroulement de sa vie, dans le hasard des choses. Depuis qu'il a rencontré ces deux hommes, sa destinée a pris un coup de vieux, des prophètes de malheur sans doute, des Belzébuth sur deux pattes.

Il n'est pas sitôt à l'intérieur que les deux policiers le bousculent férocement et le menacent même de le descendre s'il bouge. Wilbert s'allonge sur son lit de camp. Les deux hommes fouillent comme des sauterelles dans un champ de blé d'Inde. Ils découvrent la remise pleine de parachutes, il y en a huit, quelques-uns sont soigneusement rangés, d'autres traînent dans un coin.

Il manque un bout de corde à l'un d'eux.

Naturellement.

Puis à un deuxième, un troisième... Peut-il en être autrement? Il leur faut un coupable dans la couenne, un coupable à montrer du doigt, naturellement...

Le bout de corde de cinq pieds sied à peu près à l'un des parachutes:

— Pouvez-vous nous expliquer comment il se fait que ce bout de câble ne soit pas à sa place?

Wilbert a des bouchons d'indifférence dans les oreilles. Il se détend, bâille, croise ses jambes...

— Je répète! Il manque un bout de câble, on l'a trouvé dans le bois, pas loin du «grattage» de chevreuils, accroché dans un arbre, proche de l'endroit du crime, juste à côté!

Wilbert ne répond toujours pas. Il fait la sourde oreille, ahuri quand même (pourquoi ces damnées cordes ne sont-elles pas à leur place?). Les pieds toujours croisés sur son lit de camp, il grille une cigarette:

— Dans le bois, Cullens, la même, la même maudite corde, regarde, la corde qui va te pendre!

Le grand cachalot-brumeux fait «twister» le câble sous le nez de Wilbert Cullens. On mesure, calcule, piétine, fouille, fouille, fouille, argumente, fouine, fouine, arpente, prospecte... C'est bien sûr, bien certain, juré craché, vrai comme chu là... Le bout de câble en filasse de lin trouvé dans le bois près des cadavres est celui qui manque à l'un des parachutes de Cullens.

C'est clair comme de l'eau de source, de roche... comme une mélodie de cristal.

C'est clair.

Wilbert est plongé dans ses pensées. Les policiers tour-naillent autour de son lit comme des vautours, il ne les voit pas, les sent quand même, les mouches à marde qu'il chasse du revers de sa main, des mouches à potence. Sainte-antenne!

191

— Monsieur Cullens, au nom de la loi...

— Hein?

— Ouais! Au nom de la loi, on est obligés de vous arrêter pis de vous embarquer pour Percé où vous allez avoir votre interrogatoire. On a trouvé c'te boutte de câble dans la forêt pis là on vient de trouver ce qui «fite» avec. Pis dites rien parce que ça pourrait être conservé dans les papiers contre vous...

«Ils déparlent, les salauds!»

Des ronds de fumée s'élèvent jusqu'au plafond; et c'est à peu près tout. C'est la seule véritable réponse aux accusations des policiers-enquêteurs.

— Vous avez rien à dire. Vous parlerez plus tard. C'est mieux comme ça. Ben mieux. On sait que vous avez la réputation d'être un terrible de bon prospecteur dans la région pis que vous savez vous tirer des plus mauvais draps, ça fait que... Ça fait que vous êtes mieux de rien dire tout de suite pis de répondre à Percé seulement, hein?

La pluie tambourine sur le toit. Elle écrit dans la nature la désespérante symphonie personnifiée. Incroyable. Celle qui saura faire couler des larmes et des sentiments déchirants... cette symphonie qui résistera aux siècles, naissante, mais éternelle.

Wilbert se lève, prend un «pack-sack», le bourre de quelques menus objets (cigarettes, calepin etc.) et se rend à la truie pour y faire une attisée, pour la forme. Il s'assure que les fenêtres sont bien fermées, place une peau d'ours sur son banc-lit, regarde le grand cachalot-brumeux une bonne demi-minute à tout le moins, à tout le moins. Les habitués de la forêt participent à une cérémonie qui se gravera à tout jamais dans la pierre et dans le cuivre...

— Je vous suis.

Les policiers se rendent avertir le gardien du parc, Victor, qui rentre dans une verte colère:

— Qu'est-ce que vous êtes en train de faire là, bande de cafiére de niaiseux? Virez-vous fous? Y a plein de monde en Gaspésie qui utilise c'te sorte de corde-là! C'est pas une preuve.

Victor attrape Wilbert par les épaules:

— Aïe! Chummy, défends-toi! Laisse-toé pas faire par c'te bande de nonos-là! Viens-tu capoté toi itou, cafiére? Laisse-les pas faire, y ont rien trouvé, voyons! Voir si un homme comme toi aurait asteure essayé d'assassiner mon grand ami Tomahawk! Hein, voir?

Victor secoue Wilbert comme un pommier. Il ne dit rien, épuisé, las, une marionnette... Le vieux Berthelot vise d'abord la spitoune mais un crachat brun vient s'écraser sur la bottine du grand cachalot-brumeux. C'est ardu, ardu! Consentant?

Qui croire?

— Wilbert! Wilbert, voyons! Dis queque chose! vous allez pas bêtement l'emmener à Percé, vous autres?

— Si y est pas coupable, y va le dire à Percé! Nous autres, on fait notre devoir... Y a rien dit!

— Ça le rend pas coupable pour autant, cafiére! vous avez pas de preuves. Venez-vous fous? Allez-vous arrêter n'importe qui, asteure? C'est lui, Wilbert, le meilleur prospecteur, le meilleur homme des bois par icitte. Y a pas hésité une seule minute à venir me reconduire à Cascapédia quand que j'ai eu des tristes événements dans ma famille! C'est ça, arrêtez donc tout le monde du boutte tant qu'à y être. Je savais que vous valiez pas plus que de la marde mais là...

— Monsieur Trottochaud, on a été polis, ça fait que soyez poli vous itou. On l'emmène pour interrogatoire. Y dit rien, rien. Ben la corde qui a été trouvée à ras les cadavres est la même que celle du parachute trouvé dans son shack. A s'est toujours ben pas rendue là toute seule!

— Y a pu se la faire voler. Y est jamais chez eux, y est toujours parti, parti. M'en va vous le dire, moé, qui c'est que je soupçonne. L'autre jour, y est rentré une jeep jaune remplie d'Américains. Y sont jamais ressortis. J'ai cherché, je cherche encore, y sont pas revenus s'enregistrer. Je vois

193

rien qu'une chose. Y ont dû sacrer leur camp de nuitte par en bas chez nous, par Cascapédia. Je vois pas d'autre chose. Qu'est-ce qui vous dit qu'y sont pas venus rôder par amont le shack à Cullens pis qu'y auraient pas pris ce qui aurait pu faire leur affaire, hein?

Le grand cachalot-brumeux questionne:

— Monsieur Cullens, est-ce qu'on vous a dérobé quelque chose dans votre cabane dernièrement?

— J'sais pas!

Victor tourne en rond et gronde:

— Cafiére! C't'innocent-là, en plus, y se laisse faire! Tu le sais même pas... Tu dois le savoir si les câbles étaient là! Défends-toé, bonyenne! Défends-toé un peu. Tu t'organises pour t'embarquer dans un moyen pich-pouti avec tes phrases insensées. Voyons! dis queque chose d'intelligent!

— Qu'est-ce que tu voulez que je dis?

Wilbert hausse les épaules, impuissant. Il fait confiance à la Providence qui ne l'a jamais laissé tomber. Les suggestions subliminales l'emportent. Il se souhaite bonne chance, cafière, bonne chance, il en a bien besoin. L'habitude. La foi en ces coquins de maraudeurs. Il a toujours fait confiance à la vie.

Confiance ou chagrin tout court.

Vous pouvez consulter, si vous voulez!

C'est bizarre. Les policiers l'emmènent dans leur voiture. Un destin se trace dans cette forêt propulsée. Une audace transcende. C'est à n'y rien comprendre. L'itinéraire est esquissé. En route vers un monde nouveau.

Le passage. L'équipage. Victor se laisse imprégner d'une sorte d'énergie cosmique, une force immobile qui saura lui apporter la paix.

Le parachute du bout du monde. Un ange en taxi. Tout est à refaire dans cette forêt lugubre. Ses amis les Micmacs ont subi de lourdes épreuves et Tomahawk est chez lui, amnésique et simple, heureux... paisible, confié aux bons soins de sa frisée.

Imperméable. Les oiseaux gazouillent enfin... la pluie a cessé, heureusement. Bonheur pour le rêve. La catastrophe se lit dans la cabane. Plus personne n'a le goût de s'accomplir. Qui donc oserait pousser l'audace jusqu'à réinventer la logique?

Le vagabond quelque part s'arrête, regarde à travers une vitrine, cherche un vieux dix cennes, c'est tout, se mouche avec ses doigts et pisse sur un trottoir de bois.

Ou de béton.

Tôt ou tard, l'homme marche sur un trottoir et regarde à travers une vitrine.

La forêt, pour sa part, a découvert son bouc émissaire tant attendu, le prospecteur Cullens.

Mais la vérité n'est pas forcément vulnérable parce qu'elle se trouve en Gaspésie.

Ni le mensonge d'ailleurs.

Ni le chant des oiseaux.

C'est l'incomparable printemps, après tout.

Chapitre 20

La nouvelle n'a pas traîné dans les ruisseaux. Wilbert Cullens est arrêté depuis deux jours. Il est accusé du meurtre de deux Micmacs et de tentative de meurtre sur la personne de Tomahawk Invincible, grand chef déchu.

Le prospecteur n'a pu fournir d'alibi acceptable sur son emploi du temps. Il dit s'être rendu à Québec pour cinq jours mais personne ne l'a vu nulle part... La belle affaire! Surtout que depuis la nouvelle de l'arrestation de Cullens, certaines bonnes gens tentent par tous les moyens de rendre responsables d'honnêtes Américains de passage dans la région, des hommes qui ne demandent qu'à venir dépenser leur argent dans la péninsule et enrichir les Gaspésiens par la même occasion. Des chasseurs inoffensifs...

La tourbillonnante affaire.

Wilhemine compte ses mailles. Elle attend ses invités pour une foulerie de tissu qu'elle organise dans la soirée. Une vingtaine de personnes à tout le moins. Des voisins, Angéline, Laura, Jacques, Léandre, madame Dumoulong etc. Sa trâlée de garçons en plus, la «job» ne prendra pas goût de tinette. Elle a fait du sucre à la crème. Les ouaouarons s'amusent dans les étangs.

Mademoiselle Savignac n'est pas venue se joindre au groupe, son mal de tête devient de plus en plus inquiétant, des douleurs terribles. Elle a préféré demeurer dans son école et corriger les examens de fin d'année.

Les rumeurs n'ont cependant pas le temps de chômer et la conversation «s'éjarre» autour des amourettes entre Tomahawk Invincible et mademoiselle Savignac. La girouette a depuis longtemps fait la commission et c'est maintenant bel et bien écrit dans les placotages du village: mademoiselle Savignac est l'amante de Tomahawk Invincible.

Laura fait la sourde oreille. Solennelle, elle est assise au coin de la table, Jacques à ses côtés, Léandre aussi. Son père et l'institutrice peuvent bien faire ce qu'ils veulent, ça ne la dérange plus mais elle n'ira quand même certainement pas ajouter aux entortillages de cuisine.

La pièce de tissu va être lavée de fond en comble avec du savon du pays légèrement parfumé. Elle servira à confectionner des pantalons, chapeaux, nappes, manteaux etc. Une pièce imposante tissée avec amour et qu'il faudra dérouler, laver et frotter à grande eau afin qu'elle foule avant d'être utilisée. On annonce du beau temps pour le lendemain, c'est parfait, la pièce sera étendue sur des tréteaux spéciaux où elle sèchera pendant une journée complète.

Les invités se glissent sur les chaises libres autour de la table cependant que Laura retrouve son sourire.

Wilhemine aurait bien aimé que la Perchaude soit présente. Une experte dans l'art de la foulerie, c'est bien connu au pays des Saindoux et à Cascapédia.

Madame Dumoulong est sagement installée au bout de la table, les cuisses serrées. Il est sept heures du soir.

Wilhemine a préparé un festin pour la fin de la soirée.

À perte de vue l'étoffe, la pièce de tissu. Le travail va bon train.

Et si madame Dumoulong a pu se joindre au groupe, c'est que Tomahawk Invincible, qui prend du mieux de jour en jour, s'est offert pour garder les enfants de Victor et d'Angéline. Il adore faire sauter la petite Ginette sur ses genoux et raconter des légendes à Marcellin. Quant au petit dernier, Tomahawk n'est pas né de la dernière pluie. Ses recettes indiennes, subtilement gravées au fond de son subconscient, le rendent «baby-sitter» par excellence. Il oublie «d'oublier» qu'il est un Indien dans l'âme et des réminiscences surgissent et pataugent dans l'eau de sa mémoire.

On a nos rires, nos pleurs, nos délires. Ainsi va la vie.

Marcellin et Ginette se sont fait un allié. Teddy les guette, malicieux, méfiant, jaloux...

À toutes les nuits, il se réveille en sueurs. On le massacre, lui arrache les ongles, les yeux, le scalpe, lui brûle le corps, lui coupe les orteils, lui plante des clous dans le cerveau.

Le cauchemar rouge.

Le même maudit cauchemar qui revient sans cesse le harceler. Il n'a qu'une hâte, celle de quitter cette maison impie où il a surpris son institutrice et le vieil Indien dans des attouchements répétés, où sa mère se soûle sans arrêt, où son père le déteste, où ses frères sont stupides, où il voudrait violer une petite sœur timide à travers des gestes scabreux et relevant de la plus virulente indécence.

Des cauchemars sauvages.

Il déteste ce grand chef niaiseux qui, pour une simple question de perte de mémoire, a perdu son panache plume par plume. Une couronne volée, piétinée... l'idiot!

Il voudrait le crucifier.

C'est lui le chef. Comment Ginette et Marcellin peuvent-ils se permettre de taquiner cette pâte molle, ce membre inutile, comment? Ils n'ont donc aucune pudeur, ces morpions?

Andouille, canaille!

Tomahawk raconte l'histoire du canot d'écorce en or dont il était le capitaine sur la baie des Chaleurs. Il y a longtemps déjà. Un canot qui a été témoin de la première vraie apparition du Vaisseau fantôme. Des centaines de matelots voués à une mort certaine par l'incendie de leur vaisseau, Tomahawk les a tous sauvés d'un naufrage assuré.

Il se fait tard, légères chanterelles, papillons bleus, une trompette silencieuse... C'est l'heure de la nonchalance. La féerie du conte a endormi les deux enfants dont l'imagination émerveillée par tant d'exploits a ému Télesphore-Eddy qui se rapproche de L'Indien :

— J'peux vous aider à les coucher, si vous voulez!... Hein? Monsieur Tomahawk Invincible, hein?

— Si tu veux.

À l'école du village, mademoiselle Savignac essaie de corriger des milliers de pattes de mouches en se tenant la tête à deux crayons. La douleur est effroyable.

Chez les Balleine, madame Dumoulong a pris du poil de la bête. La voisine de Victor. Elle a eu congé ce soir, congé de garderie. Elle piétine le silence de son état d'âme et demande une cigarette. Toutes les têtes se tournent, madame Dumoulong s'en permet ce soir, elle qui n'a jamais touché au tabac.

— T'as jamais fumé, ma belle, fais attention de pas t'étouffer!

— J'ai déjà fumé, ça fait longtemps.

À l'école du village, mademoiselle Savignac fait le grand écart. Elle allume une cigarette elle aussi, neige blanche, pure, neuve, neuve, son hymen, vierge... Viarge!

Madame Dumoulong a fait un rond de fumée :

— Fais un désir!

— Un désir?

— Tu peux souhaiter tout ce que tu voudras, ça va arriver!

Les grosses brosses remplies d'eau savonneuse frottent avec des «schlick schlack schlouk» infernaux chaque pied carré de la pièce magistrale qui foulera comme cellophane à la chaleur au bon moment au lieu de rétrécir sur les poitrines des enfants toussoteux.

— Vite, tout le monde, on essore pis on roule, on roule, allez, hop!

L'eau emmagasinée dans la pièce de tissu la rend lourde à manœuvrer. Une tonne.

200

On frappe à la porte.

Un homme au large sourire, dents blanches (avec une dent en or), frisettes et coq soignés, se présente hardiment dans des habits dernier cri, une grosse malle à la main :

— Bonsoir, messieurs-dames! J'vois que vous avez organisé une foulerie! Hum! De la belle étoffe du pays, rien de mieux!

Wilhemine est méfiante. Un si beau parleur avec de si belles manières, un homme affable comme tout? Sûrement un vendeur de la pire espèce, un vendeur de pièces de tissu manufacturées par des machines électriques. Elle l'apostrophe :

— Un peddler, asteure! On veut rien, on a tout!

— Madame, madame, je ne vends rien de ce que vous croyez! Ni tissu, ni produits de beauté, ni produits Ralways, ni assurances... Je suis un vendeur de Dieu!

— Vous m'en direz tant!

— Parfaitement, un vendeur de Dieu...

— Allez faire à croire ça à d'autres.

J'ai toujours admiré ces hommes et ces femmes de grands chemins qui bravent les intempéries des saisons et ont le courage d'affronter les foudres, la hargne et la férocité des habitants. Ceux qui persistent dans leur travail. Ils sont détestables très souvent, indomptables mais valeureux. Et lorsqu'un peddler réussit à ouvrir sa «malle à six étages en accordéon», eh bien, rien alors ne s'oppose aux plus folles dépenses du mois :

— J'peux ben me le permettre à l'occasion! Mon Simon me tiendra pas rigueur...

Le peddler sourit et déclare :

— Venez voir!

Il se rend jusqu'à la table de la salle à dîner. Presque tous les invités se lèvent pour admirer la marchandise.

— Ah ben, sainte!

Et Angéline se signe. Un vendeur d'images pieuses, mais pas n'importe quelles! Des grandes images coussinées et en couleur s'il vous plaît avec un gros plastique raide pour les protéger, on rit pus... Toutes les images possibles et imaginables, des illustrations quasi idolâtriques à l'occasion, si la Perchaude voyait ça! Elle en achèterait pour dix piastres.

La foi est encore solide au milieu des années cinquante. Saint Isidore avec sa charrue, sainte Thérèse des Sept Douleurs...

— ...de l'Enfant-Jésus, voyons, Jean-Roch!

Le Sacré Cœur de Jésus, un saint Jésus de Pragues, et la Sainte Vierge dans toutes les positions:

— Vous en avez un moyen stock!

— On peut même graver votre nom dessus en or.

— En or!

— Oui, ben sûr... Vot' nom?

— Balleine. Mais, mais... vous auriez pas de Jésus dans un bénitier? (Jésus-de-bénitier, pense-t-elle.)

— Non, mais nous avons le baptême de saint Jean-Baptiste, ça peut-tu faire pareil?

Je ne peux m'empêcher de rire. Vendeur ridicule. Florian se rend à la cave pour y prendre un pot de betteraves comme le lui a demandé sa mère en extase. Il soulève la trappe mais oublie de la refermer.

Dans la salle à dîner, les transactions vont bon train. Un Sacré Cœur de Jésus une fois... pour Angéline qui... hic! le priera souvent de l'astreindre à moins boire (tout en lui demandant de ne pas l'arrêter totalement), deux sainte Thérèse de l'Enfant-Jésus pour Wilhemine, deux Seigneur Jésus, trois Jésus enfant (dont un avec un oiseau sur la main), trois anges gardiens... Une image coussinée pour chaque chambre à coucher de la maison et quelques-unes de plus pour exposer dans la cuisine, sur le mur, de chaque côté de la croix de la tempérance. Un cadeau de Simon.

La grande vente aux flambeaux.

— N'oubliez pas de les faire bénir dimanche prochain par monsieur le curé ou lors de sa prochaine visite de paroisse, comme c'est là, dans ma valise, le Bon Dieu est pas dedans.

— Charriez pas, c'est pas des hosties quand même!

Et le vendeur tapote les cennes qu'il a empochées. Le canard! L'escogriffe...

Laura n'a acheté qu'une minuscule médaille miraculeuse mais Jacques n'a pu résister et faute de saint Antoine, il a sauté sur un saint Joseph charpentier fort occupé. Marteau à la main. L'enfant Jésus à ses côtés. Wilhemine a hurlé:

— Toé, Jacques, tu ferais mieux de te greyer d'un saint Isidore si t'as l'intention de te lancer dans l'agriculture.

Madame Dumoulong a beaucoup hésité avant d'arrêter son choix sur une image de sainte Cécile, patronne des musiciennes (et peut-être des amoureux). Le peddler ne vend pas de saint Valentin mais jure d'en commander pour sa prochaine tournée.

J'achète un ange gardien, moi aussi.

Pour encourager.

Assurément, le peddler est tombé sur une mine de diamants. Il affiche un sourire suiffeux deux fois plus large que celui qu'il avait quand il est entré. Il veut un verre d'eau. Jean-Roch se lance:

— J'vas aller vous le qu'ri!

— Non, non, laisse faire, mon jeune, ça va me dégourdir et me faire connaître les airs. J'vais y aller!

— Prenez-vous un verre propre dans l'armoire…

Mais… ma tante Wilhemine a tout juste le temps d'achever sa phrase; le vendeur d'images pieuses lâche un hurlement et tout le monde se précipite dans la cuisine.

Il a plongé tête première dans la cave. Florian a oublié de fermer la trappe. Il est suspendu dans le vide, une jambe tient par une ridelle et l'autre s'agite dans le vide.

Le pauvre homme de grands chemins.

On ne peut guère voir son visage mais on entend sourdement des «au secours» et «maman, viens chercher ton vendeur»…

— Jésus, Marie, Joseph, par tous les saints apôtres!

— Y en reste pus d'Apôtres, crie le malheureux vendeur. Je les ai tous vendus à Carleton!

Jacques s'approche, madame Dumoulong aussi. Tout le monde veut faire quelque chose pour sortir l'homme de sa fâcheuse position mais personne ne sait par quel bout de membre commencer :

— C'est ben simple, Léandre, j'm'en vas y attraper la cheville avec mes deux mains pendant que toé, tu vas y attraper l'autre jambe, ça te convient-tu ?

— AU SECOURS !

Angéline sympathise au drame du malheureux et devant cet écartèlement saisissant, elle s'exclame :

— Pauvre monsieur, vous êtes ben mal pris ! Pis l'entrejambes, c'est ben sensible !

Celle-là, je la verrais infirmière, ou masseuse sur la rue Saint-Laurent.

Un café, deux...

— En voulez-vous un, monsieur ?

— AYOYE !

Dans sa malhabile gentillesse, Jean-Roch a échappé la tasse de café bouillant en plein dans l'entrejambes...

— Aouch ! Aouille ! Ayoye... Tabarnnnnnnnaqqquuueee !

— Fais attention, Jacques, faut pas y casser la jambe en plus ! Tenez bon, monsieur, tenez. Monsieur qui, au fait ?

— Philidor Beaupré.

— Enchanté. Léandre Trottochaud. On va vous sortir, ça sera pas trop long. Tenez bon !

C'est bien sûr le malheur d'un vendeur d'images saintes qui a déboulé dans une cave.

La foulerie se poursuit. Le vendeur est sur ses deux pattes. Il me remet une image de sainte Anne tassée dans un coin pour me remercier. Une sainte Anne refoulée sur elle-même et pleine de poussière. À Jacques, il donne une Dernière Cène :

— Tiens, les v'là vos douze Apôtres ! Me semblait qu'y vous en restait pus !

L'homme se joint à la foulerie qui se poursuit jusqu'à onze heures du soir. Goûter, farces, Laura est radieuse. Je la prends pour acquise. J'ai des ailes, des ailes longues et effilées, les rumeurs s'illuminent. J'ai droit au sourire de la belle sans la maladive jalousie de son époux.

On joue à main chaude, à l'assiette, «salute your partner, all men left, two steps ahead — two steps back, center swings — cut of four...»

La trappe est bien fermée. Cadenassée.

Monsieur Beaupré s'en assure aux cinq minutes. Jacques est chaud. Il me demande d'aller reconduire sa femme fatiguée. Je vole de joie. Wilhemine sourcille:

— Tu t'en vas pas avec ta femme, mon gars?

— Non, non! Léandre va y aller la reconduire. C'est mon frère, après tout, mon petit frère! Hein?

— Oui.

Je m'éloigne. Wilhemine se doute-t-elle de notre nouveau manège conjugal? Elle est trop occupée, je ne crois pas.

Je me glisse dans le lit de la belle. C'est l'authentique et cérémonieuse entente avec Jacques. Sans que personne ne le sache, à Rimouski, on lui a dit qu'il était stérile.

Il me la donne, le temps d'un enfantement.

Guichet suivant.

Mais je l'aime, cette femme entrouverte, je l'adore. Je l'avale, j'ingurgite sa salive, lentement, et j'attaque ses mamelons, sauvagement, c'est permis, des mamelons solides;

— Oh! Léandre, je...

— Chut!

Je l'aime longtemps. Jacques peut revenir maintenant. Elle se prête à ce jeu exigé par son mari parce qu'elle l'aime.

Trois anges sont venus...

Le jasmin. Je jouis en elle, deux, trois, quatre, elle m'avale, les choux, une habituée, une squaw, minuit, deux heures... Le party est sûrement terminé, la foulerie aussi. Je quitte le nid conjugal et rencontre mon frérot-cousin qui me frappe l'épaule, ravi, saoul comme la botte, je l'aide à rentrer chez lui:

— C'est tttt'une belllle exppppérience, non?

Chez Victor, les enfants se sont endormis depuis belle lurette dans le lit de Tomahawk. Le Vaisseau fantôme a explosé et il a poussé des ailes au canot en or. Teddy erre dans la nuit. Il est à la recherche de sensations. Honguedoune le hante. Il s'approche, jette un œil chez Wilhemine, rien, il y a trop de plaisir dans cette maison.

Il a regardé à travers la chambre à coucher où il a vu Léandre et Laura, une chandelle allumée... Il était là, Léandre sur Laura, sur Laura. Il lui faisait des choses obscènes, le vaillant, Teddy va fuir, Léandre, viens-tu avec moi?

Des choses obscènes, dans la maison coloriée.

Chapitre 21

Une tempête de neige, asteure.

Au beau milieu de juin. Bonyenne! Ça te déculotte un mois en sirop-de-calmant. Les corneilles poussent leurs croassements avec des bouts de branches coincés dans la gorge.

Ulfranc longe la mer. Des lunettes noires afin de passer inaperçu, il est allé prendre sa mère et sa femme à Pointe-Navarre. La retraite est terminée. Ulfranc a décidé de déguerpir au plus vite et de retourner au pays des Saindoux à Sainte-Florence.

La nouvelle de la mort des deux Micmacs et de la maladie de Tomahawk Invincible le hante et se glisse dans son système nerveux, le laisse pantois, ahuri, les yeux hagards (derrière des lunettes noires, heureusement). Une rumeur, assurément... Quelque chose qui circule de bouche en bouche.

Il a les fesses serrées et les doigts croisés depuis qu'il a entendu parler de l'amnésie du grand chef. Un saindoux peut-il espérer davantage? Un grand chef amnésique, Tomahawk Amnésique. Personne ne sait, sauf Elzéar... les témoins sont morts, sauf Elzéar. Son geste sordide est enterré depuis que les policiers ont mis le grappin sur un prospecteur du parc de la Gaspésie.

Mais Elzéar…

Et voila qu'une tempête de neige dernier cru les attaque à Carleton. Ouf! Il a réussi, il est passé tout droit, là où les poudreries sont impitoyables. Une nouvelle mode en Gaspésie, de la neige en juin. Surprises après surprises. Bondance!

Les Maldemay doivent s'arrêter. On n'a jamais vu ça. De la neige en juin. Ulfranc n'ose continuer, la poudrerie est déchaînée, on ne voit rien à deux pas. Il a peut-être dépassé les bancs de Maria mais il est encore loin de la Ristigouche. Les Micmacs doivent l'attendre au détour d'une route, le tomahawk à la main, les cheveux ornés du bandeau de la guerre.

Vaut mieux stopper à Carleton et coucher chez les Thibault, des Saindoux en exil, des amis de toujours.

Et la neige tombe et tourbillonne, et glisse jusqu'à la mer. Une neige douce. Papillons féroces ou messagers du ciel qui ne calculent pas leur temps.

Pour la Saint-Jean-Baptiste, le Père Noël va descendre dans son traîneau.

Les Maldemay installent leurs pénates chez Firmin Thibault. La Perchaude est courroucée. Elle se serait passée de cette halte, trop épuisée par sa bienfaisante neuvaine à Pointe-Navarre.

— Ulfranc, Seigneur! Viens pas me chanter que t'aurais pas été capable de foncer dans les bancs de neige pis de continuer jusqu'à chez nous. On est pas en janvier!

— Y poudre tout le temps entre Carleton pis Ristigouche, maman, vous le savez. Pis à votre âge, c'est pas le temps de vous mettre dans le péril.

Marguerite? C'est comme si elle n'était pas là. Il ne s'en soucie pas plus que d'une vieille chaussette.

Les Thibault les entrelardent de compliments, les félicitent de leur heureuse initiative et les bombardent avec plein de «vous avez donc ben fait' d'arrêter!» «ça avait pas d'allure de continuer dans une tempête pareille» et pia et pia et pia. Firmin remarque l'extrême nervosité de son invité. Marguerite mâche, sans arrêt, une machine à «bubble gum» et la Perchaude exige la meilleure chaise berçante.

Les nouvelles trottinent, se catapultent les unes sur les autres, se bousculent dans la cuisine:

— On est pas à la veille de planter les pataques pis d'entreprendre nos jardins c't'année! On va ben avoir un mois de retard...

— Oup! oup! ça va cesser, son vieux, dit madame Thibault, pis ça va tourner à la pluie. C'est pas courant de la neige en juin. J'en ai déjà vu au commencement du mois, pis en août itou, mais jamais comme ça!

La Perchaude hurle à son fils:

— Hou! donc, Ulfranc, veux-tu ben te calmer pis t'assire une fois pour toute. Bon, la tempête achève. A va revirer à la pluie, la femme à Firmin l'a dit, ça fait que arrête un peu pis assis-toi. Regarde, ça s'adoucit déjà. Ça va fondre en un rien de temps. Écrase-toi que je te dis. J'm'en vas t'enrubanner dans des langes comme quand t'étais petit pour te calmer...

On attaque un bon dîner, un civet de lièvre. Madame Thibault est une excellente cuisinière, réputée à Carleton. Ses talents dépassent même les frontières du village.

Pipe, berceuse, journal, le silence des campagnes. Firmin parle des manchettes:

— Y ont fini par trouver le responsable de la tuerie dans le parc finalement. Un prospecteur anglais. Y a eu son enquête préliminaire pis ça a tout de l'air que ce serait lui le coupable. Remarque ben que je crois pas trop ça, moé. Paraît aussi que le grand chef Tomahawk prend du mieux! Une terrible affaire... C'est pas ça qui va apporter de l'amélioration dans les relations entre les Indiens pis le monde de par icitte.

Ulfranc est vert comme un concombre gelé, dégelé, regelé, redégelé et reregelé. Il a des envies de diarrhée, des sueurs froides et ne bouge plus sur son fauteuil. Stétoscope, crampes, frissons, hallucinations, il s'habille:

— Excusez-moi une menute! J'm'en vas aller prendre une marche dans la neige, j'aime tant ça.

— T'aimes la neige, toé? Depuis quand?

Ulfranc se rend tout de suite jusqu'à la chiotte où il laisse entendre des «froutch froutch» retentissants. Une diarrhée pas piquée des vers l'y retient un gros quart d'heure. Il se vide pour son argent, en un tournemain, pour le meilleur et pour le pire.

S'il fallait que Tomahawk retrouve la mémoire! S'il fallait!

Non, non... Il lui faut faire quelque chose, absolument. Le faire disparaître. Mais comment? Il pourrait s'absenter durant quelques heures, se rendre à Cascapédia, empoisonner le grand chef, il pourrait...

Son mal de ventre le rend coupable. Il est responsable du plus grand drame jamais survenu en Gaspésie. Il lui faudrait un alibi solide, convaincre sa mère et sa femme qu'il était continuellement avec elles en pèlerinage à Pointe-Navarre.

Bien sûr.

Pourra-t-il en arriver à de bons résultats? En raison des pressions exercées par son hôte, Ulfranc quitte sa bécosse et se réfugie dans la chaleur de la maison des Thibault. Maison qu'il quitte dès le lendemain. Le soleil est revenu, le gel ne semble pas avoir apporté beaucoup de dommages et la neige est disparue, stratégiquement disparue.

Aller tuer Tomahawk! C'est s'exposer à la cruauté, à la révolte, aux remords insoutenables. Et puis, les policiers ont leur coupable, Wilbert Cullens, un innocent, pour sûr... mais un coupable pour la justice assoiffée.

Le p'tit député-les-bretelles vaut beaucoup plus que tous ces êtres sans vergogne, ce prospecteur anglais, ces Micmacs mal élevés, ces gens de petite éducation. Beaucoup plus. Il a encore plein d'activités dans les veines, plein de projets. Sainte-Florence est accrochée à ses semelles. Les

Saindoux ne peuvent respirer sans ses conseils. Et puis, cet anglais, il a bien dû, au cours de sa vie, commettre des bassesses qui lui valent les foudres de la justice. Pour tout de suite, sur terre, ou pour plus tard, lors du Jugement dernier. Il faudra payer de toute façon.

Mais l'œil de Dieu le poursuit dans sa Studebaker noire et lorsqu'il passe dans le village de la Ristigouche, il évite de justesse un terrible accident, attrape un vilain mal de ventre, ses mains se mettent à trembler sur son volant. La Perchaude explose :

— Aïe! mon gars, va pas t'organiser pour me faire voir ma mort dans un accident de la route asteure que j'arrive à mes quatre-vingt-treize ans. Je compte ben voir mes cent ans à part de ça. Chauffe comme un homme ou bedon... j'm'en vas prendre le volant! (...) Dire que c'est icitte que demeuraient les deux pauvres sauvages qui ont été tués. Si ça a du bon sens! On a beau être des sauvages! Faut-ti être criminel pis sans dessein quand même, hein, Ulfranc?

Ce dernier écrase une poule, une poule qui vient hanter ses esprits. Il appuie sur l'accélérateur. Son bonheur est parti sans lui dire au revoir.

L'œil de Dieu, la paupière accusatrice.

Et le doigt levé et provocateur de la marchande-générale-squaw de la Ristigouche. Du moins, il lui semble.

Vivement Sainte-Florence.

Il doit se mettre des coussinets d'incontinence sous les fesses... à tout jamais, par rapport que, par rapport... *at saecula saeculorum...* La diarrhée a pris racine en lui.

Comme a pris racine dans la cervelle de mademoiselle Savignac un mal de tête de plus en plus horrible.

Elle ne peut terminer son année scolaire. Les médecins se sont penchés sur son cas, des spécialistes, des haut placés, Tomahawk lui-même, beaucoup de monde.

Jusqu'au jour où...

— C'est-ti Dieu possible? On aura tout vu...

Les radiographies avaient été discrètes, inefficaces, et voilà qu'une plante verte fait soudainement son apparition

211

dans l'oreille droite de l'institutrice. Une plante magnifique, de celles qu'on se fait un plaisir d'arroser quotidiennement.

Il n'y a plus rien à faire.

Elle se prend la tête à dix doigts. Tomahawk compatit à sa douleur. Elle aura quand même goûté au mâle micmac, un petit brin, avant de quitter ce monde à l'approche de la retraite.

Une plante qui a germé dans son cerveau et qui grimpe jusqu'au ciel... un panache, soudain, un caribou. Mademoiselle Savignac ressemble à la mère caribou du parc de la Gaspésie.

Elzéar discerne un visage effrayé dans cette tête de caribou, un visage tuméfié.

ULFRANC.

— Ma belle catin, veux-tu me dire qu'est-ce que t'as? Tu peux pas me lâcher de même, voyons! Thérèse...

— Je le sais, je le sais, mon beau grand chef! Ça fait un mois et demi, au début du mois de mai. Teddy lançait des «bines» avec son tire-pois partout dans la classe. J'en ai reçu une dans le nez, creux, creux, creux. Je la sens, elle est toujours là, j'ai ben essayé de la faire sortir, mais je pensais pas...

Dans ce liquide pédagogique, la fève a germé et sa tige s'est infiltrée dans les méandres cartilagineux du cerveau de l'institutrice. Et pour entrevoir la lumière du printemps, les racines se sont faufilées à travers la trompe d'Eustache, ont perforé le tympan, en catimini, et la petite plante est apparue comme un lapin dans un chapeau de magicien dans le pavillon de l'oreille droite.

Le mal est fait. Sa science ne l'a pas amenée une seule minute à penser aux dangers des fèves au lard. Elle qui pourtant multipliait les expériences de sciences naturelles dans sa classe, voilà que sa tête est un papier buvard et que les racines de la plante sont des métastases intellectuelles dans son cerveau.

— Bonjour, mon Elzéar! J'aurai connu de beaux moments à tes côtés. Tu m'en as montré ben plus, en une couple de jours, que tous les livres de théorie dans lesquels j'ai été plongée depuis l'âge de quatre ans...

Mère, caribou, Ulfranc.

Images floues.

Comme au lendemain d'un rêve. Il va rester quelques soupirs, des frissons. J'ai idée que...

— Ma belle cariboune!

Mademoiselle Savignac goûte à la plaisanterie. Excellent. Un apéritif à son agonie. Elle est heureuse.

Bohémienne à la toque raide sur la tête, sa douce retraite va se dérouler dans le portique de saint Pierre. Teddy aura eu le dessus sur elle. Elle qui lui a sauvé la vie, il aura mis fin à ses jours.

Le cas de mademoiselle Savignac est décortiqué. Les échantillons sont expédiés à Québec, Rimouski, Montréal, Toronto.

Une autopsie avant la mort. Un cas rare. C'est déjà arrivé à quelques jeunes enfants mais jamais à une institutrice d'expérience.

La femme est pesée, soupesée, tâtée. Elzéar est continuellement à ses côtés. La malade fait des cauchemars, délire. Tomahawk est beau. Elle lui demande:

— Mon grand chef! Mets ton panache, ton panache majestueux. Tu vas être mon caribou, pis moi, avec mes oreilles feuillues, je serai ta mère caribou...

— Je l'ai pas, mon panache, ma catin, c'est Honguedoune, un sauvage, qui est venu le prendre. Je le sais pas pourquoi j'avais ce panache-là, ma catin!

— Parce que t'es le plus fort des grands chefs.

Des larmes aux yeux, le sauvage est farci de tristesse. Il va perdre sa belle. Les docteurs savants lui ont garanti la mort de mademoiselle Savignac dans quelques jours. Ils l'ont garanti.

Elle respire à peine. Des fleurs se sont ajoutées et greffées aux cellules grises de sa jarnigoine. La plante de haricot va grimper jusqu'au ciel et l'âme de l'institutrice va s'accrocher aux branches jusqu'à ce ciel.

213

Elle sait qu'elle goûtera aux flammes du purgatoire mais le ciel ne sera pas loin.

— C'est si bon de se dire des mots doux, des petits riens du tout, mais qui en disent long.

Il a neigé sur Cascapédia. C'est la longue procession de l'espoir de la malade. Espoir et chant merveilleux.

Wilhemine pleure à sensations. Qu'il s'agisse d'un petit malheur ou d'un gros. Elle aura des funérailles et elle chante son éternel cantique aux funérailles.

L'an prochain, dans le cimetière de Cascapédia, elle brossera la pierre de mademoiselle Savignac. Elzéar Caplin a promis de la lui sculpter dans le granit blanc mais Honguedoune s'est offert pour lui ériger un totem.

La discussion a poigné, sans raisons apparentes. Que non, que non! Un totem dans un cimetière catholique! Wilhemine a tranché:

— A va avoir une pierre comme les autres, c'est tout'. Asteure, un totem! Ça se peut-tu?

Mademoiselle Savignac demande à Teddy de venir à son chevet. Il s'approche, elle le touche, il la regarde, l'air de rien, pour une chanson. C'est bien bon pour elle, la vieille vicieuse... qui s'est pas gênée pour gambader avec un sauvage.

Ben bon.

Sous l'œil d'un juge averti, le seul Juge. Elle lui a pourtant sauvé la vie. Elle l'a accroché aux branches de l'espérance et voilà qu'elle va mourir, une branche dans la tête.

— Teddy! tu feras jamais rien de bon. Jamais, je le sais. Pas parce que t'as toujours fait le contraire de ce que je t'ai demandé, pas parce non plus que tu déranges tout le monde, non... Pas parce que t'es né dans le péché d'un père incestueux et d'une mère alcoolique, non. Simplement, Teddy, parce que t'es trop brillant, trop vif pour la vie qui t'entoure, simplement...

L'oiseau de feu et de tonnerre est entré dans l'âme de Teddy.

214

Mademoiselle Savignac est décédée sur-le-champ, dans sa demeure attenante à son école de rang, heureuse, le seul homme qu'elle ait jamais connu à ses côtés, Elzéar Caplin.

Froide comme la glace en hiver.

Un flambeau de lourde reconnaissance. Enraciné dans son cerveau génial. Est devenue la concubine du caribou parce qu'elle l'a voulu.

Wilhemine fait sortir tout le monde, Laura s'occupe du chagrin de son père. Elle s'est habituée maintenant à l'ambivalence de cet homme transplanté qui ne se reconnaît plus et qui ne reconnaît plus les siens.

Léandre et Jacques ont fait un cercueil avec des planches d'épinette. Angéline en a tapissé l'intérieur de satin blanc. Un cercueil gris pour une cervelle forte.

Les parents et amis se rendent dans l'école où est exposé le corps de l'institutrice. Selon ses derniers vœux.

Originaire de Matane, elle a voulu être inhumée à Cascapédia.

Ah! si Teddy avait décidé...

Il en aurait été capable, tellement brillant.

Le tour est joué. La plante est dans les cieux.

Ce n'est pas le premier venu qui peut entrer ainsi dans la légende à si peu de frais.

Chapitre 22

— J'ai ben de la misère à croire ça. Berk! C'té fraises-là, chu pas ben ben sûr d'avoir le goût d'en manger. Vois-tu, quand qu'on les a dans notre assiette, on a de la misère à toffer une petite chiure de mouche dessus avant de les manger pis v'là qu'on leur étend de la marde à grandes fourchetées pour qu'y poussent. J'ai ben de la misère...

Les cultivateurs engraissent leurs terres. Les langues tricotent des commérages d'un arpent à l'autre, galopent, fracassent les rumeurs et les intercalent dans le quotidien.

Teddy s'apprête à planter autre chose. Il ne sait plus...

Ce matin, entre le mal général et le mal endormi, il tente de réparer ses torts et de calmer ses hardiesses.

Il est à l'origine du grand tournant qui va bientôt s'amouracher des Gaspésiens. Il a fait fleurir l'âme de mademoiselle Savignac. Sa curiosité décline. Son œuvre sur cette terre est stérile. Il voltige un peu partout, entre les fougères et les lilas, au-dessus des roches plates de la Cascapédia.

Son œuvre va s'achever. Honguedoune va bientôt le poursuivre et le hisser dans la solennité de son peuple, au pinacle de la richesse humaine. Il devra veiller sur l'amour et l'espérance d'une race.

Il va dormir.

Cullens a été condamné, jugé, bafoué, puis transféré à Québec, bâillonné, emprisonné.

Les événements ne disent pas encore si… si… il paraît.

Non madame.

Télesphore-Eddy n'a nulle envie de s'aventurer dans cette vie nauséabonde où tout est à refaire, à recoudre, a rapiécer. Nulle envie de partir à la conquête de quelque ambition que ce soit, nulle envie de retenir sa fougue, nulle envie…

Son pépère Victor lui a offert de l'emmener avec lui au parc de la Gaspésie à la fin de juin, dans quelques jours. Il s'en fiche, c'est maintenant trop tard.

Angéline se soûle moins, mendiante. En échange de sa froideur, il la transperce de radieux sourires.

Mais à quoi bon!

À quoi bon grandir dans cette péninsule nostalgique pleine de pieds de moutarde où les hivers grugent la tolérance et augmentent les défaillances des plus valeureux pionniers, des plus endurcis. C'est ma litanie à moi.

Bien sûr, abattre, bûcher, draver, naviguer, suer… non, non, merci. Épouser une chipie, faire l'amour au devoir puis très vite l'amour à trois plis.

No, thank you.

Je partirai avec toi, Léandre, sur la terre entière… tu es mon sauveur, mon étoile, ma lumière, c'est toi que j'attendais…

Bûcher, suer, se ruiner, à quoi bon.

En signe de réconciliation, Teddy propose à son petit frère et à sa petite sœur d'ériger un immense calvaire dans le champ.

Calvaires d'enfants ébarlouis par une proposition scabreuse et embrouillée. Ils se méfient.

218

Teddy ouvre le hangar de son pépère Victor. Il y a des clous, des marteaux, des planches longues et fines fraîchement planées au moulin à scie du village.

Partout, plein le hangar, chanceux.

— On va jouer à la messe, les morveux!

Fêtons la hargne du supplice. C'est bon, la fête. Mademoiselle Savignac n'a toujours bien pas eu le temps de remplir les bulletins et de confirmer son ignorance crasse. Il est passé par charité, comme on dit par chez nous.

De grandes planches.

Sur les ordres de Télesphore-Eddy son grand frère, Marcellin utilise deux planches à la fois et les place en croix. Un sacrilège. Un grande planche, une petite, une croix, une longue, une courte, une autre croix.

Calvaire, cimetière, croix du chemin, croix du quêteux, croix de rosaire, croix du chemin de la croix, croix...

— Allez, fichez le camp!

Teddy creuse un trou, y plante une première croix. Rossignolet du bois joli, chemin de croix bien vite bricolé, les moineaux s'y juchent, vingt, trente... La petite Ginette reste fidèle aux ordres de son grand frère métamorphosé.

Teddy a défait deux cages de planches destinées à construire un nouveau poulailler. Il a pris tous les clous et avec sa pelle et son marteau, il a planté des croix géantes, des croix pour crucifier toutes les insatisfactions du ciel et de la terre, des montagnes ou bien des avalanches de frustrations à coller, à immobiliser, à étamper sur le bois.

Comme un champ de bataille, mort au champ d'honneur, valeureux guerrier, magnanime. Sur la place publique.

Teddy entraîne Marcellin et la petite Ginette:

— Allons de l'autre côté de la grange, on va continuer.

Les petits sont heureux comme des papes. Leur grand frère s'occupe d'eux. Un vrai grand frère. Il leur a proposé d'organiser avec lui la plus fantastique jouerie de poulets jamais vue dans le comté.

Encore quelques croix, pour les larrons, saint Pierre, Honguedoune et les autres...

219

Hongeudoune en croix.

Bientôt, la basse-cour entre dans la danse. Le belles poules de Victor Trottochaud, les deux coqs, quelques volailles par-ci par-là, celles de ma tante Wilhemine, celles qui ont viré la plus impressionnante brosse jamais vue en Cascapédia par la gente ailée du pays.

Léandre, veux-tu?

— Envoyez, Marcellin, Ginette, envoyez! Si vous voulez des bonbons, allez, attrapez des poules, attrapez!

Gamin, gamine, hardiesse, rage au cœur, ivresse, le tout trottine derrière les poules qui galopent pour la forme mais qui finissent bien par s'écraser dans quelque coin suspect.

Hop! Une poule de plus.

Une poule.

Hop!

Teddy la place sur la croix, lui colle les ailes sur les planches rudes et la crucifie sans autre jugement sous les caquètements désespérés des autres poulettes affolées.

En offrande aux anges gardiens, il va immoler la basse-cour de la tante Wilhemine.

Ginette est heureuse, le manège l'enchante, mais Marcellin-la-tarte-aux-fraises, le cher enfant!

Il se méfie, doute, se précipite, court le dire à la tante Wilhemine, la maman des poulettes martyres.

Déjà huit en croix, et un coq!...

Le voile de la mariée se déchire, il n'est pas encore trois heures de l'après-midi et pourtant, la noirceur tombe sur Cascapédia. Une éclipse totale du soleil. Les survivantes ailées, plus chanceuses, croient que c'est la nuit et se cachent dans le poulailler pour en ressortir quelques minutes plus tard sous les cocoricos fringants de l'unique survivant et maître à bord après Dieu, le coq Félix, le roi, la crête revendicatrice. Elles y pénètrent à nouveau.

Mais la courte noirceur a compté directement sans les hauts cris de Wilhemine et des fils Balleine qui se faufilent dans la pénombre chancelante avec des pelles, bâtons etc. Ils trébuchent sur la petite Ginette qui se met à hurler:

— Teddy! Teddy!

— La pauv' p'tite poule! Si ça a du bon sens, mettre des sorcelleries de même dans la tête d'une enfant qui a même pas encore l'âge de raison. Une pauvre petite fille qui a même pas demandé à venir au monde et qui ferait pas de mal à une mouche.

Teddy a sacré le camp.

La clarté de la fin de l'après-midi surgit comme à l'aurore. Les poules se secouent les plumes, le coq les bouscule, heureux. Et à perte de vue, pour expier les fautes de l'humanité, des croix géantes, lugubres, jettent leur ombre sur le sol en signe de lourd avertissement.

De l'autre côté de la grange, neuf petites croix avec chacune une poule crucifiée et un coq. Pour expier les fautes de l'homme qui est né poussière.

— Le petit salaud! Je m'en vas parler à Victor dès demain matin quand y va être de retour du parc. Ça a pas de bon sens pantoute, y est en train de virer fou.

Wilhemine est débordante de nervosité. Ses aisselles sont des chutes, rien de moins:

— Ça y prend l'école de réforme, rien d'autre. Des fois, je me demande si y aurait pas été capable de le tuer, lui, le sauvage dans le parc, je me le demande. Allez, les gars! Allez me décarcasser pis m'enterrer une à une ces volailles-là, si ça a de l'allure. Pis défaites toutes les croix, un vrai cimetière! On va recorder la cage de planches à Victor. Hurrah!

Il n'y a pas de mémères à brosser. Tout au plus quelques plumes à...

— Tiens, attends voir avant de les enterrer les carcasses. Faites bouillir de l'eau dans le boiler, on va toujours ben pas perdre la plume. On va faire des bourrures pour les oreillers. Pleure pas ma belle petite poule!

Ginette est certaine qu'on va lui planter des plumes dans la peau. Certaine. Elle est crampée. Mais pas autant que Marcellin. Wilhemine s'égosille:

— Léandre, Léandre, arrive vite, cher. Occupe-toi du petit Marcellin. Y est raide comme un canard.

Je lance un œil du côté du pauvre enfant. Il a le regard collé aux croix, rivé... Il n'avais pas encore vraiment aperçu les poules crucifiées. N'avait pas réalisé. Rien à voir avec les poulets chasseur ou les coqs en pâte.

Je le prends dans mes bras. Il sent fort, comme à son accoutumance.

Je sais très bien que je reverrai plus de sitôt ce sombre vilain cousin né dans le lit du diable, Télesphore-Eddy, plus de sitôt, mon petit doigt me l'a dit.

Chauve... peut-être.

Avec un panache... C'est pas moi qui vais le retenir.

En chute libre dans les nuages.

Victor revient du parc. Wilhemine n'a encore rien dit à Angéline. Le choc pourrait la faire basculer dans son vice. Une alcoolique en cure de désintoxication, pourrait-elle comprendre? Comme les choses se règlent en famille, elle attrape son frère Victor et le tire à l'écart:

— Victor, ça peut pus durer! Ton gars, Teddy, y va vous faire mourir avant le temps pis y va entraîner avec lui tes trois derniers qui ont encore l'air du monde dans la géhenne de la damnation. Va falloir que tu fasses queque chose, mon frère. Tu sais, je t'en ai déjà parlé, mais comme c'est là, y a l'air parti pour pus vouloir arrêter. Si ça a de l'allure, crucifier des volailles! C'est quasiment sacrilège. On le remarque sur tous les bords ton gars depuis plusieurs mois, mes gars pis moi, pis même Léandre depuis un petit bout de temps. Y a l'école de réforme à New Carlisle qui peut faire queque chose pour Teddy. Tu m'entends, Victor? rien qu'eux autres. Y vont te le raplomber dans tous les poils. Je vois pas d'autres solutions.

Victor a terriblement vieilli. Il fume sa pipe dans une large rêverie, installé dans sa chaise berçante, le regard perdu dans un nuage mystique, anéanti, détruit, Angéline s'active autour du poêle, une fourmi. Celle qui a déjà englouti des gallons d'alcool a maintenant l'air d'une femme neuve.

C'est le jour de la lourde décision. Teddy a failli se pendre, il est responsable de la mort de mademoiselle Savignac, il se soûle, fume, se masturbe comme un singe et le voilà qui crucifie des poules et des coqs. Il va violer un jour, c'est certain, tuer peut-être...

Pour le bien de Marcellin, de Ginette et du petit dernier.

— J'aurais dû le retirer de l'école pis l'emmener avec moi au parc comme y me le demandait. C'est pas un petit gars fait pour les grandes instructions. J'aurais dû, j'ai manqué...

« T'as manqué en couchant avec ta bru » pense Wilhemine.

Et puis, pourquoi ne pas le dire tout haut puisqu'elle l'a sur le cœur:

— Vous savez, Angéline pis toé mon frère, vous en faites jaser du monde dans le village. Teddy est pas sans savoir...

Victor est vert:

— Cafiére, ma sœur sauf le respect que je te dois, viens pas nous faire la leçon dans notre maison à Angéline pis moi. Y a des affaires que tu sais pas antoute pis que tu sauras jamais. Pour ce qui est de mon Teddy...

Il faudrait prier.

— ... ça fait longtemps que j'y pense moi itou. T'as parfaitement pis entièrement raison. Y est devenu comme un Satan de l'enfer. Notre enfer. Y va nous faire mourir. Je m'en vas le placer à la Carlisle pas plus tard que lundi.

Et Victor disparaît dans sa chambre, épuisé. Angéline offre une tasse de thé à sa tante-belle-sœur-mal-identifiée...

Venez, venez! Rendez-vous... L'hôtesse a l'impression de découvrir une reine.

La gueuse. Elle a fait trois enfants à son frère Victor en plus des siens avec Philippe. Toute une famille...

Des siens qui sont déjà partis rôdailler de par le vaste monde. Quasiment la couche aux fesses.

— Bonsoir Angéline.

Je me présente à la porte comme elle sort:

— Arrive Léandre. C'est pas le temps, laissons-les tranquilles pour aujourd'hui.

Je suis comme une sorte de témoin muet, comme à tout hasard dans la vie, muet mais présent. J'ai l'air déçu d'un poulet crucifié, à tout le moins d'un Petit Poucet à Ouellet.

Et je ne peux rien lui refuser.

Honguedoune, relève ton panache, Honguedoune...

Pendant des jours, des jours... on a cherché, cherché, on cherche encore. Teddy est disparu. On a fouillé les rivières, les forêts, on a mis des affiches dans les endroits publics, on s'est rendu jusqu'à Carleton, on est allé voir à l'école de réforme, par hasard, en bas des caps, dans la baie des Chaleurs...

À l'ouest, chez les Micmacs de la Ristigouche, sur les goélettes des pêcheurs, en amont, en aval...

Dans les nuages, peut-être.

Tombé, piétiné, brûlé sur le Vaisseau fantôme ou encore kidnappé par le fantôme chauvage.

Je n'ai pas voulu l'entendre, ni le suivre, ni l'emmener avec moi, qu'importe, Teddy.

Dans les nuages, peut-être.

Il reviendra, c'est certain, il tombera des étoiles et secouera son vaste parachute sur Cascapédia.

Le vieux cultivateur persiste dans ses propos:

— J'ai ben de la misère à croire qu'y faut mettre de la marde sur les fraises pour qu'elles poussent mieux!

Marcellin a tout de suite porter la main sur sa tarte aux fraises dans son cou. Il s'est enfui dans la cave où Angéline l'a retrouvé plus mort que vif, fiévreux, une pneumonie...

On l'a veillé jour et nuit durant trois jours, quelque part entre la vie et la mort.

On a prié pour lui.

Puis il a retrouvé ses couleurs et une certaine joie de vivre. Pendant son délire, il a vu des fourches, des fleurs, des fantômes et des rivières.

On l'a bourré de cadeaux. Le voilà devenu l'aîné de la troisième cuvée des Trottochaud.

Il a gagné un droit d'aînesse. Il mérite une médaille d'honneur ou une étoile dans son cahier.

Ginette aussi.

Et le coq survivant.

Et les poulettes grises.

Et le fantôme chauvage.

Chapitre 23

Les funérailles de mademoiselle Savignac ont lieu de façon pompeuse en dépit de tous ces événements abracadabrants. Les étoiles clignotent et chantent malgré les nuages. Juste avant la fin des classes, un peu après la disparition de Teddy.

C'est que la population de Cascapédia a mis toutes ses énergies du côté du délinquant et le cadavre de la savante institutrice, malgré ses ineffables qualités, commence à répandre ses odeurs.

Des funérailles grandioses.

Dans l'église de Cascapédia. Là où, un mois plus tôt, avaient lieu les noces imposantes de Laura Caplin et de Jacques Balleine... sous les charmes galopins d'une fresque d'un peintre naïf, en hommage aux vestiges et aux péripéties de l'Ancien et du Nouveau Testament.

Quasiment le même monde avec Honguedoune en plus.

Et deux Micmacs en moins, Eldéric et Gédéon.

Les enfants du village pleurent (ou encore rient!) la disparition de cet être cher et criard, Estelle Savignac, leur institutrice démonstrative qui savait si bien concilier pédagogie et enrichissement, qui savait les faire danser, chanter, prier...

L'inspecteur du district est là avec sa cravate neuve et ses souliers shinés. Angéline, Philippe, Victor et Wilhemine.

Et ben du monde d'ailleurs.

Le corps de mademoiselle l'institutrice sera finalement inhumé dans le cimetière de Cascapédia.

Une cérémonie qui tire les larmes aux yeux.

Qui les arrache.

Surtout les larmes du malheureux Tomahawk Invincible. Il a l'air d'un mort vivant, d'une carcasse de poulet qui a perdu ses plumes et qui ne sait où les retrouver.

Son panache...

Honguedoune le porte fièrement. Il a les bras croisés. Les tatouages sur ses bras illuminent la cérémonie et compétitionnent avec le maquillage de la Marie-Madeleine de la fresque au plafond.

Les autres saints se décrottent les doigts de pieds. Judas lui-même empile son or.

Laura et Jacques se tiennent main dans la main. Jacques se meurt de savoir si bientôt, dans le ventre de sa belle, germera un fruit de Ouellet-Trottochaud!

Un futur Petit Poucet à Balleine.

Directement conçu par l'opération d'un Petit Poucet à Ouellet.

Avec la grâce des anges en parachute.

Le glas sonne. C'est l'Agnus Dei.

Le catafalque est recouvert d'une couronne de fèves germées.

L'odeur vient de la marmite de «bines».

Jean-Roch a envie de rire, une folle envie... Je vais encore m'endormir, je le sens, ma vieille voisine, toujours la même, se tient la tête à deux mains et pense: «Y va-tu sacrer son camp de la place, un étrange de même!»

Elle me fait une grimace. Rien de bon...

Monsieur le curé a prononcé un sermon comme on en entend rarement. Une homélie digne d'une reine. Il a parlé de l'espérance, de la foi bien sûr et de la générosité envers les affligés. Les vieilles cennes noires n'ont pratiquement pas sonné durant la quête. Non. Une quête silencieuse du devant jusqu'au derrière de l'église.

Et par-delà le jubé.

Silencieuse à plein. La plus payante.

Au bois joli, pour chanter sous le vol des colombes. Pour sourire à la parenté, aux amis, aux chérubins de l'école primaire.

Un étranger dans la place.

Des membres de l'état-major du ciel empêchent l'intervention des anges. Les rumeurs véhiculent des faussetés, tout à fait, des placotages qui ternissent les réputations.

Le village de Cascapédia est et doit demeurer privé.

Monsieur le curé encense les ardeurs de la foule. Tout au cours de la semaine, tout au cours de sa vie, l'institutrice a été un exemple d'ardeur sur deux pattes. Le royaume des cieux est à bout de bras. Elle aura son placard dans les annales récentes, les plus lues, les plus saintes.

Allons-nous, pour notre part, être capables d'établir un lien entre cet exemple d'ardeur et la générosité envers les affligés dont a parlé le prêtre?

Angéline a choisi d'être la première à suivre les voies de cette générosité. Elle va abandonner son rôle de femme-alcoolique-courailleuse pour suivre Victor au parc de la Gaspésie et y emmener ses enfants, ses trois derniers, les sauver du fléau de l'ère moderne, du fainéantisme, de la mort lente.

Teddy a choisi son moment. Il vient d'entrer et s'agenouille tout près du catafalque. Il ouvre les yeux, adresse un reproche à l'assemblée. Angéline se met à sangloter, Victor veut attraper son rejeton par un coude, à tout prix... «Tu vas revenir à la maison, on va passer l'éponge sur les poules et sur les croix, la vie va recommencer, tu vas y faire face avec tous les déboires que ça comporte»... «Tu vas revenir. Je vais faciliter ton retour, tu vas nous accompagner dans le parc de la Gaspésie, mon fils. C'est la condition minimale, nous suivre, nous suivre. Plus rien ne nous empêche de fonctionner normalement, Teddy, Teddy!»

— Reviens avec nous.

La vie laisse sa trace. Teddy s'approche de son maître Honguedoune. L'événement est empreint d'une douce incohérence.

Le couvercle du cercueil bascule, mademoiselle Savignac se relève, fixe à son tour l'assemblée. Elle et Télesphore-Eddy: deux fougues, deux points de vue, deux consciences sociales, deux résolutions. Des masses de chair perdent connaissance un peu partout dans l'église.

Chose certaine, je vais partir, quitter ces lieux.

Il n'y a qu'un seul Dieu... qui règne dans les Cieux.

On dit qu'il y en a deux...

Deux Testaments!

SUFFIT...

Mademoiselle Savignac se jette au cou du nouveau grand chef, Honguedoune. Elle ordonne au jeune délinquant de partir, de disparaître, de déguerpir. «Efface, que je te dis!» Elle a l'appui du peuple debout. Elle attrape son violon au passage et joue un air guilleret.

Les cloches sonnent. Les fèves au lard mijotent dans la marmite en furie. Les tomahawks se promènent, les anges entonnent en chœur un requiem d'occasion.

L'assemblée réclame son dû. Wilhemine est inquiète. C'est la première fois qu'elle assiste à pareille cérémonie. Il n'y aura donc jamais de pierre blanche taillée dans le granit ni de nouvelle jeune dame à brosser.

Elle compte bien en discuter avec quelqu'un.

Mademoiselle Savignac quitte la cérémonie au bras du grand chef Honguedoune. Il est évident que ça pose un sérieux problème. Que faire du cercueil maintenant? Devra-t-on le démolir et bricoler des petites cabanes d'oiseaux?

C'est délicat.

Et faudra-t-il aussi ajuster les cordes et les cloches, repeindre les murs de l'église, réinventer le Petit Poucet? Pourquoi pas? Tant qu'à y être. Ce n'est pas tous les jours qu'une défunte quitte «sa» cérémonie au bras d'un grand chef vaniteux et tatoué.

Faudra-t-il transformer cet auditoire funéraire en grande foire du printemps? Faudra-t-il pousser le ridicule jusqu'à vendre des billets?

Les Micmacs jouent leur rôle jusqu'au bout. Ils n'ont pas l'habitude de se fendre en cent cinquante pour prendre une décision. Ils s'emparent du catafalque et quittent en vitesse, sans aucune danse de la pluie. Ils sauront bien quoi faire avec.

Illégale cérémonie. La babine pendante, à tous...

Tomahawk Invincible ne se retourne même pas. Il a d'ailleurs très vite oublié son aventure avec mademoiselle Savignac et n'a nullement l'intention d'exiger son retour. Il en a assez de jouer tous ces rôles de Barbe-Bleue, Henri VIII, Farouk, César... Assez, plus qu'assez. La gueuse. Il va retourner vivre auprès des siens, en effet. Puisque Laura se prétend sa fille, eh bien, pourquoi ne pas en profiter? Elle dit qu'elle va être mère. Il sera grand-père avant tout, foi de baptisé.

Thérèse Savignac, sa fourbe Thérèse, disparue quelque part. Indécente cérémonie.

Honguedoune sera le caribou courageux. Estelle aura tout au plus le mince bonheur de jouer à ses côtés dans un rôle de figuration, un rôle banal dans l'histoire gaspésienne.

Teddy a tiré sa révérence. Il a promis aux chrétiens de Cascapédia de leur écrire une monographie, une histoire, un roman, une nouvelle, un jour, un jour...

— Dormez tranquilles, tout le monde, vivez dans votre réalité à travers la nature et les fleurs, l'eau salée, les nuages, les plages, les pointes et les rivières. Vivez dans votre monde assoiffé de larmes et de malheurs. Je corrige les épreuves de ma lucidité et je vous ponds quelque chose de beau!

Il a dit ces belles paroles du haut de la chaire. Monsieur le curé et une sombre vieille se sont permis de frêles applaudissements. Autant ne pas effrayer le daim si nerveux, un enfant...

Vêpres, laudes, matines et confusion. Quarante heures, quatre temps, bénédiction des graines...

Teddy se perd soudainement dans des envolées blas-phématoires. On annonce un incendie dans le village, la maison du gros docteur Boudreau. Les Cascapédiens quittent l'église en vitesse. Monsieur le curé nage dans son bénitier, se suspend à son goupillon, grince des dents. Les anges cherchent leur reposoir.

Aussi bien transformer la foire en Fête-Dieu. Ce sera fait.

La procession est engagée, l'histoire est courte. Le re-posoir a été monté devant la maison en flammes, chez les Boudreau, et hourrah! pour le gros docteur. Des anges sont juchés ici et là. Les ailes en feu. J'écris la pensée du jour...

Le mariage a lieu. Monsieur Honguedoune et made-moiselle-dame Savignac se jurent fidélité et amour éternel. Mais pas plus.

Honguedoune haït signer des contrats.

Une fichue de belle cérémonie.

Le jour revient, les flammes me hantent, le soleil se dégage de ses mailles. La fougue des esprits entreprend une danse nouvelle. Les champs sont vite labourés, virés, ensemencés.

Les récoltes seront magiques. Victor et Angéline consi-dèrent que c'est le temps de paqueter les petits et de fermer la maison jusqu'à l'hiver.

Mais Elzéar Caplin est là, Tomahawk. Il revendique le privilège de demeurer. Pourquoi pas? «Tiens, Tomahawk, les clés, tiens, prends surtout bien soin des lieux!»

Télesphore-Eddy a boudé son baluchon. Il l'a abandonné sur la vieille galerie. Et sans se retourner, comme le loup, subitement, il a pris la route.

Victor s'est couvert de ridicule à le supplier:

— Viens-t'en avec nous autres au plus vite au parc, depuis le temps que je t'en parle, ben ça va se faire, cafiére! Tu seras pas obligé de retourner à l'école en septembre.

Teddy n'a même pas levé les yeux. Personne n'a plus aucune emprise sur ses faits et gestes. Il quitte la région, Cascapédia, ses angoisses, Léandre...

232

Je marche de long en large. Je vais bientôt quitter et revivre dans un monde solide, à Val-d'Espoir.

J'y ai été invité.

J'avale un bol de céréales. Jacques et Laura filent le parfait bonheur. Ils sont entièrement libres de filer tous les bonheurs qu'ils veulent. Entièrement. Ils n'ont nul besoin de signer quelque contrat que ce soit.

Ah! voilà mon capitaine. Il était parti depuis trois jours avec ses hommes pour un exercice de routine.

Et avec des chevaux. Je n'ai jamais aimé les chevaux. C'est gras, laid, puant, des bêtes affreuses.

Ma vieille voisine m'entend ronfler. Je me réveille aussi, incapable, impertinent, un âne dans l'église. J'ai fouillé moi-même dans le creux de mes rêves pour n'y rien trouver.

Elle me fait rougir, cette vieille voisine, seule à mes côtés. Elle égrène des rosaires tous plus épatants les uns que les autres. Bel et bien seuls dans l'église, elle et moi, mais non, mais non, je vois dans la splendeur du sanctuaire, j'observe. Ma tante Wilhemine fignole des arrangements de fleurs pour l'autel. Elle se plaint d'un mal de tête insupportable.

Tout a disparu. La fresque du peintre naïf a tout avalé. Il y a du nouveau dans le village. La maison du docteur Boudreau a complètement été ravagée par les flammes. On a organisé une collecte spéciale pour lui et pour sa famille.

Disparus dans l'église.

J'ai envie d'assommer cette vieille voisine de banc d'église. Elle me gruge du regard et ça m'achale sans bon sens. Gloire soit au Père... Je voudrais me coller aux personnages de la fresque.

Wilhemine n'a pas encore eu le temps de m'apercevoir. Est-il possible qu'elle n'ait rien compris? La visite du Petit Poucet à Ouellet n'a rien de fortuit.

Je m'éveille encore.

Je me décide.

...J'y renonce.

Je m'éveille à nouveau, j'ai honte et soif.

Je ne veux déplaire à personne. Mon cœur bat si fort. Ma tante Wilhemine a probablement eu le temps de m'apercevoir. Je donnerais tout ce que j'ai dans le monde pour qu'elle regarde de mon côté, qu'elle me fasse sentir que je suis là.

«Ne m'enlevez pas le grand secret de ma vie. Je serai père et grand-père d'une race de sang-mêlé.»

Le village fait partie de la planète.

«Ne m'enlevez pas ma soif de tendresse.»

Une plante géante a pris racine tout près de la balustrade et grimpe jusqu'à la fresque du peintre naïf. Ayez pitié! Je vais y grimper, grimper, pour supporter le mépris.

On aime les chiens, les autres bêtes, la nature, même le vent à l'occasion, les grands dégels.

Branche après branche, je me hisse auprès des justes et des saints, je flatte le genou de Marie-Madeleine, saint Jacques me fait pitié. C'est beaucoup plus distrayant de contempler une œuvre d'importance quand on en fait partie.

Les Savignac, Honguedoune et les autres n'y sont pas encore. J'aurais dû m'en douter mais je vais les attendre quand même. De pied ferme. Je ne veux pas créer d'incident fâcheux à cause de cette visite saugrenue à des saints pointilleux mais je veux démontrer que je suis poli, juste et compréhensif.

J'ai gravi les branches du Royaume Éternel, le Petit Poucet à Ouellet a grimpé dans l'univers chatouilleux des disparus.

Les indulgences que m'accorderont le Père Éternel seront incalculables.

Vous rendez-vous compte de ce que vous me demandez?

Les habitants de Cascapédia sont peut-être rustres, quelquefois vulgaires et ternes, mais ils sont vrais, sereins, comme les personnages de la fresque. Le péché originel, c'est bien connu, a été lavé dans l'eau de la sagesse et de la miséricorde et tout le monde de la région en a bénéficié.

Tous ces êtres qui m'entourent ont plus ou moins payé leurs dettes à la société. Ils peuvent maintenant se permettre de donner libre cours à leurs phantasmes. Rien à craindre. On ne leur demandera plus de rendre des comptes idiots. Ils jouent de la harpe, boivent du vin, sont décorés de plusieurs médailles. Et la sérénité leur tient lieu de scoop pour l'éternité.

Le Maître éprouve envers moi des sentiments paradoxaux. Il m'abandonne à mon destin et me demande de regarder la terre. Mon temps n'est pas encore venu. Il me redonne la vie, me recrée.

J'ai fait l'erreur de me hisser trop vite au sommet de l'arbre de la gloire.

Et tout s'est volatilisé sous mes pieds. Le Maître Éternel m'enveloppe d'un regard paternel et me tape sur l'épaule.

Là-haut, dans le ciel, je n'ai rencontré ni mon père ni ma mère. Pourtant…

Il y avait des nuages sous les étoiles, de la clarté sous les nuages, de la neige sous cette clarté.

Il a neigé sur Cascapédia.

En juin, c'est rare. Ecore une fois, sous le ciel étoilé, tout près du pont Bugeaud, un ange en parachute atterrit spongieusement.

Ça n'a plus rien d'extraordinaire dans la région.

Paraît qu'il pleut des anges comme il pleut des langues de feu. Aussi bien fêter Dieu, la Pentecôte, l'Ascension et tout le pataclan à l'occasion d'une seule et même cérémonie.

La cloche tinte faiblement. Je suis vaincu.

Quelques pleurnichards se mouchent en chœur en faisant la ronde autour du trou dans lequel on a déposé le cadavre de mademoiselle Savignac.

Chapitre 24

Elle se présente à l'air pur et frais du matin. C'est Wilhemine, la sarcelle. Qui n'aura d'autres choix que de flairer les Micmacs et leurs fusils. La chasse aux grands oiseaux libres.

Le baluchon sur l'épaule, Léandre va partir et entreprendre une randonnée pédestre le conduisant de Cascapédia à Percé sur la plage-ceinture de la Gaspésie.

À l'air pur, comme sa tante.

Il avance la tête basse, le regard collé aux cailloux... incertain, l'air déclassé, véritable tortue sous une carapace de mélancolie, ou encore l'escargot fuyant dans sa coquille.

Wilhemine secoue ses nappes les plus fines sous le soleil démoli de l'été naissant. Ça achève, ma grosse pouliche! Viendra le temps où tu pourras te reposer.

La tête basse et l'agronome, le fils et l'homme, Léandre Trottochaud. Elle l'interpelle solidement:

— Léandre, mon gars, viens prendre un café avant de partir.

Un grand froid s'est approché et s'est soudé à eux, un froid cinglant à travers une chaleur comme on en a rarement connu en juin. Un frisson de froid pour cette mère adoptive qui n'a plus du tout l'impression d'être, comme autrefois, la mère chaleureuse du fils prodigue.

Elle a hâte que des paroles sortent de cette bouche muette, elle voudrait le peler, l'éplucher, le décarcasser. Froid de loup, chaleur de chien.

Mais politesse existe et exige.

Politesse, étiquette, belles manières, comme elle l'a appris dans les livres des bonnes sœurs.

Chaleur démentielle. Les cernes de transpiration décorent le dessous des bras de Wilhemine et les odeurs s'y rattachant émoustillent le vol des oiseaux et choquent la spiritualité du fils prodigue.

Il laisse ses hardes et ses fardoches sur le coin de la galerie et pénètre dans la vieille maison où une fraîcheur antique le soulage un peu, un brin, comme ça. Wilhemine dépose son chapeau de paille sur le moulin à coudre:

— T'allais certainement pas partir sans nous dire un dernier bonjour, mon gars? Hein?

— Non, non, j'allais seulement saluer Jacques et sa femme...

— Laura!

— Laura, ben sûr, pis Jacques aussi.

— Mais Laura surtout.

Léandre est agacé, quelque peu ulcéré, il a maintenant hâte de quitter ce patelin disloqué. Une série de marionnettes paillardes, enfilées les unes à la suite des autres sur le fil de la grossièreté. On a payé ses services d'agronome pour inséminer une squaw, rien de plus. Une simple dose de sperme frigorifié aurait probablement fait l'affaire et la sainte tâche aurait été accomplie. Pourquoi en faire tout un plat?

Laura enfantera dans le silence et la douleur. Et à moins qu'elle ne décide de se faire ensemencer ailleurs et par un autre, un Indien, un illusionniste, elle aura un fils unique.

Famille disparate, de la tête aux pieds, de la racine jusqu'au bout des branches.

J'aurai été un simple outil de procréation. Wilhemine le sait diablement très bien et c'est ce qui l'irrite, la chipie.

Elle sait que dans les veines de son futur petit-fils coulera du sang de P'tit Poucet à Ouellet et elle aura beau faire de ses pieds et de ses mains, elle ne pourra rien changer à cette réalité sauvage. Car le sang de Ouellet, P'tit Poucet en prime, n'a rien à voir avec le sang des Balleine ou des Trottochaud. Du simple sang de Ouellet mélangé à celui des Robinson.

Et plus tard peut-être, si l'idée vient à germer dans l'esprit de Laura, ce pourra bien être du sang de Micmac, qui sait? Jacques l'a choisie, il l'a prise, l'a aimée mais...

— Il le sait, Jacques, au moins?

— Il sait quoi?

— Fais pas l'innocent avec moi. Jésus-de-bénitier, chu pas née de la dernière pluie. Il le sait que t'as couché avec ma bru?

— Oui.

Wilhemine le craignait.

Il n'y aura jamais assez de place dans tout le village pour emmagasiner les cancans et les commérages.

Dans la couchette.

La bassinette.

Qui peut vraiment connaître, SE VANTER de connaître les rouages de la vie? C'est beau. Un gros sac d'originalités sur le dos. Sors de ta cage, envole-toi lentement:

— Je te conseille de partir sans saluer personne, comme ça, je vais faire le message.

— Ma tante!

— Sans saluer personne.

Elle jette un coup d'œil à l'extérieur:

— C'est comme ça que commencent les difficultés, mon homme. Je souhaite seulement qu'y soye rien accompli pour Laura. Tu vas partir et t'installer dans un autre village, pas loin de la baie des Chaleurs. Tu pourras venir nous voir quand tu voudras, mes garçons pis moé, quand tu voudras, n'importe quand.

Elle n'a pas voulu dire «tes frères pis moé». Mes garçons, comme pour trancher dans sa tête une vieille possession viscérale. Elle répète:

— Pourvu qu'y soye rien accompli.

Mais le visage de Laura a changé, déjà:

— Val-d'Espoir, c'est un ben beau petit village qui promet. Tu vas être heureux par là. C'est une terre de colonisation pis y a une école d'agriculture prometteuse. Quasiment tous les jeunes de par icitte sont allés y étudier. Bonne chance, Léandre!

J'ai retiré ma chemise. La chaleur est mourante, trop furieuse, c'est le désert. Wilhemine entonne:

— T'as toujours ta face de singe tatouée sur l'omoplate. Une tache de naissance, je me souviens...

— C'est ce qui fait mon charme, ma tante.

Elle retrouve un coin de son sourire:

— Léandre, mon garçon, sois heureux. J'ai ben aimé ta visite. T'as été gentil de penser à nous autres pis d'être venu nous rencontrer, jaser. Comme c'est là, ça va être ben grandement dans la place. Mes gars vont commencer à partir comme des moutons qui vont se suivre, Jacques est marié, Victor pis Angéline vont passer quasiment tout leur temps au parc de la Gaspésie. Ça sera pas trop trop désennuyant!

Elle tâte mes muscles et flatte ma peau:

— Tu devrais te faire griller un brin, t'es blanc comme un drap. Ta face de singe paraît moins quand t'es grillé. Retourne-toi pas, mon gars, retourne-toi pas!

Elle se souvient bien sûr de la maladie de son garçon Jacques alors qu'il avait douze ans, les oreillons, les satanés oreillons. Il avait failli mourir. L'enflure avait atteint les genoux, les mollets. Il ressemblait à un éléphanteau, le pauvre, les testicules gros comme des melons:

— Retourne-toi pas, Léandre! T'as fait ton devoir.

Je n'ose l'embrasser, elle qui m'avait accueilli avec des tapes sur les fesses et des becs dans le cou, sur les joues...

Le soleil est malade. Les maisons font la ronde du plein air.

Je les abandonne à leur sort. J'en suis pleinement conscient. Ils seront confrontés aux superstitions et au bon vouloir d'une mentalité capricieuse, la mentalité de l'époque.

La plage est pleine de laitue noire, de varech séché, de goémon frisé, pleine aussi de poissons morts et rôtis.

Des bouquets de laitue noire. Tenez, madame Cascapédia, je vous les offre ces bouquets de mer!

Cent milles d'aventure. Je longerai le littoral jusqu'à Percé, mes bagages sur le dos.

Je contourne les Caps-Noirs, j'atteins ruisseau Brûlé à l'endroit exact où, vingt années plus tôt, sont morts mon père et ma mère.

Une large pierre plate. Mon père s'y est écrasé les esprits, le cœur, la science, la sagesse, et le courage, les vices aussi, l'orgueil, tapé et retapé par la complicité et le sourire de Madeleine Robinson, ma mère.

Léandre fouille le sol, une lourdeur sur les épaules. Il veut découvrir la réponse de l'âge et du temps, il cherche les secours des personnages et grignote la mer.

Ma mère me donne la main. Elle se relève, cherche une réaction dans mon regard. Mon père répare la locomotive, me tourne le dos. Ma tache de naissance est mille fois grossie sur le Cap-Noir le plus noir. Je ressens une forme d'angoisse farcie d'intelligence. L'épreuve d'amour est complète.

Cette mère n'a pas su braver le temps pour aimer son enfant à sa juste passion. Les aiguilles de la vie se fixent sur le passé. Mon père a mis son gros foulard de laine en pleine chaleur de midi. Il me tourne le dos. C'est lui le singe, je suis le loup et je cherche encore la brebis.

Le visage de ma mère s'est soudainement transformé. Parfaitement. Il a pris une allure micmac, pour me plaire.

Je vais dérober le mystère aux falaises.

Petite anse mémorable. Je n'y étais jamais venu et jamais je n'aurais cru y circuler librement. J'avais complètement oublié la petite anse du ruisseau Brûlé.

J'ai cru voir une ombre néfaste. Télesphore-Eddy se découpe avec sa silhouette sur le haut de la falaise. Il me lance des cailloux, des locomotives, des excréments de singes et de guenons au visage.

Qui rit, qui hurle et qui chasse les mouches.

— Bâtard de la première pluie!

Me crie-t-il.

— Teddy!

Avant de disparaître dans les cumulus naissants.

Dernières paroles. Ma mère est toujours enceinte. Le visage de Laura éclipse le sien.

Mon père bouge et boude, cultive la mer, ensemence le temps, mon père Ouellet.

Je vais naître à nouveau.

Comme une prime gratuite dans la boîte à surprises remplie de papillotes, petits kiss succulents, la boîte rectangulaire rouge parsemée d'animaux sauvages. L'éternelle boîte que m'achetait mon père, jours après jours, maux de cœur après maux de cœur, l'inquiétante surprise.

Je vais renaître à ce jour d'un père Balleine et d'une mère Caplin.

Jacques Balleine et Laura Caplin, ORA pour Léandre!

François Ouellet et Madeleine Robinson, ORA pour Léandre!

ORA, ORA, ORA... et pour le singe aussi.

Ma mère m'enveloppe de ses nattes et de ses voiles de tulle. Mon père me secoue comme un pommier, il appréhende mes gestes, m'ordonne de faire un homme de moi, d'enrichir la communauté des hommes de mes connaissances exceptionnelles:

— Maudit bâtard vicieux!

J'entends encore, puissamment, par-delà la maison des retraites, une voix si riche, par-delà...

Je n'avais que cinq ans, quelques dents de lait, une chansonnette dans la tête et des rêves dans les rires.

«J'avais souvent mal au bois du nez. Je libérais les fleurs de la neige qui les envahissait, la vieille laveuse à tordeur guirlandait, et guirlande encore, je lançais mes billes un peu partout dans le salon, j'étais heureux.»

Je suis parti à la recherche des fantômes et des phantasmes de mon devenir. Laura me supplie de demeurer. Le vieux curé administre mon père. Ma mère se relève, forte, sereine, une masse terrestre à la place du ventre, une Terre Entière.

Et c'est tour à tour mademoiselle Savignac, ma tante Wilhemine, la Perchaude et Victor Trottochaud qui m'enlacent et me tatouent les muscles et les joues de leurs becs mouillés.

Mon père se meurt, je le vois, il a été écrasé plus d'une fois par l'énorme roue de la locomotive rouillée, un engin que l'on a voulu remorquer et qui est retombé une deuxième fois sur mon père et sur son âme folle.

Ruisseau Brûlé.

Honguedoune vient me saluer. Il s'est jeté en bas de la falaise et s'est mis à voler. Tomahawk en a fait autant mais ayant perdu le mode d'emploi, a dû ouvrir son parachute.

Je me sens si bien dans cet univers entier sous ce soleil brillant venu spécialement me souhaiter la bienvenue.

Je me délecte, je chante.

Car l'instant est audacieux et l'ivresse trop vite évanouie. Ce sera bientôt Saint-Siméon, Bonaventure, les plages à perte de vue, la Carlisle et l'ombre de Cullens, Paspéya, le pays des Robin, la terre des jeux. Viendront ensuite les caps du diable de Port-Daniel dans le tunnel, Newport by la Bolduc, Chandler, la satanée bête puante, Pabok, Grande-Riviére cher, Percé et tout derrière, tout derrière... Val-d'Espoir.

Le pays des forêts noires.

Je suis guidé par la pluie. Tout mon être transpire.

J'ai brossé des mémères, poursuivi des poulets, foulé une pièce de tissu, fait sonner des cloches, galopé dans les champs, convaincu la délinquance... et engrossé ma mère.

Ventre de femme. Ventre labouré, ensemencé, fertilisé, engraissé. Mon père est sur le dos, agonisant. Le curé l'administre encore de ses saintes huiles bienfaisantes. Il aurait dû se lancer dans l'achat d'instruments aratoires modernes, ça lui aurait évité l'humiliation maudite. Il n'en serait pas là à gémir sous une locomotive ridicule.

Tant pis pour lui. Le ciel reste clair.

L'eau me grimpe à mi-jambes. Tout s'allume soudainement. La locomotive est disparue, les personnages aussi, exactement comme quand on a défait une crèche le lendemain des Rois.

Plus personne, ni Honguedoune, ni Tomahawk, ni parachute, ni Laura.

Il reste un rocher ciselé à l'effigie de ma mère.

J'ai aimé ma tendre mère.

J'en mettrais ma main au feu ou sur l'évangile selon saint Marc.

Selon ma tante Wilhemine. C'est pour ça qu'elle m'a adopté. Gloire à Toi, Seigneur. Pour laver la souillure de mon âme et purifier l'horreur de mes gestes.

L'âme charitable.

Envers et contre tous, je mourrai quand même assez vieux, soixante-huit ans à tout le moins, le temps de me virer de bord un brin.

J'affronterai le cycle des catastrophes terrestres, les bombes, les germes mortels, les virus.

Je passerai au travers, j'anéantirai l'atome.

En attendant, il est sept heures trente du soir et la marée monte.

Le rocher à l'image de ma mère m'examine de la tête aux cuisses. Sainte-Madeleine-de-Tourelle ou Cap-Laura, ça dépend.

Je vais mourir ici, dans cette crique perdue du ruisseau Brûlé, non loin des Cap-Noirs.

L'eau a atteint mes poumons. Ma face de singe va se venger. Il me faut la sauver par les forces qui me restent.

Je perds mes effets, mes bagages, mon compas, mes livres, ma valise, mon baluchon. Le tout est emporté dans la mer par la rage des vagues.

Je nage en rond comme un canard complexé. La noirceur apparaîtra sous peu, je serai seul, l'eau monte toujours.

Vite donc… Une grotte dans la falaise, enfin! Je m'y glisse, heureux, les ailes mouillées, j'ai échappé au châtiment.

Je peux vivre encore, parfaire mon œuvre, utiliser les talents dont m'ont pourvu mes chers parents.

Repartir à neuf.

Le singe sur ma peau s'est volatilisé mais on raconte qu'il est allé s'imprimer sur la boîte de kiss rouge. Je repars à neuf, c'est sûr, sûr… Je vais passer la nuit ici, surveiller mes rêves, enjoliver mon avenir.

Je ne veux nullement gémir sur mon sort. Val-d'Espoir va m'avaler puis me vomir, je le sais. Je vais quitter pour de hauts sommets, pour la ville, qui sait, je deviendrai peut-être ministre des Affaires indiennes, ça me conviendra très bien.

Le soleil va se lever sur Cascapédia comme ici, au ruisseau Brûlé, à Sainte-Madeleine-de-Tourelle ou au Cap-Laura.

Demain, quand la marée sera basse, je me permettrai un petit saut de cinq à six pieds, pas plus, et je poursuivrai ma route vers l'audace.

Demain…

En attendant, sans couverture, le nombril au clair d'étoiles, je vais fredonner pour dormir.

Sur ma couche de roc.

Valeureux.

Chapitre 25

Et...

C'est bien entendu.

Wilhemine a eu beau lâcher les hauts pets et se pavaner dans la place.

Laura a accouché comme de bien entendu d'un poupon frisé qu'elle a surnommé François.

Et comme aussi de bien entendu, il a une face de singe tatouée sur l'omoplate...

La sauvagesse emmaillote son doux rejeton souriant dans des langes immaculés.

— Maudites roches qui apparaissent à tous les printemps!

Litanie sans fin.

Les gardiens de la prison de Québec ont l'œil sur le meurtrier le plus crapuleux de la décennie. Le prospecteur a été trouvé coupable par un jury sain d'esprit et il sera pendu haut et court dans quelques mois à la prison de la Capitale.

Les roches sont maquillées. Il leur a poussé de la mousse. Le temps a largué ses amarres. On a jamais fait autant de cas des Micmacs de la région que depuis l'assassinat de deux d'entre eux par un prospecteur minable de la région. Jamais.

Ni revendications de territoires, ni pêche à l'esturgeon ou au saumon, ni chasse au courlis et aux outardes, ni cueillettes interdites de pétoncles et de crabes... Jamais, jamais la manchette nationale n'a eu à se faire aller le crayon comme cette fois où Wilbert Cullens fut accusé du meurtre le plus sordide de la décennie. Et dire qu'il a fallu que des récollets tentent de sédentariser et d'évangéliser cette tribu. Voilà qu'un Visage pâle en élimine deux d'un coup...

Le procès a eu lieu, juste, équitable, épicé, qui a su apporter à chacun sa tranche de steak dans son assiette. Tant mieux. Ça va les calmer un peu.

Il y avait un seul Micmac sur le jury. Qu'importe. Le malheureux a été déclaré «seul coupable». De quoi leur fermer la gueule pour une couple d'années. Un anglais en échange de la paix sociale, comme au temps du commerce des pelleteries qu'on «troquait» contre une foule d'objets et d'outils nouveaux.

Victor a peine à croire. Voilà déjà plus d'un an que sa frisée et ses trois derniers sont venus passer les douces saisons au parc avec lui. Plus d'un an. Du mois d'avril au mois de novembre. Ils ont tous passé l'hiver à Cascapédia. Ils ont réservé une chambre pour l'invité spécial, Elzéar Caplin, le vieil homme qui renifle les murs et les corniches en garantissant que la maison sera bien gardée.

Il y a passé l'hiver et a fait du feu dans la fournaise.

On n'a jamais revu Télesphore-Eddy. Victor est transformé. Il est songeur, fatigué, il a vieilli de dix ans. On lui en donnerait quatre-vingts. Angéline a oublié sa bouteille, heureusement.

Merveilleuse, chaleureuse, elle est devenue très rapidement l'unique sentinelle de sa vie.

On a brûlé le camp de Wilbert Cullens. Il fallait purifier l'atmosphère sereine de la Gaspésie. C'était l'unique façon. Et les Américains n'apprécient guère qu'un meurtre, quel qu'il soit, demeure impuni.

Jésus-de-bénitier! Wilhemine a pris l'habitude de jouer à la gardienne et d'emprunter son merveilleux petit-fils qu'elle adore, François Balleine dit Trottochaud dit Ouellet...

Jacques vaque à ses occupations coutumières. Il siffle de bonheur. Son troupeau a doublé, il est maintenant «greyé» des machines agricoles les plus sophistiquées au Canada.

Un fils beau comme le ciel, né entre deux gammes de Mozart, par les spermatozoïdes de l'anonymat. Beau comme ses ancêtres.

Ils sont tous venus, le nouveau grand chef Honguedoune, madame Tomahawk elle-même, tous les Micmacs de la Ristigouche. Ils lui ont apporté des présents, des cerfs-volants, des pipes longues comme d'ici à demain, des paniers tressés, des chevaux de bois, quelques fusils, des raquettes...

De quoi bargainer le nom Balleine et l'échanger pour Caplin...

La femme au logis a enfanté.

Un poupon frisé. Racotillé dans son berceau.

Léandre a appris la nouvelle de la bouche même du petit Gaétan Boissonneault de la Cascapédia, un jeune homme retourné aux études à Val-d'Espoir:

— Un beau petit rejeton que je vous dis, monsieur Trottochaud, frisé comme un mouton, y va s'appeler François. Monsieur Jacques pis madame Laura vous envoyent leur beau bonjour. Pis vot' tante, madame Balleine itou...

Un an plus tard, à l'automne 1954 à Val-d'Espoir. Je reçois les hommages polis de mes cousins, cousines, tante par adoption, par alliance, par convenance...

Ça me fait tout drôle dans le creux de l'estomac et ça me tortille la rate.

J'ai rencontré Gervaise Cloutier, une sacrée belle fille. Nous comptons nous marier le printemps prochain. Ici, les frères de l'Amour bucolique œuvrent sans arrêt et mes conseils leur sont précieux. Le frère Samuel commente justement une manchette lue le matin même:

— Je vous le dis, moi, Cullens n'est pas coupable. Il a trop l'air innocent. On dirait qu'il ne sait absolument pas ce qui lui arrive. Un coupable n'agit pas de même. Non. Ça leur prenait quelqu'un. Je vous le dis, ils ont trouvé quelqu'un. Ils ne voulaient pas se mettre en rogne avec les autres Indiens. Mon avis à moi, c'est que ce sont d'autres Indiens qui ont fait le coup. Une vengeance... Des affaires de territoires voltigeaient déjà dans les airs, les autorités du gouvernement aimaient mieux ne pas trop brasser de m.. Plus que tu revires de la m..., plus que ça pue! Vont-ils le pendre sans autre procès? Un Gaspésien de notre région, un Gaspésien honnête..

Le frère Samuel est rouge comme une tomate:

— Un anglais de Gaspé, un homme dépareillé. Je suis monté au parc la semaine dernière. Votre oncle, monsieur Victor Trottochaud, était complètement démonté. D'autant plus que j'ai déjà eu affaire à lui, monsieur Cullens. Un homme dépareillé!

— Un grand travaillant!

Que rajoute le frère directeur.

Je me plais à Val-d'Espoir. Les gens sentent la sécurité. Ils aiment la vie, la bonne chère, les grosses blagues, toujours prêts à s'entraider. Ils m'ont redonné le goût de sauter et de danser.

Je ne sais encore combien de temps je compte y demeurer. Trois, quatre ans...

Je ne retournerai plus à Rivière-du-Loup.

Je n'habiterai jamais Sainte-Florence.

Ulfranc transpire dans son potager.

Il a depuis belle lurette camouflé son geste dans la terre de son jardin. Il se bouche les oreilles, n'ouvre jamais les journaux. Ses voisins le trouvent de plus en plus gaga, quelque peu perdu, lui, le p'tit député-les-bretelles, le voilà qui mijote dans la marmite du mystère. Il a quitté la compagnie d'assurances.

La vieille Claudia vit toujours. Elle a pris une gageure avec la vie: celle de rencontrer ses cent ans quelque part à un tournant de son existence. La Perchaude.

Depuis belle lurette qu'il bêche dans son jardin, Ulfranc Maldemay, célibataire grognon dans le mariage.

Une retraite digne d'un roi.

Les carottes, les tomates, le maïs et même les noisettes sauvages. Ça pousse comme jamais au pays des Saindoux.

Ulfranc a su que le vieux Tomahawk a pris racine à Cascapédia chez Victor Trottochaud et qu'il semble bien parti pour ne jamais retrouver la mémoire. Il se tient au courant, sans ouvrir les journaux, de ces nouvelles saugrenues.

Penché sur ses plants de pois grimpants, ému, le lâche, ou le farceur, sème des airs d'opéra aux hirondelles. Un nuage de fumée s'élève soudainement tout près de lui, un nuage noir, qui sort de terre, à travers ses carottes, ses navets, à travers les trémolos, Honguedoune.

HONGUEDOUNE...

L'apparition du sauvage asteure.

Panache brillant, torse nu, tomahawk à la main, l'œil sauvage, Honguedoune-Affolé se tient tout près de lui.

À nouveau.

Un mal de ventre effroyable. Une diarrhée pas disable...

Et non loin derrière le sauvage, une armée d'autres sauvages peinturlurés, lugubres, nus comme des vers, tatoués, hideux.

La Perchaude se berce sur la galerie. L'automne frisquet va bientôt venir lézarder la belle saison, l'emmailloter dans ses soûlances.

La Perchaude ne voit rien. Ulfranc fait comme s'il ne voyait rien. La vue bouchée, les crampes... une voix:

— Monsieur Ulfranc Maldemay?

Honguedoune place sa grosse main charnue sur l'épaule maigrechine du p'tit député-les-bretelles. Il lui marmonne en anglais:

— Nous conseillons à toi de lâcher ta gratte et de venir avec nous, loin!

— Pour... pourquoi? J'ai... j'ai pas à sui-sui-suivre personne, moé!

Une attaque intestinale le cloue sur place. Des sauvages transformés en statues de sel, la Perchaude s'époumone:

— Hurrah! Ulfranc, arrête de gratter dans ton «jerdin»! Ta femme t'a fait à souper, arrive, grouille!...

Elle disparaît dans la maison à travers un frisson de jupe. Le grand chef a hypnotisé l'ignoble habitant de Sainte-Florence-le-pays-des-Saindoux:

— Nous juger toi. Toi devoir nous suivre. Juger toi car toi avoir tué amis dans parc de la Gaspésie!

(Un véritable dialecte indien.)

— Qu'est-ce que vous dites? Vous êtes fous?

Quelques squaws et tout le tralala derrière, dans un bruit de morsure définitive, les cruelles, les sauvagesses, les solides...

— Bien sûr, monsieur Maldemay, rappelez-vous un tout petit peu, un simple effort de mémoire! Dans la forêt, les caribous, vous avez perdu lumière, monsieur Maldemay, rappelez-vous, rappelez-vous!

Une jeune squaw à belle allure et fort bien renseignée. Une vraie fouine.

«Que se passe-t-il donc dans le jardin?» se demande la pauvre madame Ulfranc, la grosse toupie majuscule. «V'là-ti pas que mon homme placote tu-seul asteure!»

Il gesticule, souffle, rage, tape du pied et de la gratte, montre le poing, pète...

«V'là-ti pas!»

— Nous avons les preuves, poursuit la jeune squaw au doux accent. Laura vous a remis une corde de parachute quelques jours avant le drame. La voilà. Le prospecteur Cullens, lui, était avec le grand chef Honguedoune le jour même de l'assassinat...

Les Mimacs commandent de la pluie. Les légumes vont se mettre à pousser comme jamais. Les tomates, les vertes, les rouges, les fèves, les vertes, les jaunes, les concombres...

— Va falloir arracher les «pétaques», hein, m'sieur?

Ulfranc Maldemay échappe sa gratte. Il porte ses deux mains à son front:

— Vous avez tous menti, bande de maudits pouilleux, de chiens puants! Vos femmes sont juste des guedounes, des salopes, des vaches. J'ai rien fait. Je me serais seulement jamais abaissé à rôder avec des sauvages pis des pas civilisés de votre espèce. Je veux rien savoir de vous autres… Vous avez menti. Laura m'a jamais remis de corde de parachute, jamais…

La squaw trépigne sur place et devient menaçante:

— Madame Laura Balleine vous a remis un bout de corde de parachute pour tenir vos culottes parce que vous étiez paqueté le jour où vous avez embouteillé le vin de Wilhemine et que pour faire votre petit député-les-bretelles que vous êtes, vous avez lancé vos bretelles qui sont restées accrochées à un arbre. Les voici d'ailleurs vos bretelles et la corde de parachute retrouvée tout près du lieu du carnage.

Voilà maintenant que se dressent des wigwams, des huttes multicolores, la tragédie va commencer, les toboggans dévalent les toits et les collines, des sueurs dégoulinent sur les rutabagas, se peut-il, se peut-il?

Honguedoune a tout orchestré. Sur une petite butte, il lui semble apercevoir et reconnaître le petit morveux à Victor, Teddy, le baluchon sur l'épaule. Il n'en est pas trop certain. Si, peut-être, avec un sourire diabolique, son imagination lui huche de tels tours…

La Perchaude apparaît encore:

— Arrive que je te dis, Ulfranc! Ça va refrèdir… Hi! que t'es donc pas raisonnable. Pis tu vas encore nous faire manquer le chapelet à la radio. Arrive!

— OUI, j'arrive!

Il veut déguerpir. Les grillons se tiraillent sous ses pas. Des clochettes. Une grande marmite fume au milieu de son champ. Les sciottes coupent des arbres, les Indiens s'impatientent sous ses yeux creux, Honguedoune s'approche tout près, à hauteur d'homme:

— Toi laisse mourir homme anglais dans prison de Québec!

— J'sais pas, j'sais pas! Effacez, bande de peinturés, bande de pouilleux!

— Brûler à petit feu, toi, homme maudit!

— Je vous le dis que j'ai rien fait. J'ai sûrement pas tué personne dans le parc, j'étais avec môman, môman…

môman au sanctuaire de Pointe-Navarre. Môman pis ma femme chérie, ma belle tulipe, you hou! Dis-leur!

Impossible clandestinité du jour.

Honguedoune-Affolé lève un tomahawk dernier cri et en assène un grand coup sur le front du p'tit député-les-bretelles.

Mort comme un poulet en croix.

Teddy hausse-t-il les épaules? On dirait qu'il s'amuse encore à regarder à travers ses éternelles jumelles.

Ulfanc Maldemay s'écroule en tournoyant entre deux carottes et trois feuilles de tabac, la tête ouverte sur le tranchant de sa gratte.

C'est la Perchaude qui le trouve quelques minutes plus tard et qui le hurle à l'allégresse des quatre vents.

Embolie, infarctus du myocarde, anévrisme? Le saura-t-on jamais? C'est la complainte de l'âme en allée.

Et cette plaie ouverte sur le front souillée de terre rouge. La radio crie son «Ô mon Jésus»...

On lui fera des funérailles pompeuses.

Belles, grandioses, tristes, solennelles.

Les Balleine, Trottochaud et les autres n'y manqueront pas. Même le curé de Cascapédia, la barrette en main, l'œil photographique.

Pour les bonnes gens de Cascapédia, les cousins de Sainte-Florence, c'est sacré. Et dire que sa sainte vieille mère lui a survécu.

Ulfranc Maldemay n'aura droit à aucune résurrection, à aucune chance dans le trépas. Il est parti, anéanti, redevenu poussière à travers la poussière.

Hop! six pieds sous terre.

Sa grosse Marguerite le pleure. C'est l'occasion pour tout le monde de s'émouvoir, et de se souvenir.

Tomahawk Invincible a décidé de redevenir raisonnable et de retourner auprès des siens.

Il garde le large, ne veut ni n'exige son bien, ses plumes, son panache, son standing. Honguedoune veut pourtant les lui replanter sur la tête, ses plumes. Rien à faire.

Il demande qu'on lui élève un totem en hommage aux batailles du passé. Et puis, Maldemay n'est plus, Victor est encore vivant, il faudrait libérer Cullens.

Pourra-t-il encore, une fois dans sa vie, sauter quelques brosses légendaires dans des hôtels mal famés de la région en compagnie de son grand chum-gardien-du-parc?

Où est la Perchaude? Elle est triste à mourir et revendique le droit d'obtenir son permis de conduire maintenant que son fils est mort. Sa bru est tellement niaiseuse. Elle ne sait même pas où se situe le volant dans sa voiture. Qui donc la conduira en pèlerinage à Pointe-Navarre maintenant que son fils... qui donc? Ou encore en visite impromptue chez sa nièce Wilhemine, hein?

Et où est donc passé Honguedoune? Un fier prospecteur va mourir pendu à Québec. Où sont-ils tous passés?

Les Micmacs n'ont plus de chef. Avec encore plein de gestes et de revendications, des rivières à détourner, des forêts à abattre, des territoires à chasser, des lacs à vider, des gallons à frelater, ils ont besoin d'un maître après le grand Manitou.

Se contenteront-ils d'un totem à adorer? Ça n'a rien de véritablement décent, un totem.

Ils auraient pu être choisis par les envoûteurs, évoluer dans la Réserve et communiquer avec les mauvais esprits. C'est pas sorcier. Les mauvais esprits ont la réputation bien établie de toujours chercher l'erreur, la petite bibite noire.

Et encore là. Des générations complètes frétillantes poussent dans l'arrière-train des générations qui tanguent.

Patenteux, jarnicoteux, girouettes, sorciers, faiseux de médecines-miracle, amants, guerriers, tatoués... Pour bien se réveiller et secouer ses chaînes.

Sortez les draps, nettoyez les wigwams, les matelas de paille sont remplis de poux. Les ressorts de mon sommier sont encore flambant neufs.

Ils vont manger de la vache enragée.

Les Micmacs ont offert une tombe à la grosse Marguerite et Ulfranc Maldemay y a été enseveli. Il a été porté en terre, inhumé dans la gloire des maléfices.

Le nez piqué dans la terre rouge de ses évangiles. Qu'est donc venue faire cette horde de malotrus au pays des Saindoux?

Il faudrait entendre la voix du vent, le souffle du large, le cri des oiseaux, la complainte des sauvages.

Qui donc connaîtra vraiment la vérité? Qui donc osera seulement soupçonner l'ombre d'un instant ce cadavre déjà froid du meurtre le plus crapuleux de la décennie?

Une image chez le diable.

Son âme chez le yable.

La Perchaude se promet d'aller passer un mois chez sa nièce Wilhemine à Cascapédia. Elle lui a confié la nouvelle le jour même des funérailles.

Et elle conduira la Studebaker.

— Y est parti ben vite, mon Ulfranc!

— Ben vite, ma tante. Dire que l'année passée, y embouteillait mon vin de riz...

— Ben vite.

— Trop vite!

Aussi vite qu'un caribou.

François Balleine gazouille tendrement dans les bras de son grand-père, Elzéar Caplin.

C'est pour ça qu'il peut se payer le luxe de pleurer à chaudes larmes.

Chapitre 26

Le soleil les a fait fleurir à travers les douces montagnes des Laurentides.

Je vais tenter le grand coup et lui demander de me parler, je vois son ombre sur le jardin et son aura qui perce à travers les stratus, tout doucement, qui dépasse la cime des pommiers.

Nous étions dans la salle du parloir lorsqu'il s'est approché de nous, une main cachant son visage, comme pour se protéger d'une malédiction certaine.

Le crâne rasé, la barbe forte...

Encadré par deux sages séraphins, fermé, et fermenté au sein d'un monastère sévère. Il n'a pu résister à la folle tentation de lever les yeux vers nous tous, sa tante, son père, sa mère, sachant à l'avance.

Cullens a été pendu à la prison de Québec voilà déjà plusieurs années. François Balleine aura bientôt huit ans. Une petite sœur est venue par la suite, Anouck, véritable squaw.

Et moi...

Nous avons parcouru des milles et des milles.

Aussi énorme que cela puisse paraître, nous avons grimpé dans mon auto, ma femme, ma fille de trois ans et moi, et nous nous sommes rendus de Val-d'Espoir à Cascapédia. Nous y avons pris ma tante Wilhemine, mon oncle Victor et sa frisée.

Une grosse aventure.

Nous avons parfumé nos ardeurs et parcouru les six cents milles de Cascapédia à Saint-Narcissius-des-Laurentides.

Le moine est à la fois drôle et touchant. Il vibre derrière ses gros barreaux solides. Il grimace un peu, s'informe à peine et fait le beau. Il fouille au fond de sa poche pour y retrouver des miettes de tendresse perdue. Il insiste et joue son personnage jusqu'au bout. Il n'y a personne comme lui.

C'est un article paru dans *Le Soleil* et signé Lalonde qui m'a mis sur la piste. Un article écrit près de cinq ans après la mort de Cullens.

Les fluides de la communication, je ne sais pourquoi, je lis régulièrement ce journal et je ne remarque jamais rien. Mais cette fois, un titre m'a ébranlé : *Il n'a pas su se libérer de ses cordes*. L'article parlait de Cullens. Il décrivait les angoisses du prospecteur, sa tristesse. Il racontait aussi la visite d'un jeune novice d'une trappe quelque part dans les Laurentides quelques jours avant que Cullens soit pendu. Le jeune trappiste avait discuté longuement avec l'accusé. Puis il avait quitté rapidement sans saluer personne. J'ai pensé comprendre. Après une courte enquête auprès de la direction du journal, on m'a mis sur une piste possible, celle du monastère de Saint-Narcissius-des-Laurentides.

C'était bien lui.

Télesphore-Eddy creuse les tombes dans le cimetière des vieux moines.

Une moustache hirsute, une barbe, un crâne reluisant et un cœur voilé sous une capine de bure.

J'ai fendu un pneu sur un caillou pointu. Mon oncle Victor s'est fait un plaisir de tout réparer.

Teddy vibre à la sonorité de nos voix. Attentif aux souvenances, il martèle son esprit.

258

Un voyage de dix jours au pays de Claude-Henri Grignon.

Angéline nous a bien fait rire lorsque nous nous sommes arrêtés dans un motel à Rivière-du-Loup. Elle a joué au fantôme.

Au fantôme civilisé.

Laura garde ses enfants. Ce ne sont plus des enfants, le petit dernier marche sur ses dix ans.

Attention à mes illusions.

Je persiste à croire que je puis attendre des siècles avant de connaître la sérénité.

Frère Dieudonné qu'il s'appelle.

Nous ne savons que dire. Il est là, debout derrière cette grille, lorgnant partout, solennel, inconnu. Véritable torture chinoise. Les paroles retournent sur les bancs de la petite école de rang. La nouvelle institutrice les polit tendrement.

Le monastère s'est transformé en tour de Babel sur laquelle sont grimpés des âmes en peur, des esprits mesquins et des sauvages en rut, la tour portée sur les épaules de Dieudonné-Télesphore-Eddy.

Le spectacle va-t-il commencer? La glace va-t-elle se briser? Angéline allonge une main, ses doigts effleurent la barbe noire du saint frère. Elle lui a dit:

— Tu te ressembles pas, mon gars, pas antoute. Une chance que Léandre a lu entre les lignes par rapport à l'article sur Cullens...

Il fallait bien une alcoolique pour ouvrir le bal.

Son fils est en prison, c'est tout comme.

Il creuse la fosse des vieux mandarins du silence.

Chauve déjà, chauve.

Qui veille sur le monde. Qui cultive les fleurs de ce monde.

Victor ne dit rien. J'ai l'impression d'admirer un ange cadenassé derrière son purgatoire. Un ange scalpé parce qu'il n'a pas voulu me suivre et rendre hommage à mon rang de seigneur.

Je suis le Seigneur de l'Aventure.

Je présente ma femme et ma fille à ce moine galeux.

Le nez dedans son livre de prières.

Un vieux moine ridé vient lui taper sur l'épaule. C'est encore l'heure des prières et de la méditation.

Le frère Dieudonné relève sa capine et la replace par-dessus son crâne monstrueux. Il exulte. Son regard respire la prière mais une fléchette de haine traverse soudainement la pièce.

Il va se mettre à la recherche du trésor micmac.

Des idées lumineuses. Victor ne peut détacher son regard de cette bête brune autour de laquelle est enroulé un cordon blanc. Corde de parachute. L'heure du parloir est terminée.

Un vrai beau trésor pour moi.

La pièce nue derrière la grille vient de sonner le glas et de décréter un deuil perpétuel.

Tombent les anges dans le feu de l'enfer.

Mon ange gardien s'est barricadé derrière la grille avec ses humeurs étranges, ses histoires lugubres et sa déchéance sournoise.

C'est comme la mort, un cloître. Tout le monde le dit.

Le soleil à l'extérieur nous rend notre bonne humeur. C'est une riche région pour le miel, il paraît que les ruches y pullulent, un coin divin pour les pommes, tout ce que nous n'exploitons pas en Gaspésie.

J'ai arraché une écharde de mon cœur.

Le retour est merveilleusement parsemé d'étoiles et de candide bonté. Le vent a tourné.

Angéline fait la folle. Victor retrouve son sourire à Rimouski. Wilhemine chante à tue-tête.

Avant la mort ou la déchéance, la honte, avant tout cela. Il existe le fleuve et les montagnes, le roc solide, les feux-follets, les hymnes à la nature. Tout se termine peut-être pour le mieux.

Car après tout. Un fils moine à Saint-Narcissius-des-Laurentides, c'est pas tous les jours que ça se voit. C'est un bien grand honneur dans le village.

Des indulgences en masse pour le ciel.

Un fils comme en rêvent pères et mères partout dans la province. J'ai hâte de voir ce que les gens de Cascapédia vont trouver à dire de la nouvelle. Ça va leur clouer le bec.

Un honneur qui rejaillit sur les Trottochaud, les Balleine et les Caplin aussi.

Wilhemine répand la nouvelle, la verse comme de l'encre sur le village.

Un neveu dans le portique du Seigneur, alléluia! Un fils adoptif agronome à Val-d'Espoir et un fils bien marié, déjà père de deux enfants vivants et grandement établi sur une terre fertile. Alléluia, alléluia!

Elle reprend les cordeaux des manchettes.

Et donne les dernières nouvelles au curé:

— Je vous le dis, monsieur le curé, un saint. Un SAINT! Pas reconnaissable. Ça nous a ben soulagé tout le monde de le savoir là. Comprenez-vous, Victor, Angéline pis moé, depuis tout ce temps-là, on était bien inquiets. Jésus-de-bénitier, on le croyait parti sur la déchéance ou dans les États, c'est pire, ou queque part dans le commerce illégal de la boisson ou avec les sauvages maudits, pas ceux de par icitte, comme de ben entendu, mais ceux dans l'Ouest, c'est déjà arrivé, vous savez! Je vous le dis, monsieur le curé, un saint moine. Y va certainement devenir directeur en chef des moines de par là-bas, Saint-Narcissius-des-Laurentides, un beau pays. Y a jamais été fou, Teddy, c'était un petit gars intelligent, ratoureux mais intelligent... Tout' ses mauvais coups vont certainement se transformer en indulgences plénières. J'aurais voulu un pareil honneur pour les miens que ça serait jamais arrivé. Pis je pense pas non plus que ça arrive jamais. Les miens sont quasiment tout' casés pis... hum! c'est pas mon dernier qui va prendre la soutane, y aime trop les jupes des filles, si vous me suivez. Une chance que mon Léandre a remarqué cet article-là dans le journal. Une chance! Ça nous a enlevé une ben grosse épine du pied. Je sais ben pas ce qui a pu le mettre sur la voie, mon Léandre, j'ai lu l'article, y l'avait apporté dans le char en montant à Montréal, un bel article. Y écrit ben, le journaliste, même si j'ai pas trop compris. Bon, bon! Monsieur le curé, je m'en vas, la vieille tante Claudia va betôt ar'soudre dans le paysage. A dépasse les cent ans, vous savez, pis a fringue encore. Tenez, je vas en profiter pour faire chanter un messe pour le repos de l'âme de cousin Ulfranc, même si depuis le temps... les vers ont dû l'avaler tout rond à l'heure qu'y est. La Perchaude! L'hiver s'en vient. Je souhaite juste qu'a colle pas toute la saison froide avec nous autres. Faut que j'aille voir mes petits-enfants de temps en temps, j'en ai déjà deux vous savez, betôt trois... Pourvu qu'elle nous meure pas sur les bras cet hiver, la vieille...

Monsieur le curé la salue, elle est déjà partie, celle qui enrichit son sacerdoce. Tant mieux.

L'hiver va montrer le bout de son nez. L'évêque de Gaspé parle de le muter à Percé.

Les oiseaux fous vont s'aimer jusqu'au délire, la nostalgie fait des esclandres.

Dommage, un air de flûte suffirait. Mais les cloches vont sonner.

Est-ce qu'il viendra jamais mon petit ange coquin?

Il est parti au large se baigner, très loin, de l'autre côté de la baie, très loin...

FIN

23 janvier 1984
12 septembre 1985

Romans

Le p'tit Ministre-les-pommes, roman québécois, Montréal,
No 43, Leméac 1980, 257 pages
La sang-mêlé d'arrière-pays, roman québécois, Montréal, No
54, Leméac 1981, 316 pages
Les coqueluches du Shack-à-Farine, roman québécois, Montréal,
La Presse (série 2000) 1983, 187 pages
La Brèche-à-Ninon, roman québécois, Rimouski, Editeq 1983,
236 pages.
La ruelle de Trousse-Chemise, roman, Montréal, Lyrelou 1985,
158 pages.

Autres écrits

Val d'Espoir à fleur de souvenance, monographie, Montréal
1978, 202 pages (et) *Val d'Espoir, la huche aux farfouilleux*,
monographie, Montréal 1978, 186 pages.
Les cahiers de la Troupe, Montréal 1973 (épuisé)
Orpha ou la dégoulinade pédagogique, théâtre, Montréal 1980.
Les répertoires de mariages de Val d'Espoir, Saint-Gabriel-
de-Gaspé, Saint-Edgar et Réserve Indienne de Maria, Montréal
1980.
Cette torture turque, nouvelle, revue URGENCES (No 11),
Rimouski 1984.

En préparation

Pawtucket ou *Viens te prendre dans mes bras*, roman.

ACHEVÉ D'IMPRIMER SUR
LES PRESSES DES ATELIERS
MARQUIS DE MONTMAGNY
LE 8 NOVEMBRE 1985 POUR
LES ÉDITIONS LEMÉAC INC.